6 €

TWD/6

D1664793

Robert Braun Abschied vom Wienerwald

Robert Braun

ABSCHIED VOM WIENERWALD

EIN LEBENSBEKENNTNIS

VERLAG STYRIA

ISBN 3 222 10671 1
© 1971 by Verlag Styria Graz Wien Köln
Printed in Austria
Gesamtherstellung:
Universitäts-Buchdruckerei Styria, Graz

»JEDE FREMDE IST IHNEN HEIMAT.
JEDE HEIMAT IST IHNEN FREMDE.«

Brief an Diognet
Ende des 2. Jahrhunderts

INHALT

Wien, Weinland, Wienerwald

GARTEN DER KINDHEIT

Die Ananaserdbeere, duftend aus rötlichem Fruchtfleisch und leicht in Wohlgeschmack sich auflösend, verführt mich in verschollene Tage der Kindheit. Ich sehe mich dann an der Seite der Mutter durch das Mauerportal, das eine Inschrift trägt, den Park des Fürsten Liechtenstein betreten und zu dem hoch bestreuten Kiesweg rechtshin einschwenken. Am Eingang sitzt der Portier, eine gewaltige Gestalt mit seinen Bartkoteletten im roten Gesicht, der als Zeichen seiner Würde eine mit breitsilberner Borte gefaßte Schirmkappe trägt und aus langer Pfeife raucht. Er beobachtet jeden Durchgehenden genau, und es ist geboten, in seiner Nähe nicht zu laufen, nicht Staub oder Lärm zu machen, nicht auf den knotigen Bögen der Rasenfassung das Gleichgewicht zu versuchen oder gar einen der Rosenstöcke zu berühren. In diesem Vorgarten des Parkes, den hinten das Palais abschließt, herrschen strenge Gesetze. Der Schritt hallt auf dem Kies, es duftet feierlich herb von den Buchsstauden her, und zwischen den Kolonnadenpfeilern des Gebäudes, wo nur die Aufseherfamilie wohnt, sieht man in eine grün dämmernde Halle, die mit Ketten jeglichen Zutritt verwehrt. Es ist das Haus der Liechtensteingalerie. Ernst und ganz erfüllt von alter Ordnung plätschert in der nahen Nische Wasser aus grün bemoostem Steingesicht, umgeben von Topfpflanzen.

Auf diesem Weg übersieht man leicht die kleine Meierei, die versteckt auf engem Gang zwischen den Hecken und der Gartenmauer liegt. Nur Eingeweihte wissen von den wenigen Tischen, worauf einem dort ein Glas frischer Milch und Kornbrot, mit

Butter bestrichen, serviert werden. Dann steigt eine Kellnerin moosige Stufen in ein Kellergelaß hinab und holt einen Teller junger Ananaserdbeeren herauf. Das ist eine köstliche Speise an diesem von Kastanien beschatteten feuchten Ort, wo die Worte, eingeengt zwischen Meierei und Gartenmauer, hallend werden. Zum Abschied bekomme ich einen Strauß blasser Junirosen geschenkt, die hier den Eingang in dichtem Laubgeschling überwachsen. Und festlich ist es, diese für mich seltenen Blumen, die schon den süßen Lebenshauch der dunklen Rosen atmen, nach Hause zu tragen.

Erst hinter dem stillen Palais beginnt der dem Kinde offene Garten. Auf einer der Steinbänke sitzt meistens die Schwester, deren Obhut ich anvertraut bin, in steifleinenem Kleid und mit den dicken Strümpfen dieser Zeit und spielt mit der Freundin »Stollen«. Das sind größere abgenutzte Schrauben von den Hufeisen der Pferde, die man beim nahen Schmied ersteht. Sie steigen, von den Mädchen emporgeworfen, wie kleine Fontänen in die Höhe und werden, während die Hand sich inzwischen blitzschnell dreht und wendet, mit höchster Fertigkeit aufgefangen und wieder geschüttelt. Die flinken Finger-jonglieren damit wie mit Bällen, dazwischen werden die Namen der Spielfiguren ausgerufen: »Wappler« heißt eine. Nach jedem Gang sammeln die Mädchen die Bestandstücke ein, wägen sie in der Hand, daß es vom Anprall des Metalls klingt, verstreuen sie dann auf dem Sitz, zigeunerhaft rasch wieder danach greifend, daß sich keines auf der Bank verläuft.

So spielt die Schwester »Stollen«, indes das Gras der großen runden Gartenwiese duftet und weht, die vor der Front des Palais liegt. Sie scheint unabsehbar. Der Kiesweg, der ihren Rand begleitet, muß abenteuerlich weite Bögen um sie beschreiben. Wenn ich auf ihm dahintrappe, weil irgendein Schuljunge mich und meinesgleichen aussendete, um mit der Uhr in der Hand zu erproben, in welcher kürzester Zeit wir sie umlaufen, beginnt meine Rennbahn meist bei einer der steinernen Bänke. Zuerst komme ich an der Mutter vorbei, die über ihrer hausfraulichen, auf blau gedrucktes Pergament gehefteten Handarbeit sitzt und mit einer anderen Frau in ihrem stillen Gartenton plaudert. Dann wird der Weg einsam, es gibt keine Bänke mehr, nur Wiese und die wachsende Entfernung von dem Palais und die dunklen, rauschenden Baumgruppen des einstmals unbevölkerten Parkes. Schließlich aber erscheint das »Rondeau«, eine Siedlung von einigen Bänken, im Halbkreis geordnet und dadurch merkwürdig, daß der königlichste Baum des Gartens, eine Platane, es beschattet. Hinter ihren herausragenden Wurzelbögen gibt es schöne Verstecke, und im Herbst sammle ich die von dem riesigen gefleckten Stamm abgeworfenen Rinden ein, die, eingebogen wie Schiffchen, auf dem Boden liegen. Ist der Platz verlassen, beginnt bald wieder das Herrschaftsgebäude, dessen Front es noch abzulaufen gilt.

An seinem Ende steht, umgeben von einer Schar der am Wettstreit beteiligten Jungen, der Schiedsrichter und gibt mit einem Pfeifen kund, daß ich durch Überschreiten des im Kies gezogenen Striches ans Ziel gelangt bin. Schon wird der nächste Läufer ausgesendet, man sieht, wie er sich mit seinen nackten Beinen voranarbeitet und bald hinter dem hohen Gras der Wiese klein wird.

Der Park hat viele Bezirke. Da ist der dunkel verschattete Spielplatz, wo eine lange Reihe von Bänken steht und die herbstlichen Wipfel die reichste Beute an bestachelten oder schon der Hülle entkollerten braunen Kastanien spenden. Hier bleibe ich gern, aber die Lichtung öffnet sich verlockend zu einem asphaltenen Weg hin, der den Auslauf des Teiches begleitet und damit zu einer ganz anderen Landschaft hinüberführt. Dort ist ein Birkenholzbrückchen, und von seinem Geländer genieße ich Ausblicke über die nahen Ufer, das Wasser und seine Schwimmvögel. Für Verstecke sehr geeignet erweist sich eine Gruppe künstlich auf einem Hügelchen angelegter Felsen, zwischen denen aus immerrauschendem Grund der Hebel der Vorrichtung ragt, der den Zufluß des Teiches regelt. An ihm zu drehen und so das Brausen in der Tiefe heimlich zu verstärken, bedeutet ein abenteuerliches Unternehmen. Es ruft die Vorstellung des fremden Mannes hervor, der »Staberlwächter« heißt, und, plötzlich auftauchend, einen im Ernstfall zu seinem Obern, dem Portier, führen kann, was die beschämendste, auch durch die Eltern nicht abwendbare Strafe zur Folge hätte: den dauernden Ausschluß vom Park.

Hinter dem Teich breitet sich das abgeschlossene Gebiet des fürstlichen Besitzers aus, das da und dort durch die Hecken dämmert: ein zweites größeres Barockpalais mit vielen Dachfiguren und einer großherrschaftlichen Balkonwölbung, umwogt von Wiesen und Wipfeln. Niemals hallt von dort ein Laut zu uns herüber. Eine Seitenallee, die vom öffentlichen Garten dorthin fast bergig ansteigt, ist durch eine Tür von gekreuzten Gitterstangen von uns geschieden. Sie wird von einem sandsteinernen Hirten bewacht, der einen Hut trägt und gar nicht im Einklang mit der bangen Verschlossenheit dieses nicht zugänglichen Bereiches lächelnd die Flöte bläst. Ein einziges Mal meldet sich etwas von dem fürstlichen Besitzer. In der dunklen Allee des Gartenendes, wo wir, überragt von den schon angrenzenden Hinterhofseiten der Zinshäuser, an Nachmittagen sitzen, geschieht das ganz Ungewöhnliche, daß ein Gitter geöffnet wird, wir hören Hufschlag im Kies, und vor unseren Augen ereignet sich der herrliche Einzug einer von vier Pferden gezogenen Karosse. Die Lakaien tragen die auffallendste Livree: Dreimaster, rote Jacken und geknöpfelte Gamaschen. Es ist zwar enttäuschend, daß im Innern niemand sitzt, das Ganze also das Zeichen einer Heimfahrt nach dem Feste trägt, aber es genügt, daß ich mir für lange Zeit die eitle Ehre ausmale, den Vater mit vielen Orden an die Stelle des unsichtbaren Fürsten Liechtenstein zu setzen und auch in der Schule damit vorzuprahlen.

Geschmack von Obst führt in diesen Garten zurück: von der Ananaserdbeere angefangen bis zur Pflaume, deren honiggelbes

Fleisch unter den schon struppigen Kastanienbäumen während der Spielrasten genossen wird.

Spenden die Früchte köstliche Freuden, so versäumt doch auch der Tod nicht, sich in Erinnerung zu rufen. Einmal im Juni zeigt mir die Schwester einen Mann, inmitten der großen Wiese, der im raschen Schritt ein flach gewölbtes Eisending vor sich herschiebt. Es ist eine Grasmaschine, die mit schaufelnden Messern wie ein grausames Tier in den dichten Wald der Wiese schneidet und dabei die grünen Spitzen in tollem Wirbel um und über sich fliegen läßt. Es duftet nach dem Saft der tiefverwundeten Stengel. War es nun, daß mir die Schwester wegen eines Ungehorsams mit der Auslieferung an diesen Mann drohte und ich mich bereits unter den Schaufeln der Maschine liegen sah, war es, daß unmittelbar das Sterben der Pflanzen zu mir sprach — immer erinnert mich der Geruch des frisch geschnittenen Junigrases an diese fieberhaft schnelle Arbeit. An den jähen Übergang von leuchtendem Leben in das Grauen eines unwiderruflichen Todes.

MEIN ERSTER SCHULLEHRER

Wenn wir in atemlosem Spiel die Gartenanlage durchstreiften, die unter dem doppeltürmigen Neubau der gotischen Votivkirche Wiens liegt, so gab es manchmal einen Augenblick frohen Einhaltens. Einer von uns hatte unseren Lehrer den Park betreten sehen und stürzte davon, um möglichst als erster bei ihm zu sein. Bald hatte der so Begrüßte uns auch entdeckt und kam uns mit seinem langen gemächlichen Schritt, der von einem leichten Vorbeugen des Oberkörpers begleitet war, entgegen. Wir scharten uns dicht um ihn, der sein blasses, von einem braunen Vollbart bewachsenes Gesicht dem jeweils Sprechenden zuwendete. Dabei führten seine vom vielen Rauchen tabakgelb gefärbten Finger die Zigarette zum Munde. Beim Ausgang verließen wir ihn wieder und kehrten zu unseren Spielen zurück.

Wie liebten wir ihn doch, der uns die Schule so angenehm machte! Seine Lieblinge hatten ihrerseits bestimmte Privilegien. Mußte ich, der zu ihnen gehörte, etwa während der Stunde das Klassenzimmer verlassen, so durfte ich bei der Rückkehr den Umweg über die Podiumsstufe nehmen und ihn auf dem Katheder besuchen. Er legte dann seinen Arm um meine Hüfte, und ich durfte im Schutz seiner sonoren Stimme von oben die Köpfe der Klasse überblicken. Nach einiger Zeit entließ er mich mit einem leichten Schlag aus dieser begünstigten Stellung, und ich suchte befriedigt meinen Platz in der Bank wieder auf.

Auch sonst war ich fühlbar seiner Gnade teilhaft. So geschah es nicht selten, daß er während des Ganges durch die Klasse bei mir stehen blieb und, indem er mich seitwärts in die Bank rücken ließ, sich mit seiner ganzen erwachsenen Größe in die Schulbank zwängte, um dicht neben mir mit roter Tinte einen Buchstaben auf die erste Zeile des Schönschreibheftes zu setzen, wobei ich wieder seine väterlichen tabakgelben Finger sah. Ich war dann voll Eifer, die Vollkommenheit seiner schön geschwungenen und rein geschlossenen Letter nachzuahmen, indem ich eine Menge der gleichen Zeichen daran reihte. Aber meine Versuche erreichten natürlich nie seine Vollendung.

*

Ein kleines, an den Rändern angegilbtes Bibliotheksbuch, das an seinem Vorsatzpapier den runden, blauen Amtsstempel der Stadt Wien trug, war der unvermutete Anlaß, daß sich all dies plötzlich ändern sollte. Ich hatte das Buch vom Lehrer entliehen und kurz darauf eine der ansteckenden Krankheiten bekommen, von denen Kinder dieses Alters leicht heimgesucht werden. Der Zufall, der das rasche Weberschiffchen des Schicksals ist, wollte es nun, daß unser Arzt, der an meinem Bette saß, die Frage aufwarf, wie ich wohl zu dieser Ansteckung gelangt sein könne. Da fiel mir ein, daß der frühere Entleiher des Bibliotheksbuches, der lange in der Schule gefehlt hatte, auch mein Vorgänger in der Krankheit gewesen war — ein Zusammenhang, den ich, geblendet von meiner Klugheit, sofort dem Arzt mitteilte. Ich sehe noch, wie der schweigsame Mann die Enden seines braunen Bartes zusammennahm und seinen Unmut über die schlechte Hygiene in den heutigen Schulen vor sich hinbrummte. Dann verlangte er von der Mutter die Herausgabe des Buches, mit dessen Anprangerung er einmal zeigen konnte, welch guter Stadtarzt er war.

Der erste Schulbesuch nach langem Kranksein sollte mich belehren, daß mein Bekenntnis ungeahnte Folgen gehabt hatte. Schon auf dem Korridor umringten mich die Mitschüler und verkündeten mir, daß ich etwas ganz Schlimmes angestellt und deshalb schwere Strafen zu erwarten habe. Ich nahm ihre Drohung nicht ernst, da ich mir keiner Schuld bewußt war. Nun aber fand ich sie zu meinem Schrecken doch bestätigt, als mit dem Schellen der Frühglocke der Lehrer die Stufen heraufeilte. Er erwiderte meinen Gruß kaum, während er sich doch sonst teilnehmend nach jedem Genesenden, der wieder erschienen war, erkundigte, und betrat, mit bleichem Gesicht an mir vorübergehend, die plötzlich verstummende Klasse. Ich folgte ihm mit dem entschuldigenden Schreiben meines Vaters. Der Lehrer las es, legte es beiseite und sagte dann: »Etwas lange hast du gefehlt. Vielleicht hast du gar die Krankheit von zwei Bibliotheksbüchern abbekommen. Im übrigen bist du von nun an von ihrem Bezug ausgeschlossen, merke dir das! Deine Eltern werden ja nach den bösen Erfahrungen, die sie gemacht haben, keinen Wert mehr darauf legen.«

Während dieser Stunde, da ich die Kälte seiner Ungnade unverändert spürte, begann ich nachzugrübeln, was ich denn angestellt hatte.

*

Der Arzt hatte Anzeige erstattet! Zu Hause erst erfuhr ich es, und das war also die Ursache, daß mir der Lehrer auch in der Folge keinen freundlichen Blick mehr gab. Natürlich waren alle Privilegien, deren ich mich früher erfreuen durfte, erloschen. Als ich nach Wochen in dem Glauben, er sei mir wieder gut, einen Anlauf nahm, um ihn auf dem Katheder zu besuchen, wurde ich sogleich von seiner heftig abwehrenden Geste belehrt, daß ich ganz unerwünscht sei, und mußte beschämt zur Bank zurückkehren.

Einmal rief er mich an die Tafel, damit ich mit dem Worte »Kuckuck« meine Kenntnisse in der Rechtschreibung beweise. Als ich es mit der Kreide hingemalt hatte, fehlte das ck am Ende. »Ist das richtig?« forderte der Lehrer die Klasse zum Urteil auf, die schon vorher, während meines Krankseins, über die Fallen, die das Wort bot, unterrichtet worden war. Sofort erhob sich ein Wald von aufzeigenden Händen, der immer stürmischer wurde, je länger der Lehrer die wirkliche Befragung hinauszog. »Mit ck am Ende«, hörte ich es flüstern. So kehrte ich mich um, wischte das mittlere c weg und fügte es der letzten Silbe ein. »Ist das richtig?« fragte der Lehrer wieder, worauf ein allgemeines Gelächter losbrach und die ungestümsten Besserwisser sich kaum noch über den Pulten zu halten vermochten. »Ja, sich weiß Gott wie klug dünken, das kann er«, wendete sich der Lehrer an die triumphierende Klasse. »Aber: wie man ›Kuckuck‹ schreibt — das weiß er nicht.«

Ich wußte in der Tat nicht mehr, wie ich das verhängnisvolle Wort bewältigen sollte. Ratlos blickte ich in die von Ungeduld erfüllte Klasse und suchte vergebens zu erfahren, was mir ein Freund in seinem Drang helfender Mitteilung mit verzerrtem Mund und übertriebenen Gebärden hinter dem Rücken des Lehrers deutlich zu machen suchte. Ich wischte wieder das mittlere c weg, ersetzte es, wischte, durch neues Gemurmel beunruhigt, das Ganze fort, schrieb es auf der schon kreidegrauen Fläche noch einmal hin, sah mich abermals schallendem Gelächter gegenüber — da beendete endlich das Geläute des Unterrichtsschlusses das grausame Spiel. Der Lehrer schickte mich mit der nur in seltenen Ungehorsamsfällen verhängten Strafe in die Bank, bis zum nächsten Morgen das Wort fünfzigmal nachzuschreiben, während ich, von den Mitschülern umringt, endlich, aber zu spät, die wahre Aufklärung erfuhr.

Ja, ich sank immer tiefer. Bald sollte ich der Elendste der ganzen Klasse sein.

*

Bei einem Schulausflug hatte ich mich, ich weiß nicht mehr durch welche Anwandlung, von meinen Kameraden entfernt, die der Lehrer auf der Wiese eben zu einem großen Kreis versammelt hatte. Ich verfolgte noch aus weitem Abstand ein wenig schmerzlich das Spiel des Nachjagens und Fangens, das sie gemeinschaftlich übten, und hielt mich dann seitwärts zum Wald, der an der

Wiesenseite geschlagen war. Während ich hier eigenen Wegen nachging, glitt ich auf dem unebenen, von Frühlingsnässe aufgeweichten Boden aus und fiel in eine Lehmgrube. Wohl erhob ich mich sogleich, doch war ich beschmutzt an Anzug und Händen. Ich suchte mich zu reinigen, es gelang aber nicht, und da ich den Lehrer das Spiel abbrechen sah, mußte ich, wie ich eben war, zu den Kameraden zurückkehren. Man hatte meine Abwesenheit nicht bemerkt. Als ich aber jetzt allein und in dem kläglichsten Zustand über die Wiese lief, entdeckte man mich und brachte mich im Triumph dem Herrn der Klasse ein, der mich mit allen Zeichen des heftigsten Jähzorns empfing. »Wo treibst du dich denn herum?« schrie er mich an. »Habe ich denn nicht für alle gesprochen? Du bildest keine Ausnahme, mein Lieber, merke dir das! Warte nur, das wird dir teuer zu stehen kommen!« Damit packte er mich am Rockkragen und schob mich mit jähen Stößen vor sich her, der Wirtshütte zu, die am Rande der Wiese gelegen war. Mein Lehrer haßte mich!

Auf diesem Heimweg war ich der Ausgestoßene der ganzen Schule: ich hörte voll bitteren Schuldgefühls den Chor der Knaben die hellen Frühlingslieder von »der blauen Luft« und dem »Blumenduft in der Winde Wehn« singen, indes ich mit lehmschweren Schuhen vom Hügel unseres Ausflugs über hölzerne Stufen zu der Vorortstraße mehr hintaumelte als ging, wo eine Reihe bestellter Straßenbahnwagen die Teilnehmer des Zuges schon erwartete.

*

Was war es, was meinen Lehrer so unversöhnlich gegen mich machte?

Ich konnte es nicht verstehen, sondern nur mit der dumpfen Bangigkeit des Kindes hinnehmen, das abhängt von erwachsener Übermacht. Als ich später die erste Schule verlassen hatte, vergaß ich bald dieses Leiden. Aber es kam nach vielen Jahren plötzlich der Tag, wo ich des Erlebten gedenken mußte und es — be-

griff. Wir sehen den anderen gern nach dem Bild, das wir uns
von ihm machen, immer in der Form, in die wir ihn hineinzwän-
gen. Der Vater, die Mutter, der Lehrer, die Geschwister, der
Freund, die Frau, die Kinder — sie alle sollen sein, wie wir sie
uns vorstellen. Wenn sich aber ihr Eigenleben meldet, das wir
wenig beachtet haben, erschrecken wir und fühlen uns getroffen
wie von etwas Fremdem. Spät erst entdecken wir den anderen.
So auch habe ich nach einem Menschenalter erst meinen Lehrer entdeckt. Es ergab sich da, daß er ein ganz anderer Mann war,
als ich ihn gewohnt gewesen: nicht mehr der unumschränkte Herr
unserer Klasse, nicht mehr der umworbene Besucher unserer
Spielplätze im Park, den wir geliebt und gefürchtet hatten. Damals war er freilich schon lange tot. Ich entdeckte ihn als Son-
derling, der wenig Umgang pflegte, als den Abkömmling einer
alten Wiener Familie, die durch den Namen eines berühmten
Malers, wohl seines Großvaters, geadelt war. Er hatte sich nicht
verheiratet, sondern bestand auf dem eigenen Leben, das er durch
den Beruf des Volksschullehrers gesichert wußte, vielleicht zur
Sorge seiner Nächsten. Denn er liebte nicht auf natürliche Weise.
Auch sprach er mehr als gebührlich dem Wein zu. Ist er, wenn
er am Wochenende unsere Heftstöße verbessert hatte, in eine
der Schenken gegangen, deren es in seinem Vorort viele gab? Und
hat er dann lange in den Sonntag hinein in seiner Junggesellen-
wohnung geschlafen? Am Montag schlug jeder von uns Schülern
in banger Erwartung das Hausübungsheft auf, das er korrigiert
hatte, und empfing sein Urteil in Form der rotgeschriebenen
Note, die unten von einem kalligraphischen Bogen verziert war.
Oh, das Glück des leicht geschrägten Einsers und die Verschat-
tung der Freude, wenn die Bewertung geringer ausfiel! Wie war
die Welt abhängig von seiner Gnade! Wir kannten nur die vom
Licht des Schullebens beleuchtete Seite unseres Lehrers, und es
bedurfte vieler Jahre, daß mir auch der im Dunkel liegende Teil
aufdämmerte. Ich wurde zu dieser Entdeckung geführt, als ich
zum erstenmal den wirklichen Gehalt der Worte überdachte, den

meine Mutter anzuwenden pflegte, wenn sie auf diese Vergangenheit zu sprechen kam.

Und dies begab sich auf folgende Weise. Mein Lehrer hatte mit seiner Abneigung gegen mich auch sein Verhältnis zu meiner Mutter verändert. Wenn sie, um sich nach meinem Fortschritt zu erkundigen, zu ihm ins Konferenzzimmer kam, wo er die Sprechstunde abhielt, hatte sie von nun an nur Klagen entgegenzunehmen. Er sprach in verärgertem Ton über mich, wurde bleich, stand schnell auf und zeigte ihr den Rücken. Meine Mutter ließ dies einige Male über sich ergehen, weil sie es aber auf die Dauer nicht begreifen konnte, daß ihr Sohn, auf dessen Aufgaben sie täglich sah, nach drei gut bestandenen Jahren plötzlich mit so ungenügenden Leistungen dastehen solle, beschloß sie, in Zukunft beim Oberlehrer vorzusprechen. Sie war eine Frau der bürgerlichen Pflicht, und sie liebte weder Ausnahmen noch Hinterwege. Es gab, wenn es die Ihrigen und ihr Haus galt, keine Grenze für ihre Hingabe. Aber sie erwachte zu sich selbst, wenn sie ihr Recht verletzt sah, und dies waren die Augenblicke, wo die immer heitere, arbeitsame Frau plötzlich jähe Wendungen im Umgang vollziehen konnte. Sie suchte also den Oberlehrer auf, um meine Übersiedlung in eine andere Schule zu besprechen, doch fand sie bei ihm zu ihrer Verwunderung mehr Hilfe, als sie erwartet hatte. Er beruhigte sie und schien viel eher Bedenken gegen meinen Lehrer zu haben, als daß er mich verurteilte. Bei dieser Gelegenheit war es, daß er ihr etwas anvertraute, das sie, Jahre später, immer mit dem gleichen Wortlaut wiederholte. Er ließ nämlich durchblicken, daß ihm manches über ihn zu Ohren gekommen sei, was ihm nicht gefiel. Es sei nicht allein der Umstand, daß er ein Trinker sei. Auch andere, bedenklichere Klagen seien eingelaufen.

Ich dachte als längst Erwachsener zum erstenmal darüber nach. Da stiegen Begebenheiten vor mir auf, die mir nie vorher bewußt geworden waren, jetzt aber wie Stücke eines Mosaiks sich zu einem neuen Bild seiner Person zusammenfanden. Ich erinnerte mich seiner Finger, die vom vielen Rauchen tabakgelb gefärbt wa-

ren, obzwar sie so kalligraphisch reine Lettern in das Schön-
schreibheft schreiben konnten. Es mußte eine Unrast in ihnen gelebt haben, die zu der ruhigen Sorgfalt der Buchstaben in Widerspruch stand. Wenn er durch den Park ging, pflegte er die glü-
hende Zigarette gegen die Innenhand gerichtet zu halten, wie es
leidenschaftliche Raucher tun, und es verging nie allzuviel Zeit,
ohne daß ich ihn die nächste dünne Zigarette, eifrig gegen den
Wind vorgebeugt, anzünden sah. Warum diese Unruhe, die
wenig zu seiner Väterlichkeit paßte?

Auch andere Begebenheiten stiegen vor mir auf. Ich entdeckte,
daß er uns Buben — umworben hatte. Er verstand es wohl, mit
uns umzugehen wie kein anderer Lehrer der Schule, und er war
deshalb unser erklärter Liebling. Schon am ersten Schultag hatte
er uns aus Bürgerfamilien gekommenen Söhne zu beruhigen verstanden, indem er schweigend von Pult zu Pult ging und auf jedes
ein Schokoladebonbon hinlegte. Das war eine Aufmerksamkeit,
die unsere Furcht in Glück verwandelte, und geeignet, uns den
fremden Karbolgeruch des weißgekalkten Klassenzimmers vergessen zu machen. Seit dieser Stunde liebten wir ihn.

Aber auch später warb er um uns. Wenn er an unseren Bänken vorbeiging, so war es seinen Lieblingen erlaubt, ihn am Bein
zu sich heranzuziehen, und manche taten dies so stürmisch, daß
sie es umschlangen. Woher sich diese Sitte eingebürgert hatte,
weiß ich nicht. Vielleicht hatten wir sie von seinem Favoriten
übernommen, dem weißblonden, hochschlanken Hilberger. Der
Lehrer ließ sich die Liebesbezeigungen doch gern gefallen, ja
pflegte sich neben den Jungen am Eingang der Pultbank hinzu-
hocken und auch dessen Bein zu umfangen und zu kosen. Für
mich war dieses Liebesspiel eine hohe Auszeichnung, da wir alle
um seine Gunst wetteiferten, und es war ein Triumph, wenn ich
seinen Geruch, seine männliche Wärme, das leise Keuchen des
bärtigen großen Gesichtes neben mir spürte. Gewiß erinnere
ich mich nicht, daß er jemals eine ihn entehrende Handlung dabei
begangen hätte. Aber ich glaube, daß seine Zärtlichkeiten gegen

23

uns Buben, die sämtlich noch Gesichter von der Frische junger Mädchen hatten, keine zufälligen gewesen sind. Bedenke ich dies, so erscheint mein Lehrer in einem andern Licht. Er ist nicht mehr mein Vater, sondern ein Mann, der ein Doppelleben führt: ein einsamer, wohl unglücklicher Mann, der vielleicht seiner Familie manches vorwirft, weil er nicht so empfinden mochte wie andere Menschen, und beim Wein vergessen wollte, wozu ihn das Schicksal verurteilt hatte. Er ist ein ruheloser Mann, der eine Zigarette nach der anderen raucht, wenn er außerhalb des Schulgebäudes ist, und der an Sommernachmittagen einsam durch die Parke der staubigen heißen Großstadt geht, obwohl er doch draußen in einem Vorort wohnt, wo die Luft viel reiner und kühler weht.

Und da habe ich vielleicht das Rätsel seiner Feindschaft gefunden? Hat mein Lehrer deshalb meine unglückliche Anzeige des Bibliotheksbuches so übel aufgenommen? Hat er sie deshalb als Zeichen aufgefaßt, daß bei einer nächsten Gelegenheit von mir noch andere, viel gefährlichere Eröffnungen zu erwarten seien? Daß ich Dinge ausplaudern könnte, die er in der Unbewußtheit unserer Kinderseelen wohlverwahrt glaubte? Bin ich ihm etwa wie ein Spion erschienen, vor dem er sich in Zukunft gar sehr zu hüten hatte? Eine Anzeige der gefürchteten Art hätte ihm in der Tat Versetzung oder gar Entlassung aus dem Schuldienst bringen können. Und wer weiß, wieviel es ihn und die Familie gekostet hatte, daß er die Anstellung eines Lehrers besaß? Eine Anzeige hätte eine Katastrophe für ihn bedeutet.

War es also Furcht, die seine Abneigung gegen mich so unerbittlich und leidenschaftlich machte? Ich weiß es nicht, doch möchte ich es glauben. Mein Herz war doch ahnungslos. Ich wäre niemals auf die unerhörte Freiheit gekommen, sein Benehmen gegen uns auffallend zu finden, ihm gar, den Fehdehandschuh aufnehmend, im Verein mit Eltern und Arzt zu erwidern. Wie hätte solches Wachsein jemals meinen Daseinstraum durchbrechen können? Viel zu tief wurzelte ich ja in seiner Vaterschaft und nahm, was er mir tat, als Gnade oder Strafe entgegen. Er war es, der meinen Fingern die Kunst beigebracht hatte, bisher nur Gehörtes als wohlgeformtes Zeichen auf das Papier zu setzen, mit der Schar der Zahlen frei umzugehen. Er war mein erster Lehrer, dessen Befehle Gehorsam forderten; und dies band mich an ihn wie an meinen Herrn. Daß er ein kranker Mann war, krank wie viele in diesen letzten Tagen der österreichischen Monarchie — die Votivkirche selbst, die wohl nach gotischen Formen aus Zieraten gebildet schien, aber immer wieder Teile ihres Sandsteins auf den Kirchenplatz fallen ließ, so daß sie nicht mehr aus den Gerüsten kam —, das erfuhr ich erst viel später.

Einmal sollte doch dieses Erlebnis seinen Abschluß finden. Mein Lehrer war längst gestorben, und ich träumte, daß ich ihm unterhalb der grauen Kastellmauer unseres Gerichtsgebäudes begegnete. Hinter ihm, in der nämlichen Richtung wie er, ging ein Mann, der einen Balken auf der Schulter trug wie ein Bauarbeiter, ihn damit überholte und ihn dabei so heftig anstieß, daß der Getroffene taumelte. Ich erschrak und wäre selbst angesichts dieses Rohlings am liebsten Hals über Kopf geflüchtet, da sich der Mann auch gegen mich zu wenden und mir gefährlich zu werden drohte. Freilich bedeutete dies, daß ich ihm dann das Feld überlassen mußte und damit meinen Lehrer einer noch ärgeren Behandlung aussetzte. Da wählte ich lieber das Standhalten, trat sogar auf den Mann zu und stellte ihn wegen seines rohen Verhaltens zur Rede. Die Folge war, daß dieser Dämon sich meine Rüge gefallen ließ und — ohnmächtig verging. Mein Lehrer aber erkannte mich, dankte für den Beistand und lud mich ein, ihn zu begleiten wie in längst vergangenen Tagen. Und nun, während der Erleichterung eines freimütigen Beisammenseins, löste sich, was so lange störend zwischen uns gewesen. Wir gingen glücklich nebeneinander durch den Park, der von den beiden mondbleichen Turmspitzen der neugotischen Kirche magisch überragt war.

PROFESSOR SIGMUND FREUD
ENTLARVT MICH

An einem Winternachmittag führte mich der Zufall in den Teil unserer Stadt, wo der Aufenthalt meiner Kindheit gewesen: in die Berggasse Wiens. Sie heißt so nach ihrem oberen Teil, der steil zum Viertel der Krankenhäuser ansteigt, während ihr unterer eben daliegt. Dort, in ihrer Niederung, steht das Zinshaus, in dessen vierten Stock wir gewohnt hatten, und ich fand es in Gemeinschaft mit seinen gleichhohen Nachbarn wie eh und je. Ich drückte die Klinke des niedrigen Bürgertors nieder und befand mich in dem geräumigen Hausflur. Selbstverständlich fast, als ob nicht drei Jahrzehnte vergangen wären, bog ich linker Hand zur ersten »Stiege« ein, ging durch den Verandagang, vor dessen Scheiben Hof und Hintertrakt liegen, und, den Schritt zurückhaltend, den ersten Stock hinauf, die alten, dämmernden Stufen.

Zwar schien dem Stiegenhaus die Seele entwichen, doch bald entdeckte ich Vertrautes wieder. Immer noch bekleideten in abgeblaßten Resten die schablonierten Phantasiemargeriten die Wände, immer noch folgte das zu redlichen Ranken verschnörkelte Eisengeländer dem Anstieg der Treppe, die in drei Absätzen — zwei längeren und einem kurzen — die Höhe erklimmt. Im ersten Stock machte ich halt, denn hier befand ich mich im Traumgebiet meiner Kindheit. Aber die Türschilder der ungepflegten Wohnungseingänge zeigten mir fremde Namen.

Zur Linken hatte einst die Hausfrau gewohnt, eine einsame Dame von kleiner Statur, die das graue Haar hochgekämmt trug und mit einer hochgeschlossenen Bluse bekleidet war wie eine

Lehrerin. Doch erinnerte sie wegen ihrer ausgesuchten Vornehmheit mehr an eine Gutsbesitzerin. Ich weiß nicht, inwieweit Kinder etwas über die Wahrheit fremder Verhältnisse wissen. Aber für mich galt die bestimmte Vorstellung, daß sie allein über eine Flucht von Zimmern verfüge, während die ähnlich aussehende Dame, die gegenüber wohnte, ihre Schwester sei und einer ganzen Familie vorstehe: einem Sohn und zwei Töchtern. Zwischen den beiden Türen, die ein roter Läufer miteinander verband, gab es immer lebhaften Verkehr. Wenn ich von der Höhe unseres vierten Stockes herabkam, konnte ich unten Schlüssel klirren hören und beim Näherkommen einen Angehörigen der Hausfrau, die Gouvernante oder Gesellschafterin, den Gang passieren sehen. Das wäre freilich für den Elfjährigen, der ich damals war, nicht denkwürdiger geworden als andere Erfahrungen von einer Welt, zu der es keinen Zugang gab, wenn nicht *eine* Person allen Dingen einen neuen Inhalt verliehen hätte: die jüngere von den beiden Nichten der Hausfrau.

Es war an einem Vormittag im Winter, als sie mir zum erstenmal auffiel. Meine Erinnerung zeigt mich als Schüler der Volksschule, mit Matrosenmütze und kurzem, gefüttertem Rock, der von zwei Reihen messingener Knöpfe mit ausgeprägten Schiffsankern besetzt ist. Dunkel weiß ich, daß wir einander zweimal innerhalb weniger Stunden begegneten. Das erstemal bei meinem Ausgang durch das Tor, das sie gerade von außen geöffnet hatte, wobei sie mich mit ihren überaus blauen Augen ernst anblickte. Und das zweitemal bei meiner Rückkehr von der Straße, über der ein leiser Schneeflockenfall schwebte, wieder beim Haustor, wo sich ihr Anschauen so eindringlich wiederholte, daß ich bis tief ins Herz erschrak.

Damit war mir für Jahre der Keim einer schweren, hilflosen Liebe eingepflanzt. Es gab ja kein Betreten des Stiegenhauses mehr ohne die Erwartung, sie wiederzusehen, die mir durch Zufall oder unbekannte Bedingungen ihres Schülerinnendaseins oft wochenlang entzogen blieb, bis sich die Wartezeit plötzlich zu einer neuen Begegnung lichtete. Meistens geschah dies morgens beim Haustor, das sie gerade etwas früher erreicht hatte als ich. Die blonden Zöpfe fielen ihr über die Schultasche, die nicht, wie die meinige, ein Lederkästchen war, sondern schon eine Art Mappe, mit Riemen verschließbar, wie sie die Schülerinnen der höheren Klassen trugen.

Manchmal begegneten wir uns auf der Straße. Sie ging, begleitet von der Gouvernante, in einem eleganten Tegetthoffblau, das sie als eine Tochter der oberen Stände auswies. Mit dem beinahe trotzigen Blick ihrer langsamen Augen, die von den Lidern etwas verdeckt waren, sah sie mich an: ohne Lächeln, aber aufmerksam, obwohl doch meine Eltern die ärmsten Mieter der »Stiege« waren. Die Seligkeit über dieses schweigende Einverständnis ließ mich erzittern. Ich erfuhr ja zum erstenmal die Urfreude der Liebe: die überraschende Entdeckung, daß man in der Einsamkeit seines Ich nicht allein ist; daß einem jemand sein Wesen schenkt, wenn nur durch die Stummheit des Blickes!

*

Von nun an kreise ich wie ein Falter um das Licht dieses Mädchens, aber die Gelegenheiten, sie zu sehen, blieben selten. Im Frühling bekam ich sie öfter zu Gesicht. Dann lehnte sie manchmal zwischen den roten Damastportieren des offenen Salonfensters, oder ich sah sie von der Hofseite unserer Wohnung aus wie hinter schwarzem Glas tief unten über den Parkettboden eines Vorhauses oder Zimmers gehen. Manchmal auch übten sie und ihr Bruder auf Fahrrädern im Hof elegante Schwünge und Kehren, und ich hörte, wie sie sich übermütig unterhielten. Angestrengt lauschte ich auf ihre Sprache, aber ich konnte nichts verstehen als die hellen Ausrufe ihrer Jugend.

Wenn ich sie lange entbehrt hatte, suchte ich Trost in den Dingen, die sie umgaben. Neben ihrer Wohnungstür brannte ein Wandarm mit einem kurzen Sparlicht, das man mittels eines

Kettchens zur vollen Stärke anfachen oder wieder abstellen konnte. Es mußte ein Leitungsfehler daran sein. Denn ich nahm schon beim Stiegenaufgang den erregenden Geruch des ausströmenden Gases wahr, wenn ich an Nachmittagen vom späten Schulunterricht heimkehrte. Die Luft war erfüllt von Erwartung. Jeden Augenblick konnte ja Schlüsselgeklirre oder das Geräusch des Aufsperrens die Stille durchbrechen und eine der Personen erscheinen, die hier wohnten und auf dem roten Läufer zu gehen pflegten: wenn nicht sie selber, so die hellblonde Haushälterin oder der Bruder, der ihr glich, als ob sie Zwillinge wären, und mit der Geschmeidigkeit von Herrensöhnen auftrat. Es konnte auch ihre etwas steife ältere Schwester oder die Mutter oder die kleine Hausfrau sein. Das leicht ausströmende Gas des ersten Stockes trug die Erwartung eines Festes auf seinen glosenden Schwingen.

Am schlimmsten war der lange Sommer, den die beiden Familien, wie es hieß, auf ihrem Gut im Sudetenland verbrachten. Schon vor dem Schulende erwies es sich eines Tages, daß ihre sämtlichen Fenster mit Papier verkleidet waren, aber nicht mit braunem, womit alle anderen Sommerreisenden ihre Absenz anzeigten, sondern mit einer Art Staffage, die herabgelassene, grüne Jalousien vortäuschte. Wie oft sah ich, der als Schuljunge die Ferien in der Stadt verbringen mußte, an heißen Sommertagen zu diesen verschlossenen Fenstern auf, die doch hartnäckig in ihrem Zustand verblieben und sich auch nicht öffneten, als längst alle anderen Besucher von Bädern, Gebirgsorten, fremden Ländern wieder in die Berggasse zurückgekehrt waren.

Über dieses triste Warten half ich mir hinweg, indem ich auf dem Weg zum oder vom Liechtensteinpark, wo ich meine Spiele hatte, länger als sonst vor den Auslagen des vornehmen Glasgeschäftes verweilte, das den Namen der Hausfrau trug und ihr offenbar auch gehörte. Wenigstens war es mit meiner Vorstellung von ihrem Reichtum durchaus vereinbar, daß sie es besaß, und sogar die Riesenfabrik selber, die von Böhmen aus viele Städte der Monarchie mit ihren durchsichtigen Waren versorgte. Ich konnte die lange Liste der Niederlagen auf dem eleganten Schild des Zugangstores ablesen.

Hier, nur wenige Schritte von unserem Haus entfernt, vor den hohen, mit Draperien eingefaßten Fenstern, die mit den Produkten einer erlesenen Glasschleiferkunst angefüllt waren, machte ich lange Aufenthalte. Wenn ich die feinen Kelchgläser, in Silber ruhenden Kristallschalen, funkelnden Schüsseln, gedämpften Ampeln sah — alles Dinge, die es in unserem Haushalt kaum gab —, fand ich zu ihr hin. Sie wurde mir gegenwärtig, als ob ich ihr eben wieder begegnet wäre.

Schließlich kam doch der ersehnte Tag ihrer Rückkehr. Es war spät im Herbst, und die in ihrem Grün schon verschossenen, durch den abgelagerten Staub gebrochenen Papierjalousien waren plötzlich verschwunden, die Fenster standen offen trotz der Kühle, und verschiedener Hausrat lag zur Lüftung auf den Borden. Als dann nach wenigen Tagen die Herrschaft einzog, was sich durch den bewegten Verkehr zwischen den beiden Türen ankündigte, war die Bewohntheit des ersten Stockes zu meiner Freude wiederhergestellt. Es dauerte auch nicht lange, bis ich ihr selbst begegnen durfte. An dem Ernst, mit dem sie mich ansah, hatte sich nichts verändert. Sie war nur selbst während der langen Monate ihrer Abwesenheit größer und kräftiger geworden, und ihr Blick, durch die Sonnenbräune des Gesichtes hervorgehoben, traf mich mit einem tieferen Blau als früher.

Keine Liebe entgeht der Stunde ihres Abschieds, und so mußte auch ich daran glauben, der dieses Mädchen nach Jahren noch nicht einmal grüßte. Aber wie hätte ich nicht erschrecken sollen, als ich sie eines Spätnachmittags — ich kam gerade aus dem Garten — mit einem jungen Mann vor dem Haustor stehen sah? Gleich gab ich alles verloren und in einem Anfall von Eifersucht lief ich die Stufen hinauf und flüchtete in mein Zimmer, wo ich mich auf das Bett warf.

Gleichwohl übte ich voreilig Revanche, indem ich bei der

nächsten Begegnung wegblickte und beim folgenden Hinuntergehen über die Stufen sogar vor mich hinpfiff. Vielleicht aber hatte ich Falsches vermutet. Denn ihr Blick war, wie ich später bemerkte, der gleiche geblieben und hatte nichts von seinem Ernst verloren. Und einmal, nachts vor dem Schlafengehen, ließ ein Ereignis alle Sehnsucht wieder wach werden. Als ich, wie immer, meine Ausschau über die untersten Hoffenster hielt, deren Scheiben schon das Unerreichbare dieser Sphäre verkündeten, sah ich ihren Kopf, dunkel gegen den von der Lampe erhellten Hintergrund, auf dem Fensterbord liegen: mit aufwärts gewendetem Gesicht. Bei meinem Erscheinen freilich verschwand sie.

*

So ging ein Jahr nach dem anderen dahin. Aber einmal, mitten in meiner Gymnasiastenarbeit, kam die Botschaft, daß es Ernst werde mit unserer Übersiedlung, von der so oft die Rede gewesen. Wir sollten in einen ziemlich entfernten Stadtteil ziehen, und es sollte in Zukunft also kein Abenteuer einer Begegnung im Stiegenhaus oder auf der Straße mehr geben. Andere Personen würden im vierten Stock wohnen.

In der Tat führte mich der neue Schulweg bald in eine ganz andere Richtung, von der Berggasse weg und der Stadtmitte zu, und die Zeit der Nachmittage war einem strengeren Stundenplan unterworfen. Das Gaslicht kochte lange im Zylinder über meinen ausgebreiteten Büchern und Heften, über den Ziffern und Figuren der mühsamen mathematischen Aufgaben.

Als aber der Frühling kam, bestürzte mich die Vorstellung, daß sie ebenso einsam und eingesperrt vor Schulaufgaben säße wie ich, obwohl sie die Nichte der reichen Hausfrau war, und daß wir gemeinsam um unsere Liebe kämpften. Seitdem wurde es mir schwerer und schwerer, meine Aufmerksamkeit auf Vokabeln oder neue Abschnitte von Geographie und Geschichte, gar auf verwickelte Rechnungen zu richten, und ich schob alles für den

Abend beiseite und verließ Zimmer und Haus. Solange es licht war, wollte ich spazierengehen, und das hieß: die Wallfahrt in die Berggasse antreten.

Mein Suchen nach ihr begann schon bei den Gärten der Ringstraße, wo ich ihr, an der Seite der Gouvernante, ein- oder zweimal begegnet war, und führte mich in weiten Bögen zu anderen Treffpunkten der Vergangenheit, die wie Denkmale in meiner Erinnerung standen. Aber ich hatte weder auf der Ringstraße noch in der abgelegenen Hohenstaufengasse noch in ihrer Verlängerung, der Liechtensteinstraße, den geringsten Erfolg, sondern fand überall nur die schmerzliche Leere ihres Fernseins. Die Berggasse, die ich endlich betrat, erschien mir da wie eine letzte Hoffnung.

Es war ein Nachmittag des jungen Laubes und Duftes, wo die Reihen der Fenster im hellblauen Perlmutter leuchteten. Die gespannte Erwartung erfüllte mich, ob es diesmal gelingen werde, sie wenigstens im Fenster zu sehen und ihr von der Straße aus zu zeigen, daß ich sie nicht vergessen habe. Von der Ecke an, um die ich eingebogen war, richteten sich meine Blicke einzig auf unser altes Haus, das im nachmittäglichen Licht inmitten seiner Nachbarn ruhte. Langsam näherte ich mich und merkte, daß das Salonfenster oberhalb des Haustors offen stand. Die Sonne lag auf dem oberen Teil der Mauer, während sich der Maihimmel mit Flecken von feurigem Meerblau in einer der Scheiben spiegelte. Der Wind rüttelte an den Haken.

Vielleicht fühlte sie es, daß ich da unten vorbeiging, und kam ans Fenster? Ich blickte gespannt hinauf, denn jeder noch so sparsame Schritt entfernte mich unbarmherzig von dieser Mitte der Stadt. Aber das Wunder trat nicht ein, daß sich ihre Gestalt innerhalb des Rahmens abzeichnete. Sein Schwarz veränderte sich nicht. Es blieb leer.

Vielleicht hatte sie aber in letzter Minute mein Dasein gespürt, hatte Schulbücher und Hefte auf dem Tisch stehen und liegen lassen und war, von der Unruhe erfüllt, auf die Straße zu sehen, über den roten Teppich gegangen, um noch rechtzeitig zum offenen Salonfenster zu gelangen? Es konnte sein, daß ihr das Betreten des Zimmers nicht immer erlaubt war. Aber was kümmerte sich unser heimliches Einverständnis um Gebote und Verbote? Und jetzt sah sie in meine Richtung. Ich mußte zurück und den Anschein erwecken, als käme ich ganz zufällig von der anderen Seite, und würde beim Vorübergehen die Mütze lüften! Ich wendete mich also um und ging wieder bis zur Höhe des Fensters. Aber sie war nicht gekommen, sondern alles leer wie zuvor. Ich ging noch ein Stück über die Front des Hauses hinaus, um dann wieder mit einem neuen Vorbeigang zu beginnen. Denn die Vorstellung bedrängte mich, daß nur um ein paar Sekunden später eintreffen könne, was ich schon als glücklichen Vollzug erhofft hatte. Aber wieder änderte sich nichts. Der Frühlingswind bewegte die Fensterflügel, und in dem hohen Rechteck der Öffnung brütete ungestört das Dunkel des Salons, dessen holzgetäfelte Decke man sehen konnte, wenn man am Trottoir unter ihm stand.

Wie im Traum ging ich weiter und dem Ende der Straße zu. Die plötzliche Einsicht überkam mich, daß unser kostbares Einverständnis vielleicht zu Ende sei: sie hätte mich sonst durch die Mauern spüren müssen. Sie und ich trieben wohl auf getrennten Wogen des Zeitstroms dahin und entfernten uns immer mehr voneinander? Aber dieses Grausame war in seiner Wirklichkeit nicht zu ertragen, und so verscheuchte ich es schnell. Nein, ich wollte noch einen Versuch wagen. Wieder ging ich zurück, bettelte das einsame Fenster an, beschloß doch nach einigem Warten umzukehren und taumelte weiter: der Bangigkeit der nächsten Straßenecke preisgegeben, wo sich nicht allein die Hoffnung dieses Nachmittags als Trug erweisen sollte.

Ich weiß nicht mehr, wie oft ich meinen Entschluß, endlich nach Hause zu gehen, änderte und wieder umkehrte, um sie doch noch im Fenster zu überraschen, da wurde ich auf einen Schatten aufmerksam, der mich von der anderen Straßenseite zu bedrohen schien. Aufschauend entdeckte ich, daß drüben drei Personen, mir zugewendet, standen, und erkannte zu meinem Erstaunen Professor Freud zwischen zwei Begleiterinnen. Er hatte sich ganz auffallend gegen mich gebeugt: fast geduckt lauerte er mich von unten an, als erwarte er etwas, das jetzt und jetzt eintreffen müsse. Professor Sigmund Freud war keine ungewöhnliche Erscheinung für mich. Er wohnte in dem Haus neben dem unserigen, Nummer 19, und ich hatte ihn oft in der Berggasse gesehen: offenbar auf dem Weg zur oder von der Klinik des Allgemeinen Krankenhauses, wo er seine Vorlesungen hielt. Ich weiß nicht, wieso ich schon als Volksschüler auf ihn aufmerksam wurde — kaum hatte ich jemals das Wort Psychoanalyse gehört oder aufgefaßt —, aber der stattliche Mann mit dem gewichtigen Schritt, dem Ärztebart und den lebendigen Augen hob sich vielleicht wegen der Berühmtheit, die er damals schon besaß, von seiner Umgebung ab. Er und seine Töchter, ihr schneller, eifriger Gang, prägten sich jedesmal meinem Gedächtnis ein.

Jetzt aber stand ich vor seinem durchdringenden Blick, der mich erschreckte. Es war mir, als hielte mich ein Gerichtssaal gefangen, und ein unerbittlicher Ankläger hätte den Punkt erreicht, wo mein volles Geständnis nur noch eine Frage von Sekunden war: es gab kein Ausweichen mehr. Ich war ertappt bei einer Schuld, die einzugestehen ich mich immer gedrückt hatte. Das Netz zog sich unerbittlich zusammen.

Solches gab mir die Besinnung wieder. Ich mochte in diesem Augenblick Professor Freud verzweifelt angesehen haben, denn ich merkte dann, daß er sich aufrichtete und mit der Gefolgschaft seiner Töchter — sie waren es, glaube ich — seinen Weg fortsetzte. Sie gingen die Berggasse hinauf, als ob nichts geschehen wäre.

Doch *mich* hatte sein Blick getroffen: ich kam mir ganz entlarvt vor. Er mußte es ja beobachtet haben, wie ich mich fast bei jedem dritten Schritt nach dem offenen Fenster umgewendet hatte, und dies mochte ihm als toller Tanz erschienen sein. Zum erstenmal schämte ich mich da meines Benehmens. Ich konnte gewiß nicht ahnen, daß der große Seelenforscher gar nicht eine solche Wirkung bezweckt hatte, sondern eher damit beschäftigt war, den Hörern einer bevorstehenden Vorlesung meinen kleinen Fall als Preisfrage vorzulegen, um ihn dann als Neurose und Symbolfetischismus zu enthüllen, wie ich es heute vermute. Aber ich begriff unter dem eisigen Strahl seiner beobachtenden Augen etwas ganz anderes: daß ich von nun an aufhören müsse mit dem Suchen nach ihr und dem Fensterpromenieren. Nein, nicht so bald würde ich hieher zurückkehren! Ein Ende war erreicht.

Dann brach der Erste Weltkrieg aus, der vieles veränderte und es leicht machte, auch festhaftende Gewohnheiten abzulegen. Während seiner vier Jahre gab es keine Berggasse mehr für mich. Als ich wieder an sie erinnert wurde, war es Jahre später; ich hatte eine Studentin kennengelernt, die einmal bei der Hausfrau Gesellschafterin gewesen war, und durch sie erfuhr ich etwas über die Familie des ersten Stockwerks: sie habe ihren großen Besitz in Böhmen verloren, das Haus längst verkauft und verlassen. Der Bruder, der schöne, elegante Junge, sei im Krieg gefallen. Die jüngere Schwester aber habe schwer lungenkrank in einem Sanatorium gelegen, und es gäbe nicht mehr viel Hoffnung für ihr Leben.

ONKEL HERMANN UND ICH

An Sonntagvormittagen pflegte mein Vater mit mir, dem kleinen Jungen, auszugehen, um in der inneren Stadt Wiens das festliche Dessert für den Mittagstisch zu besorgen. Die Konditorei auf dem Rabensteig war das Ziel unserer feiertäglichen Schritte durch die fast leeren Gassen. Nach dem Einkauf trug er das in Seidenpapier eingeschlagene Paket auf der flachen Hand nach Hause.

Die Zeremonie veränderte sich, wenn Onkel Hermann, der Bruder meiner Mutter, uns besuchte. Dann blieb er nicht länger bei ihr, sondern schloß sich der Promenade meines Vaters an. Er ging an seiner Seite, würdig und aufrecht in seiner Mittelgröße, mit langem Überrock und dem hellbraunen, krausen Vollbart, der ihm ein Stück auf die Brust hing. Wir passierten die Liechtensteinstraße an dem Eck der Polizeidirektion, in deren Torbogen Uniformierte standen, und überquerten den Ring. An dieser Stelle begann das Abenteuer. Denn wir näherten uns dem alten Teil der Stadt, der vor 50 Jahren noch von Mauern umschlossen gewesen war und auch jetzt noch eine andere Welt darbot, als es unser heimatlicher Bezirk war. In ihm hatte sich die großväterliche Wohnung befunden, die ich nie gekannt, wo aber mein Vater und Onkel Hermann als junge Männer einander begegnet waren. Sie sprachen davon, und längst Vergessenes schien in diesen Straßen zu erwachen.

Die nächste Erinnerung führt mich in den Volksgarten. Ich lief dort an Nachmittagen mit Kameraden herum, wir spielten »Räuber und Wächter«. Indessen saß meine Mutter in der schattigen Allee neben der Anlage des Kaiserin-Elisabeth-Denkmals auf einem der grünen Parkstühle, mit einer Handarbeit beschäftigt. Verwandte und Bekannte besuchten sie dort und setzten sich um sie herum. Manchmal tauchte auch Onkel Gustav auf, der älteste ihrer Brüder, Exporteur von Beruf. Er besaß eine elegante Wohnung samt Kontor in der Liechtensteinstraße und konnte jeden Sommer seine Familie zu langen Ferien aufs Land schicken, was meinem Vater nicht möglich war. Er war der einzige, der immer nur stehen blieb, als fände er vor lauter Geschäft nicht Zeit für die Muße eines kleinen Sitzens.

Das wäre alles sehr idyllisch gewesen, wenn sich nicht ein Schatten darüber gelegt hätte. Zwischen den Onkeln Gustav und Hermann war nämlich aus mir unbekannten Gründen Streit ausgebrochen, und die Folge war, daß die beiden bei Begegnungen im Volksgarten keine Notiz mehr voneinander nahmen.

Einmal wurde ich Zeuge dieses Bruderzwistes. Ich war eben vom Spiel um den Theseustempel erhitzt zu meiner Mutter zurückgekehrt und hatte dort Onkel Gustav stehend und seine Frau sitzend angetroffen. Da hörte ich, wie er eine offenbar heftige Rede mit den Worten abschloß: »Keinen roten Heller borge ich ihm mehr.« Kurz nachher machte er eine jähe Bewegung, summte aufgeregt vor sich hin und beugte sich zu seiner Frau. »Da kommt er ja, der Herr«, flüsterte er. Die Tante blickte auf, und ihr immer blasses Gesicht wurde zu weißem Stein. Denn von der Seite des Hauptportals näherte sich die zierliche Gestalt des bärtigen Onkels Hermann. Er begrüßte meine Mutter, wechselte ein paar Worte mit ihr, gab mir einen Klaps auf die Wange und setzte dann, als ob Onkel Gustav und dessen Frau vollkommen Luft wären, geraden Rückens seinen Weg fort. Die beiden verließen uns kurz darauf in merklicher Verstimmung.

Zum Unglück hatten die Brüder denselben Beruf und waren also bei gleichem Namen und Kundenkreis Konkurrenten. Onkel Gustav war indessen der erfolgreichere. Er hatte Beziehungen zur Übersee, sein Papierkorb war immer voll von Kuverts mit seltenen Briefmarken. Und einmal hatte ich in seinem Kontor einen echten Chinesen in schwarzem Rock und mit langem geflochtenen Zopf gesehen und auch gehört, wie der Gast aus Asien ein Emailgeschirr nach dem anderen fachgemäß beklopfte.

Onkel Hermanns Frau war nicht beliebt bei uns. Ihr Gesicht zeigte an den Augenwinkeln und auf dem Nasenrücken die Fältchen eines allzu reichlich geübten Lächelns, während ihre gesamte Person doch Kühle atmete. Als Tochter eines Börsenmannes hatte sie in Onkel Hermann die Partie erwartet, die sie für alle Zeit sichern sollte, und ihr Vater hatte ihre Mitgift für diese Hoffnung angelegt. Aber die auf Wertpapieren gegründete Ehe sollte sich anders gestalten, als es gedacht war. Aus den Gesprächen meiner Mutter erfuhr ich, daß in Onkel Hermanns Affären Stockungen eingetreten waren. Tante Ida galt als »kalt und herzlos«, und alle Schuld für das verschiedene Versagen in seinem Hause wurde — nicht sehr gerecht — ihr allein zugeschoben.

Trotz allem besaß Onkel Hermann den Ruf eines wohlhabenden Mannes. Er wohnte in einer Villa im Cottage, und hier war es, wo meine nächste Erinnerung einsetzt. Meine Mutter und ich besuchten seine Familie und saßen in dem Hausgärtchen. Nie noch hatte ich diesen gehobenen Lebensstil erfahren: daß man nur eine leichte Treppe durch ein von farbigen Glasfenstern erhelltes Stiegenhaus herabzusteigen braucht, um seinen eigenen Platz im Freien, von duftenden Jasminbüschen umgeben, einzunehmen. Ich wußte nichts von den Bequemlichkeiten einer Villa. Wir wohnten im vierten Stock einer heißen Zinskaserne.

Der Onkel hatte zwei hübsche Töchter, Grete und Lisa, die ältere mit braunen Augen wie der Vater, die jüngere hell und kühl wie die Tante. Ich freute mich schon auf die Begegnung mit den Cousinen, weil sie die einzigen Mädchen gleichen Alters waren, mit denen ich ungeniert umgehen konnte. Die beiden erschienen indessen nur flüchtig, wenn sie auf funkelnden Fahrrädern in das Rondeau einfuhren, um sogleich wieder zu verschwinden. Das Knarren des grobkörnigen Gartenkieses zeigte jedesmal nur kurz ihre Gegenwart an.

Radfahren — das war auch ein Ding, das nur den Kindern der Reichen offenstand! Da bewegten sich meine Cousinen in geschmeidigen Kurven und kümmerten sich wenig um ihren Besuch. Ihr Vater war ein vermögender Mann, der meine nur ein Buchhalter, der zur Aufbesserung seines Gehalts in Onkel Gustavs Kontor bis in die späten Abendstunden arbeitete. Der süße Duft der Jasminbüsche erweckte da in mir die Sehnsucht nach einem freieren Leben.

*

Kurze Zeit nachher fiel ein neuer Schatten über uns alle. Ich konnte den Gesprächen der Erwachsenen — geflüstert und mit Seitenblicken auf mich — entnehmen, daß Onkel Hermann geistig erkrankt war. Das Wort »Paralyse« hörte ich zum erstenmal, und daß eine Geschlechtskrankheit dahinterstehe. Ich hatte keine Ahnung von den medizinischen Zusammenhängen und konnte also die Tragweite des Ereignisses nur durch die Bestürzung meiner Mutter und ihrer Gespräche mit dem Vater ahnen.

Ein paar Monate später wurde ich allein zu einem Besuch nach Eichgraben an der Westbahn eingeladen, wo Onkel Hermann eine Sommervilla gemietet hatte. Er war nach einer Kur nach Hause zurückgekehrt und sollte die Gesundheit wiedererlangt haben. Alles schien sich also in den angenehmen Bahnen eines Ferien-Idylls zu bewegen, und ich freute mich schon auf die Begegnung. Es kam jedoch weder zu einem Ausflug mit ihnen in die nahen Waldberge noch zu einem behaglichen Mittagessen, was ich erhofft hatte. Ich erinnere mich nur an einen ganz unerwarteten Vorfall.

Wir fünf ruhten in Liegestühlen bequem in der Sommerwärme. Ich glaube, eines der Mädchen machte sich über einen Bekannten lustig und fand dabei gerade den Beifall der Zuhörer, da brach plötzlich der Streckessel von Onkel Hermann unter ihm zusammen, und er lag unbeweglich auf dem flachen Rasen. Die Überraschung war so groß, daß Tante Ida und die Cousinen in helles Lachen ausbrachen, während ich selber an dem Unfall nichts Komisches entdecken konnte. Mein Blick blieb nämlich an den Onkel geheftet, der sich, mitlachend, aufzurichten versuchte, es aber nicht zustande brachte. Er fiel immer wieder ohne einen Laut der Klage zurück. Es war, als habe er sich in die Plachen verwickelt und fände nicht mehr aus ihnen heraus. Und niemand kam ihm zu Hilfe. Ich genierte mich, es zu tun, da die andern, besonders die Tante, seine Lage als Bagatelle hinstellten und sich weiter darüber unterhielten. Vielleicht sollte ihr Getue dazu dienen, ihn zum Gebrauch der eigenen Kräfte zu ermutigen? Das Ganze schien nicht zum erstenmal geschehen zu sein. Zugleich war es indessen, als ob ein spitzer Ton im Gekicher der Tante mit Genugtuung Revanche für etwas nehmen wollte, das ich nicht kannte. Vielleicht bedeutete es: Sieh da, sonst spielt er den großen Herrn und jetzt ist er nicht einmal imstande, einen Liegestuhl ordentlich aufzustellen!

»Er hat natürlich die Stange falsch eingesetzt«, rief die Tante lachend zu mir hin. Als es ihm trotz weiterer Versuche — er wand sich am Boden — nicht gelang, mit der Fatalität fertig zu werden, ließ sie sich endlich herbei, ihm jetzt mit peinlich amüsiertem Gesicht zu Hilfe zu kommen. Sie verspreizte sich mit einem Seufzer auf dem Boden und zog ihn auf. Dann stellte sie den Liegestuhl wieder in seine alte Lage.

Die Stimmung war jedoch zerstört. Der Onkel verlangte dringend ins Haus zurück und schien also weiter ein kranker Mann zu sein. So löste sich unsere Zusammenkunft schnell wieder auf. Bis dahin hatte ich Onkel Hermann nur als würdigen Mann gekannt. Aber jetzt war ich zum erstenmal Zeuge davon geworden, daß das Dunkel seiner Augen flackerte wie der Blick eines gejagten Waldtieres.

*

Als ich das nächste Mal von Onkel Hermann erfuhr, hatte sich sein Zustand verschlimmert. Er kam auf so tolle, die Familie erschreckende Gedanken, daß man ihn ständig bewachen mußte. Einmal hatte sogar meine Cousine Lisa, noch ein Schulmädchen, eingegriffen, um etwas Unsinniges abzuwehren. Ihr Vater versuchte in einem Anfall von Verwirrung seinen eben angefertigten Anzug mit der Schere zu zerschneiden, und sie rang mit ihm, bis sie ihm beides resolut entrissen hatte. Er konnte nicht länger bei seiner Familie bleiben. Die Irrenanstalt auf dem Steinhof schien die einzige Rettung.

Onkel Hermann sollte nun vor der Überführung ins Spital von uns Abschied nehmen. Aber dieser letzte Besuch bestätigte, was wir immer noch nicht glauben mochten. Während er sonst mit geradem Rücken und ruhig zu gehen pflegte, durcheilte er jetzt übermäßig vorgebeugt und mit flatternden Händen unsere Wohnung. Die Tante konnte, obwohl sie auch jetzt noch kicherte, ihm kaum nachkommen. Auch er zeigte ein Lächeln, aber es war keines, sondern eher ein Zähneblecken durch den verwilderten Bart. Die Augen flackerten abwesend wie im Fieber. Als er uns nach kurzem Aufenthalt wieder verließ, schien er ebenso ungeduldig wie vorher beim Eintritt. Ich hatte erwartet, er würde mir die Hand zum Abschied geben. Aber er sah mich gar nicht, sondern hielt den Arm so vorgestreckt, als habe er Wichtigeres zu besorgen und es käme darauf an, den Ausgang so schnell wie möglich zu erreichen. Meine Mutter folgte ihm weinend.

Seither habe ich Onkel Hermann nicht mehr gesehen. Die Mutter kam jedesmal von Besuchen in der Anstalt mit neuen düsteren Nachrichten nach Hause. Es gab keinen Zweifel mehr, daß Verfolgungswahn ausgebrochen war. Er bestürmte sie mit dem Verdacht, die Wärter mischten Gift in seine Speisen und lauerten hinter Bäumen oder Büschen, wenn er in dem versperrten Rayon seines Pavillons promeniere. Wieder von ihr beruhigt, fiel er in Schwermut und konnte über sein verfehltes Leben untröstlich weinen.

Es war noch vor Ausbruch des Ersten Weltkrieges, als die Nachricht von seinem Tod eintraf. Die Verwandten sprachen von

»Erlösung«, und das war es wohl auch. Meine Mutter fuhr nun oft den weiten Weg auf den Simmeringer Friedhof. Bei einem gemeinsamen Besuch mit ihr, nach vielen Jahren, zeigte sich sein Grab jedoch unheimlich verwildert. In dem kleinen Geviert um den Stein, worauf sein Name stand, war das Gras schon so hoch aufgeschossen, daß ganze Büschel, weit über die Einzäunung hinausgewachsen, im Winde wehten. Es war, als ob sie flackerten.

*

Mit dem Tod des Onkels war seine Person nicht verschwunden. Im Gegenteil beschäftigte mich sein Schicksal, je mehr ich die Zusammenhänge verstehen lernte. Ich erfuhr allmählich die Ursache seines Elends. Er hatte sich in jungen Jahren mit einer Hausmeisterstochter, einer Prostituierten, eingelassen, die geschlechtskrank war. Der kleine Leichtsinn dieses Abenteuers hatte über sein ganzes Leben entschieden.

Ich befand mich selbst im gärenden Pubertätsalter, und die Mädchen lockten von allen Seiten. Wenn ich einer Schülerin, die mir wegen ihrer Schönheit aufgefallen war, auf dem Heimweg von der Schule wieder begegnete, bedeutete es das Ereignis des Tages. Versuchte ich nun, meine Verliebtheit nach langen Beobachtungen und Vorbereitungen endlich zur Tat werden zu lassen, mißglückte das Unternehmen jedesmal. Ich stürzte aus einem Haustor, wo ich mich verborgen gehalten, auf die ahnungslos mit der Schultasche Daherkommende wie aus dem Hinterhalt zu und fragte sie, ob ich sie begleiten dürfe. Da wich sie mir natürlich im Bogen aus und ließ mich einfach stehen. Wenn aber eine andere Bekanntschaft auf diesem Weg doch geglückt war, so wollte sich bei der nächsten Begegnung kein Gespräch mehr ergeben, weil ich die junge Dame offenbar nicht mehr interessierte. Wir trafen einander also nicht wieder. Wie ich es auch anstellte, ein Mädchen zu gewinnen — viele Schulkameraden sprachen schon stolz von ihren Freundinnen —, mir gelang es nicht.

42

Da gab es also nur einen Ausweg: die käufliche Liebe. Auf der Kärntnerstraße begegnete ich in den Abendstunden oft einer Promenierenden, die, als ob sie mich erriete, ihre katzengrünen Augen auf mich heftete. Aber ich hatte Angst vor diesem Blick, und es war mir unmöglich, auf sie zuzugehen. Das Wissen vom Schicksal meines Onkels Hermann verstärkte mein Zögern. Ich sah die verheerenden Folgen vor mir, denen er erlegen war. Es kam hinzu, daß mich der Verdacht plagte, ich sei von Natur aus für Geisteskrankheit veranlagt. Als Kind banden mich Angstträume so gespenstisch an ihre Welt, daß ich ihrem Bann lange nicht entfliehen konnte. Die Anzeichen eines solchen Zustandes konnten mich auch mitten auf der Straße überfallen, und ich hatte Mühe, mich von drohender Verwirrung zu befreien. Ich litt an Kopfschmerzen und fürchtete also umso mehr den Einbruch einer Schattenwelt in mein Bewußtsein.

Aber bald war ich wieder der Spielball meiner Sehnsüchte. Die Schulkameraden erzählten mir von einem Bordell, wo sie sich, wie sie vorgaben, einfach zu Hause fühlten. Sie besuchten es regelmäßig. Der eine hatte sogar einen Weihnachtsabend in einem solchen Haus verbracht und renommierte damit, daß die Bewohnerinnen ihn dankbar umstanden und lauschten, als er ihnen zur Feier des Tages auf dem Klavier vorspielte. Ein anderer schilderte, wie es dort zuging. Das Niveau der Gespräche, meinte er, sei ziemlich niedrig. Wenn man aber davon absehe, so seien sie allesamt Menschen wie wir und wahrscheinlich viel bessere, weil der bürgerliche Egoismus und Hochmut dort wegfielen.

Die Kritik gab mir zu denken. Was war mein Verhalten im Grunde anderes als Feigheit? Ich wollte mich wohl nur bewahren, nur ja nichts riskieren? Fühlte ich in mir den Zwang der eigenen Natur so stark, so mußte ich, der die Natur als eine Art Göttin über mir anerkannte, ihr ehrlicherweise auch dienen. Es kam dahin, daß ich meine Angst vor Ansteckung zu verachten begann. Sie schien mir nichts anderes als klägliche Selbstliebe und deshalb schlimmer als die ärgste Ausschweifung.

43

So entschloß ich mich, allen Warnungen zum Trotz, das Bordell in der Bäckerstraße aufzusuchen. Ein Kamerad kam mit Vergnügen meiner Bitte nach, mir die Adresse aufzuschreiben, und erklärte auch genau, wie ich mich zu verhalten habe. Ich brauchte nur in den ersten Stock zu gehen und zu linker Hand anzuläuten. Alles andere ergäbe sich von selbst.

Es kam der Abend, wo ich wirklich dort anläutete. Man öffnete, ich trat ein. Verwirrend war es schon, sich plötzlich in einer Versammlung leicht bekleideter Frauen zu finden. Männer standen herum oder strömten von einem anderen Eingang herein. Jemand wies mich auf einen der Stühle, und ich wartete nicht lange, da saß ein weibliches Wesen in kurzem Höschen auf meinem Schoß. Sie nannte sich »Hermine, die Kroatin« und bot mir Künste an, die ich nicht verstand. Sie war aber sehr füllig und zugleich so beweglich, daß ich nicht fähig war, mich sofort zu ihr zu entschließen. Während ich noch zögerte, glitt sie schon wieder von mir herab, als ob sie nicht soeben verführerisch gelockt hätte. Offenbar hatte ihr indessen jemand zugewunken. Denn sie verschwand schnell mit einem Mann durch eine der Türen.

Es tauchten andere auf. Aber keine gefiel mir. Da kam ein schlankes Mädchen, die ein länglich-ovales Gesicht hatte, auf mich zu. Ich entschloß mich ohne Überlegung zu ihr, die mir ihren Namen bekanntgab. Sie hieß Mary.

Es zeigte sich nun, daß es sich mit ihr gut sprechen ließ, viel besser als mit der »Kroatin«. Als ich sie, deshalb neugierig geworden, fragte, wie sie denn hierhergekommen sei — sie schien mir nicht am richtigen Ort zu sein —, erzählte sie, sie sei die Tochter eines Offiziers und im Sacré Cœur aufgezogen. Dabei machte sie eine trotzige Gebärde gegen das Fenster hin, die wohl die Richtung bezeichnete, wo das Kloster lag. Ich wußte nicht, wohin die Aussicht ging, und wollte sie darum befragen. Aber da besann ich mich, warum ich hierher gekommen war, und weil ich sie in dem leichten Tanzgewand vor mir stehen sah, zog ich sie kühn an mich und schloß sie in meine Arme. Zum erstenmal fühlte ich einen weiblichen Körper angedrückt dem meinen. Sie schien jedoch wenig berührt davon und machte sich frei. Mit Mißtrauen blickte sie mich an.

»Bist du von der Polizei?« fragte sie. »Von einem Detektivbüro?«

Ich erschrak und beteuerte, daß dies keineswegs der Fall war.

»Warum willst du dann soviel wissen?«

»Weil es mich interessiert«, versuchte ich zu erklären. Ich glaube, ich fügte hinzu: »Weil ich wissen will, wie du in dieses Haus gekommen bist.«

Sie schien versöhnt und hielt mir die glatte Wange hin. Ich folgte ihrer Aufforderung und küßte sie.

Dann verließen wir das Entree. Sie wollte ein Zimmer für uns suchen. Aber es fand sich keines. Es war phantastisch, durch welche Räume sie mich führte. Nie hätte ich geglaubt, daß das alte Haus in der Bäckerstraße, das doch eine niedrige Front hatte, mit einer solchen Flucht von leeren Zimmern versehen war. Das erste war ein Saal mit einem einzigen Bett darin, die Wände mit Tapeten verkleidet, wo Paradiesvögel ein Muster bildeten. Mary fand jedoch, es sei zu kalt hier, und so gingen wir weiter, eine Treppe hinauf. Sie klopfte an eine Tür, es zeigte sich aber, daß der Raum besetzt war. Die weitere Suche führte zu ähnlichen Ergebnissen. Schließlich meinte sie, sie werde noch herumsehen und mir dann Bescheid geben. Ich möge inzwischen auf der Treppe warten.

Ich blieb also allein zurück. Es verging indessen viel Zeit, und Mary kam nicht. Ich mochte schon ziemlich lange im Stiegenhaus gestanden sein, da näherte sich mir eine Unbekannte und befragte mich nach dem Grund meines Wartens. Ich sagte ihr, daß es Mary gewesen sei, die versprochen habe, mich von hier abzuholen, aber nicht komme. »Da kann man nichts machen«, erwiderte sie. »Wenn Mary nicht will, dann will sie eben nicht.«

Ich nahm diese Auskunft als etwas Unwiderrufliches

entgegen und fragte nach dem Ausgang. Willig zeigte sie mir den Weg, und im Nu stand ich wieder auf dem Trottoir vor dem Haus in der Bäckerstraße, das ich mit so großer Erwartung und bangem Herzen betreten hatte. Ich war recht beschämt über meine Niederlage, weil man mich sogar an dieser Stelle verschmähte. Zugleich aber wie befreit von einer langen Bedrängung.

Seither sind viele Jahre vergangen. Ich hatte Zeit, über diesen Besuch nachzudenken, und dabei ergibt sich mir eine Frage, die man kindisch oder abergläubisch oder überhaupt unmöglich finden kann und die ich auch nicht verteidigen möchte. Aber stellen möchte ich sie. Die Frage nämlich, ob nicht der Geist des toten Onkels an dem Ausgang meines Abenteuers beteiligt war.

DAS WIEDERGEFUNDENE WORT

Ferdinand Ebner,
dem Besinner des Wortes

Wir waren vom Lande zurückgekehrt, und die Geschäftigkeit,
die sich in der neu bezogenen Stadtwohnung bei dieser Gelegenheit entfaltete, hatte auch mich, ein damals vierjähriges Kind,
wie eine Ansteckung ergriffen. Die Mutter saß auf dem Boden
des Schlafzimmers vor dem Wäscheschrank und legte einzelne,
dem Reisekorb entnommene Stücke wieder in die alte Ordnung
der unteren Fächer zurück. Und ich glaubte ihr behilflich zu
sein, indem ich im Speisezimmer alle möglichen Nippes und Bilder einpackte, die auf dem Schreibtisch des Vaters standen, zum
Sofa hintrug und auf dessen weiter Sitzfläche nebeneinander
reihte: wie Koffer, die ich auf dem Bahnhof gesehen hatte. Dabei
geschah es, daß mir auch das Tintenfläschchen in die Hände
geriet und ich es wie die anderen Gegenstände in Zeitungs-
papier einschlug und geschäftig als neu angekommenes Reisegut
zu den übrigen fügte.

Plötzlich merkte ich, daß sich dieses letzte Paket anders verhielt als seine Vorgänger. Ein dicker schwarzer Strom ergoß sich
langsam aus ihm und auf die hellblaue Bespannung des Sofas
hin und fraß sich mit immer weiter um sich greifenden Rändern
in den schönen lichten Stoff ein. Mit Entsetzen sah ich auf sein
unerbittliches Anwachsen. Es war, als ob ein fremdes Wesen in
unsere Ordnung eingebrochen und auf dem Wege sei, alles zu
zerstören, was sich an diesem stillen Herbstvormittag in einem
so glücklichen Gleichgewicht befand. Eine Ohnmacht drohte
mich zu überfallen. Es gab ja im Augenblick nichts, gar nichts in
der Welt, was dieses Schreckliche aufhalten konnte, und so lief

ich ins Schlafzimmer zur Mutter, die, nichtsahnend, weiter auf dem Boden saß, und suchte ihr mit Gebärden deutlich zu machen, was geschehen war.

Sie begriff nicht, worüber ich klagte, wurde aber durch mein ängstliches Wesen aufmerksam und folgte mir ins Speisezimmer nach, wo sie das Unheil bald entdeckte. Sie mochte freilich erkannt haben, wie ernst es mir mit meiner Reue war. Denn sie wischte mir behutsam die Tränen vom Gesicht und tröstete mich, daß der Schaden bald behoben sein würde: man könne den Fleck leicht wieder wegwaschen und es komme überdies der Überwurf des Teppichs auf das Sofa. Ich solle nur in Zukunft dieses Spiel unterlassen oder zuerst fragen, wenn ich es beginne. Vor solchem Verzeihen schwanden Schrecken und Angst dahin, und ich fühlte mich gestärkt und sicher wie früher.

Es hatte sich jedoch etwas begeben, das von ihrem Trost unberührt blieb: die neue Erfahrung hatte sich tiefer in mich eingegraben, als meine Mutter ahnte. Als sie mich nämlich aufforderte, ihr ein Versprechen für die Zukunft zu geben, daß ich nie mehr so etwas versuchen würde, und sich deshalb zu mir niederhockte, konnte ich es ihr nur ins Ohr flüstern. Ich weiß nicht, ob es etwas Hörbares war, was ich da beteuerte, oder ob sie, diesmal zu *ihrem* Schrecken, nur den Mund des Kindes sich bewegen sah, ohne den geringsten Laut zu vernehmen. So ähnlich mag es gewesen sein, denn sie führte mich noch am gleichen Tag zum Arzt, der den Sprachverlust feststellte, aber nach etwa vierzehn Tagen eine erste Besserung verhieß. Wirklich trat diese auch ein. Ich kehrte allmählich aus dem Flüsterton in die gewöhnliche Lautstärke zurück, aber um den Preis einer Veränderung, die noch lange anhalten sollte. Mit der Wiederkehr der Sprache war meiner Zunge nämlich eine bisher unbekannte Buße auferlegt: ich stammelte. Die Worte, die ich früher nach dem stolzen Lob meiner Mutter »so rein wie Perlen« hatte aussprechen können, kamen jetzt als meckerndes Lallen über meine Lippen.

In der Schule der folgenden Jahre wurde der neue Mangel

noch nicht bemerkt. Ich konnte dem Lehrer säuberlich geschriebene Hausarbeiten abliefern, und er schien Vertrauen zu ihnen zu haben und Kenntnisse vorauszusetzen, die ein mündliches Prüfen entbehrlich machten. Je mehr ich mich aber der Pubertät näherte, um so offenbarer wurde es, daß mir der Sprachschaden tiefer in der Seele saß als die Unkrautwurzel im Erdreich.

Im schönlinierten Stundenplan, den wir zu Anfang des Jahres erhielten, galt die Lesestunde neben Turnen und Singen als die erwünschteste. Wir hatten dann weder Rechenschaft über neu Erworbenes zu geben noch Regeln einzulernen, sondern nur darauf zu achten, den einfach verständlichen oder auch nicht verständlichen Text vom Blatt wegzulesen, wenn man an die Reihe kam. Der Lehrer sagte schließlich: »Genug! Der nächste!«, damit wurde die leichte Bürde einem anderen übergeben. Es war ein Vorgang, der sich entlang der Bankreihen vollzog und dadurch die Mühe des Aufpassens ersparte. Hatte man sein Pensum erledigt, konnte man sich ruhig als Lohn für die geringe Leistung allerlei Freiheiten hingeben: vor sich hinträumen, sich unter der Bank mit Briefchen unterhalten oder auch, in Voraussicht der kommenden Mathematikstunde, noch fehlende Rechnungen in das Hausarbeitsheft eintragen.

Nicht so war es bei mir. Voll Angst und Ungeduld erwartete ich den Augenblick, da ich an die Reihe kommen sollte. In Serpentinen schlich sich von der ersten Bank an das Unglück an mich heran, der in einer der mittleren Reihen saß, und als mein linker Nachbar sich zur Lesung erhoben hatte, bedeutete dies schon ein einziges Anhalten des Atems für mich. Denn ich war — »der nächste«.

Das Blut schien mir aus dem Gesicht zu weichen, wenn ich mit dem aufgeschlagenen Lesebuch aufstand, und schon diese übertriebene Spannung bewirkte, daß ich den mir zugedachten Text anstarrte wie eine Bergwand, die nicht zu ersteigen war. Die Wörter ihrerseits sahen mich mit ihren Anfangsbuchstaben wie Festungen an, die sich feindlich hinter uneinnehmbare Bastionen verschlossen. Da war vor allem das »M«, das sich nicht erstürmen ließ. Ein einsilbiges Wort wie »Mensch« auszusprechen, war mir so schwer, daß sich davor das Herz zusammenkrümmte.

Ich denke darüber nach, warum es gerade dieser Laut gewesen ist, der mir ein solches Hindernis bot, und es scheint mir ein geheimer Sinn darin zu liegen. Er entsteht durch das leichte Aufeinanderlegen der Lippen und bedeutet etwas wie Genuß, Sattheit, Wohlsein im Genießen. Er ist nach dem Wehgeschrei des hungernden Säuglings sein erster Ausdruck des Behagens, wenn ihn die Brust der Mutter gesättigt hat. Das ist gewiß kein Zufall. Deshalb mag er auch am Anfang der Wörter »Mutter«, »Materie«, von »Meer« und »mehr«, von »Masse« und »Menge« und von manchem anderen stehen, das Behagen an Überfülle andeutet.

Aber gerade dieser Laut war mein Feind. Ich kam nicht darüber hinaus, ein trostloses m-m-m-m-m-m zu stammeln wie der Urmensch. Es gelang mir nicht, zum Kern des Vokals vorzudringen, auf welchem das Wort ruht, und von wo aus dann, wie von einem Sprungbrett, die folgenden Laute genommen werden konnten. Eine Mauer von gleichsam elastischer Luft, die sich nicht eindrücken ließ, spannte sich davor aus. Es war wohl mein verschlungener Atem, der mich davon abhielt.

War es mir endlich doch gelungen, die »M« zu überwinden, und konnte ich die nächsten widerspenstigen Nachbarn im Sturme nehmen, so stockte ich doch bald, weil andere Proben zu bestehen waren. Ich hörte es manchmal hinter mir kichern und überhaupt plötzliche Unruhe wie beim Ausbruch lange zurückgehaltenen Gelächters, vor welchem der Lehrer, den ich selbst sein Lachen verbeißen sah, pflichtgemäß warnte.

Mit der Energie der Verzweiflung setzte ich doch meine Leseübung fort, erreichte wohl einen nächsten Halt, sprach das gesamte Wort auch siegreich aus, um dann über Artikel, Zeitwort und sonstiges Beiwerk, das gutgesinnt schien, leichter hinwegzukommen. Wenn die Unruhe der unterdrückten Unterhaltung in meinem Rücken größer wurde, ging überhaupt das Ganze leichter vonstatten, weil ich dann die Aufmerksamkeit von mir abgelenkt sah. Es konnte also geschehen, daß ich plötzlich ins Lesen hineinkam, ja wie die anderen Kameraden deklamierte, aber da hatte ich mich vorher schon so unmöglich gemacht, daß ich mit dieser untadeligen Leistung zu spät kam. Der Lehrer zeigte mir zwar keinen Unwillen, wenn er aber »der nächste« sagte, war es mir, als sei er selber des grausamen Spieles müde. Ich setzte mich in Schweiß gebadet und vergehend vor Scham nieder und konnte nur anhören, wie leicht das Lesen meinem Nachfolger fiel, der schnell aufhörte, um einem anderen Platz zu machen. Ich war nicht bloß mit einer elenden Sprache behaftet, sondern mußte dieses Gebrechen auch allen anderen zur Schau stellen. Als einziger der Klasse trug ich ein Zeichen mit mir herum: eine mit Ohnmacht behaftete Zunge.

*

Meine Eltern befolgten den wohlgemeinten Rat der Schule, mich von einem Sprachlehrer unterrichten zu lassen, und so erhielt ich von einem erfahrenen Pädagogen an Hand eines Heftchens Anweisungen, wie ich solchen Störungen begegnen könne. Ich sollte nicht um jeden Preis das sich verweigernde Wort erstürmen, das führe nur zum Krampf, sondern ruhig bleiben und meinen Atem beobachten und zusehen, daß er regelmäßig vor sich gehe. Der Sprachlehrer, der mich als großen Jungen behandelte, bewirkte wirklich, daß ich Zutrauen faßte. Ich war erstaunt und glücklich, als ich merkte, wie durch seine Methode alte Erzfeinde unter den Buchstaben ihre Macht verloren; wie ihre unübersteiglich scheinenden Massive in sich zusammensanken. Sollte ich das Wort wieder haben wie alle anderen? Der gütige Sprachmann freute sich mit mir, daß seine Bemühungen sich auch in meinem Fall bewähren sollten, und verhieß mir sichere Befreiung von dem Übel. Als ich aber in der Schule die

Probe aufs Exempel machen sollte, versetzte mich der Versuch vor so vielen, die meine Not kannten, dem Text folgten und seine genaue Wiedergabe erwarteten, in die alte Verwirrung. Ich wagte nicht, vor ihren wachsamen Ohren das Mittel des Atemholens anzuwenden, weil dies vielleicht eine große Gebärde zur Folge haben und damit neuen Anlaß zur Heiterkeit geben könnte. So unterließ ich es lieber, fiel aber dadurch in meine frühere Misere zurück. Es schien ein Kreislauf zu sein, aus dem ich in dieser Schule nicht mehr herausfinden sollte. Die Lehrer gestanden mir schließlich, wie nach heimlicher Übereinkunft, die Ausnahme zu, beim Vorlesen und überhaupt bei mündlichen Bezeugungen meiner Kenntnisse übergangen zu werden, was mich zwar dem peinlichen Zur-Schau-Stehen enthob, mir aber die Beschämung einbrachte, daß mein Gebrechen als solches allgemein anerkannt und ich von den anderen geschieden war.

So ging es weiter, bis der Erste Weltkrieg ausbrach. Ich war damals ein Schüler des oberen Gymnasiums, und es gab schon Kameraden, die den Ernst der Zeit begriffen und sich nach dem vorzeitigen Abschluß der »Notmatura« ins Feld meldeten. Die Welt des täglichen Lernens und Einlernens, der kleinen Ängstlichkeit vor Prüfungen, der Befreiung oder Bedrückung durch Noten, der Gebundenheit an die Personen der Latein-Griechisch-Geschichte-Professoren, an ihre Gewohnheit, den Taschenkatalog zu gebrauchen, wo unsere Namen alphabetisch verzeichnet standen — all dies fiel plötzlich in nichts zusammen, als wäre es nie gewesen. Was war diese Welt mit den Gerichtsverfahren ihrer ständigen Verhöre, ihrer Verwerfung oder Anerkennung, ihrer Gnade und ihrem dennoch täglichen Kampf ums Dasein gegen das Riesige, das sich jetzt an den Grenzen des Landes erhob! Schon trafen an den Bahnhöfen die ersten Verwundeten von den Fronten ein, denen Schrapnelle Füße oder Arme weggerissen hatten! Zurückgekehrte aus Sturmangriffen! Ich sah die ersten Invaliden auf Krücken, mit Stöcken, mit verbundenen Köpfen durch die Straßen Wiens gehen.

Diese Not, von der die Zeitungen voll waren, hob mich über die Mauern der Schule und meines bisherigen Daseins hinaus. Ich begriff plötzlich ihre Begrenzung. Die Wandlung, die sich in der Welt vollzog, ließ mich zum erstenmal verstehen, daß alles dem Wandel unterworfen war, auch das, was ich so fürchtete und von dem ich mich beinahe bis zum Verlust der Besinnung abhängig fühlte. Wenn alles ins Gleiten kam, was blieb dann übrig als mein eigenes Ich: nicht das Ich des Tages, sondern das rätselvolle Dasein, das mir mit dem Tag meiner Geburt gegeben und mit dem Recht zu leben bis zum Tag meines Todes gewährt war? Ich ahnte, daß diesem Ich eine innerste Freiheit zukam, die ich preisgab, wenn ich, beunruhigt durch meine Umwelt, mich ständig in Panik treiben ließ.

Zu wiederholten Malen war ich von der Schule den langen Weg durch die Lastenstraße nach Hause gewandert, aber noch nie war mir an dem alltäglichen Zug der Fuhrwagen, die von schweren Pinzgauer Rössern gezogen waren, etwas Besonderes aufgefallen. Plötzlich schien auch dies verändert. In dieser Zeit des erwachenden Ich offenbarte sich mir das Leben ganz anders als früher. Es erschütterten mich Dinge, die ich früher nicht einmal wahrzunehmen pflegte. Wie konnte es sonst geschehen, daß ich über einen zufälligen Anblick in Tränen ausbrach, als ich an einem sonnigen Mittag auf eben dieser Lastenstraße ging? Durch einen gerade gefallenen kurzen Aprilregen war nämlich auf dem Fahrweg eine breite Pfütze entstanden, die ich zuerst gleißend im Goldlicht ihrer Spiegelung daliegen, plötzlich aber durch den Hufschlag eines im Schritt gehenden Zugpferdes zerstört werden sah. Die aufgespritzten Tropfen sprühten auseinander und schienen wie mit Feuerflammen und Funken den Huf und das zottige Dunkel des Tierfußes zu belecken. Das war weniger als nichts, diese zufällige, unerwünschte Regenlache, die vom Lastenverkehr der Straße berührt worden war, doch im Augenblick das größte Glück, weil es so viel Schönheit offenbarte: der zerbrochene Wasserspiegel zwischen den Granitsteinen trug mich in den Goldhimmel, der sich aprilkalt und grünklar über der Stadt erhob. Das war so groß, daß sich das Herz jubelnd in Versen davon befreien mußte. Sie kamen auch, und ich brauchte mich, wenn etwas fehlte, nur mit dem innerlichen Begehren, daß es sich einstellen möge, danach zu strecken, so bildete es sich und fügte sich ins Ganze. Im Takt meiner Schritte entstanden Ketten von Reimen, die sich zusammenschlossen. Und indem ich sie sammelte, auswendig lernte und zu Hause aufschrieb, verstärkte sich die Sicherheit, daß sie nicht anders lauten konnten als gerade so, wie ich sie gefunden hatte. Änderte ich zuviel daran, so konnte ich das Gewonnene wieder in Gefahr bringen.

So hatte ich damals einen neuen Boden gewonnen. Ich erfuhr durch diese Erlebnisse, daß sich in mir etwas wie der Turm des Ich bilden konnte, der sicher und aufrecht stand, wenn ich wahrhaft blieb. Die Platzangst, die ich vor der Welt empfunden hatte, war mit einem Schlag verschwunden. Ich hatte Wege gefunden, die zu meinem Ich, zu meinem inneren Wort hinführten, und wenn ich mich darauf bezog und daran festhielt, hatte ich keine Mühe mehr, meine Entdeckungen auch anderen mitzuteilen.

Mein Beruf als Schriftsteller, den ich gewählt hatte, reihte sich wie von selbst in das Werk dieser Heilung ein. Freilich dient er, in seinem Ernst begriffen, schon durch seine Natur dem Wort, aber in meinem Fall half er mir noch besonders dabei. Wenn ich nämlich eine Erzählung oder Schilderung, die ich verfaßt hatte, durch Vorlesung vermitteln sollte, begann ich unfehlbar zu stocken und in die alten Schwierigkeiten zu verfallen, wenn ich selbst das Dargestellte nicht so wahrhaft gestaltet hatte, daß es dem inneren Wort ins Auge schauen konnte. Wann aber befand sich das Geschriebene in diesem Zustand? Wann war es so geformt, daß kein Schatten von Unwahrheit es anfechten und mich, der es vortrug, unsicher machen konnte? Wann entsprach es dem *inneren Wort?*

Diese Frage, die nicht nur eine Frage des Berufs, sondern meines Lebens geworden war, gab eine Arbeit auf, von deren

Schwere ich mir früher keine Vorstellung gemacht hatte. Sie bedeutete, daß ich einen Satz, ein Wort immer wieder auf seinen Goldgehalt prüfen mußte, um zu erfahren, ob die Schlacke nicht zu dick daran hing. Wer so die Wände der Sprache abklopft, wird empfindlich für ihre Gestalt, aber er verirrt sich auch leicht in den labyrinthischen Gängen dieses Bergwerks. Die oftmalige Überarbeitung führt nicht selten zu dem zweifelhaften Erfolg, daß es trocken und schwer, geschraubt, übertrieben, künstlich — und dann erst recht unwahr — ans Tageslicht kommt. Was anderes aber sollte ich tun? Diese Bergwerksarbeit war nötig, wenn ich oben das Erz mit seinem Metallblick zeigen wollte. So kam es, daß ich ganze Massen von Papier verschrieb und verbrannte, bis ich mich dazu berechtigt glaubte, daß ein Abschnitt, eine Seite, ein Stück Prosa so gesetzt waren, wie es das innere Wort erforderte. Eine Landschaft, die ich darbot, mußte ich selbst so empfinden, als ob ich mich in ihr bewegte, ein Vorgang, den ich erzählte, mußte so verlaufen, daß er mich selbst zum Lauschen brachte. Ich konnte mir also den Leichtsinn einer schwärmerischen Ausschweifung oder des bloßen Wohllautes, einer Wendung der das Wort aufbauschenden Rede nicht leisten, ohne beim Vorlesen das Ganze in Gefahr zu bringen.

*

Es kam der Tag, da ich mich noch weiter vorwagte. Der neuentstandene Rundfunk benötigte Vorträge, und so befand ich mich, ein Manuskript in der Ledertasche, mit vielen anderen Besuchern im Vorzimmer des Chefs, der über die Annahme zu entscheiden hatte. Bald erhielt ich die Nachricht, daß mein Versuch nicht vergeblich gewesen und ich mich zum Probelesen einfinden möge. Es war eine Freude. Wie aber sollte ich es wagen, selbst der Sprecher meiner Schrift zu sein? Ich wagte es lieber nicht, schützte dringende Abreise vor und ließ mein Manuskript von einem anderen besorgen.

So machte ich es in der Folge immer. Es ergab sich jedoch, daß meine Freunde die Stimme, die sie von Tagesereignissen und Wetterbericht gewohnt waren, nicht passend für die Wiedergabe meines Vortrags fanden. Sie hebe Dinge hervor, die durchaus nicht betont werden sollten, und ließe anderes im Fluß der Rede verschwinden, das der Hervorhebung wert wäre. Der Eindruck der Darstellung sinke dadurch, und es sei nur zu meinem Schaden, wenn ich es auch in Zukunft versäumen sollte, der eigene Vermittler des von mir Geschriebenen zu sein. Da ich mich schämte, auf die Dauer immer mit der gleichen Ausflucht der dringenden Abreise zu kommen, entschloß ich mich, das nächste Mal das Wagnis zu versuchen.

Es kam also die Stunde, da ich zur Vorlesung des Abends das Rundfunkhaus betrat. Hatte ich es als Schüler nicht vermocht, vor den dreißig Kameraden meiner Klasse einen kleinen Abschnitt des Lesebuches vorzutragen, so sollte ich jetzt, zwanzig Jahre später, die Probe bestehen, vor einer unsichtbaren Zuhörerschaft, die unberechenbar größer war, anzutreten. Für die meisten, die sich in derselben Lage befanden, war dies ein Anlaß zur Freude, weil es selten geschieht, daß der einzelne seine Gedanken einer großen Allgemeinheit bekanntgeben darf: ein Lampenfieber legt sich ja bald. Mir freilich war nicht danach zumute. Aber es gab kein Zurück mehr.

Der Vertreter des Studios erwartete mich für die nächste Nummer des Programms und gab mir noch ein bißchen Urlaub, bis die Musik eines eben konzertierenden Streichquartetts — ich hörte es von der Lautsprecheranlage der Garderobe unverdrossen spielen — zu Ende sei. Dann führte er mich in den dicht abgeschlossenen Raum, wo die Windstille einer völligen Abgeschiedenheit die Luft wie Blei sich senken ließ. An einem Pult, vor dem die stählerne Metalldose des Mikrophons hing, war mein Platz. Er schraubte den Stuhl für meine sitzende Haltung zurecht. Der Zeiger der lautlosen Uhr war inzwischen fast zur Sprechzeit vorgerückt, und ein anderer, der das Programm ansagen sollte, er-

schien und unterrichtete mich über die Behandlung des Manu-
skriptes beim Sprechen: ich sollte die zusammenhaltende Klammer
von den Blättern nehmen und diese beim Umwenden zur Seite
ziehen, da das Geräusch des Papiers in der Nähe des Apparates
für die Hörer zum Rauschen würde. Der leiseste Nebenton
bausche sich zu störender Mächtigkeit auf. Ich versprach es.

Inzwischen war der Augenblick gekommen: der Zeiger stand
auf der Stunden- und Minutenzahl, den das Programm für meinen Vortrag angesetzt hatte. Der Sprecher schaltete nun mit einem
Griff die Öffentlichkeit ein, stellte sich im Bewußtsein der lau-
schenden Ohren mit einer gewissen feierlichen Geschlossenheit
vor das Metallding hin, sprach meinen Namen und den Titel des
Vortrags aus und entfernte sich mit der einladenden Geste, die
den Künstler auffordert, jetzt dem Publikum zu zeigen, was er
könne. Sein Abgang wurde von dem hohen Teppich des Studios
völlig aufgesogen.

Da saß ich nun in der grenzenlosen Stille. Ich sollte beginnen,
und das wollte ich auch. Aber ich konnte es nicht. Es erwies sich
nämlich zu meiner Verwirrung, daß die ersten zwei Wörter der
Anfangszeile meinem Zugriff unzugänglich waren: sie wehrten
sich, sie wanden sich, sie entschlüpften mir wie Kobolde. Wohl
hatte ich, in Voraussicht des Kommenden, alle gefahrvoll scheinenden Buchstaben vermieden und durch leichtere ersetzt. Aber
gerade als ich beginnen wollte, zeigte es sich, daß auch die auf
dem Papier stehenden zur Gruppe der Feinde gehörten. Hatte
ich diese Falle übersehen? Der alte Berg begann sich drohend zu
erheben, und ich vermochte es weniger denn je, den Anlauf zu
nehmen, der zu seiner Überwindung geschehen mußte. Was sollte
ich tun? Vielleicht schnell eine andere Einleitung aus dem Stegreif
erfinden, einen Satz bloß, und dann mit dem nächsten, der auf
dem Papier stand, fortfahren? Aber wie in der Eile die neuen
Worte richtig ansetzen, die für den Anfang einer Rede notwendig sind? Das Überlegen nahm Zeit — und was tat ich denn alles,
statt einfach zu beginnen?

Inzwischen mußten schon mehrere Sekunden vergangen sein, und es vergingen weiterhin andere. Ich merkte es an dem um ein sichtbares Stück Zifferblatt vorgerückten Zeiger, den mein Blick in dem Bruchteil einer Sekunde streifte, daß schnell schon die erste Minute erreicht war. Inzwischen saßen die Zuhörer längst an den Apparaten oder hatten Kopfhörer umgehängt und warteten auf den angekündigten Vortrag: wohl schon etwas erstaunt, daß sich noch immer nichts rührte. Ich merkte auch, daß hinter einer Glaswand Bewegung entstand: der Techniker, der die Apparatur — eine Riesenplatte mit Schaltern — bediente, mochte auf mein Zögern aufmerksam geworden sein. Denn er schien mich wie ein riesiger Schatten mit Mißtrauen zu betrachten. Aber meine Stimme kam nicht. Ich rang darum, aber sie kam nicht. Der Schweiß der Anstrengung brach mir am ganzen Leibe aus, denn es war wie einst in der Schule der Kindheit. Aber, o Gott, sie kam nicht.

Da riß ich mich gewaltsam los, indem ich Brust und Rücken zu aufrechter Haltung versteifte, als ginge ich durch Schneesturm im Gebirge, Schritt vor Schritt, ballte die linke Hand so heftig zur Faust zusammen, daß mich das Einsetzen der Fingernägel schmerzte, und holte tief Atem, wie es mich einst der gute Pädagoge gelehrt hatte. Und wirklich: mein verzweifelter Wille hatte Erfolg. Ich glitt in den Anfang des Vortrags hinein, plötzlich ruhig und frei, als ob nicht eben das schwerste Hindernis den Weg verlegt hätte, und gab ihm den formenden Ausdruck, den ich für meine Handlung bestimmt hatte. Der Schatten am Glase verschwand. Es ging alles, wie es sollte.

Ich hatte vorher bei der Wahl der Worte die Sorgfalt angewendet, die ich mir schon zur Gewohnheit gemacht hatte, um den auf solche Weise durchgebildeten Text auch gut aussprechen zu können. Diese Arbeit erwies sich jetzt als Hilfe. Das Gebaute des inneren Zusammenhanges wirkte von sich aus und zog mich so in seinen Bann, daß ich alle Angst vor dem zuhörenden Ungeheuer mit seinen tausenden Ohren vergaß. Im Gegenteil kam es wie Glück über mich, in die Sinne anderer die Dinge hineinsprechen zu dürfen, die im Grunde mein Lebensbekenntnis waren. Solches darf nicht oft geschehen, und der plötzlich gefühlte Austausch von Geben und Nehmen kam mir wie eine Gnade zu Bewußtsein.

Im Flug war ich bei der dritten Seite angelangt, und es erfüllte mich, als ich ihre Zahl sah, die Genugtuung, daß ich schon so weit vorgedrungen war und der Fluß der Rede so leicht strömte. Aber schon im nächsten Augenblick hatte ich den Preis für diese selbstgefällige Abschweifung zu bezahlen: der Schreck überfiel mich, daß ich trotzdem erst vor der vierten Seite stand und also noch mehr als die Hälfte abzulesen hatte, wenn ich meine Aufgabe durchführen und bis ans Ende gelangen wollte. Kaum hatte ich solches gedacht, war es, als ob der Text sich zu einem Riesenfeld erweiterte, an dessen einem Ende ich mit meiner Schaufel grub, während sich das Ziel unabsehbar weit von mir erstreckte. Ich stockte, und das nächste Wort trat drohend hervor. Und da begannen auch die folgenden Buchstaben von allen Seiten her sich zu versteifen und wie mit heimtückischen Signalen über das Papier hin ihre Widerstände anzumelden. Hier stand ein breites »B«, dort ein verschlossenes »M«, ein scharfkantiges »N«, ein wie um seine eigene Achse sich drehendes »L«, ein störrisches »F«, und diese alten Feinde schienen mir mit unheimlicher Behendigkeit den Weg zu verlegen, als wären sie erfüllt von boshafter Schadenfreude. Der Sinn verlor sich — und da tauchte es vor mir auf, das gefürchtete: Unüberwindlich!

Wieder also eine Pause, deren Umfang mit jeder Sekunde des Zögerns drohend anwuchs. Wieder die lähmende Angst, wie die Hörer an den Apparaten, die dem Gang der Handlung gefolgt und auf ihren Ausgang gespannt waren, diese plötzlich ohne begreiflichen Grund sich zwischen zwei Wörtern ausbreitende Stille aufnehmen würden. Sie mußten sie völlig unverständlich finden. War sie noch mit einem Atemholen, mit einem Umwenden des Blattes vereinbar, wo ein Aufenthalt durch eine undeutliche Stelle im Text gegeben schien, weil der Vorleser nicht gleich den Faden fand? Es war mir, als ob ein Lauscher voll von Ärger über eine so miserable Darbietung den Lautsprecher einfach abstellte. Das Debakel drohte diesmal vollständig zu werden. Was geschah, wenn man jetzt, mitten im Vortrag, das Unglück an den Kontrollstellen bemerkte? Der Schatten stand noch nicht an der Glaswand, war aber nicht eine Bewegung wahrzunehmen? Ich konnte, wenn es mir nicht gelingen sollte, den Übergang zu finden, nichts anderes tun, als ein plötzliches Übelbefinden, eine Ohnmacht vortäuschen und vom Stuhl sinken.

Da überfiel mich die vorgestellte Schmach eines solchen Versagens so, daß ich wieder die Faust ballte. Ja, es war das einzige, was jetzt half! Der verschlungene Atem löste sich unmittelbar, und die Rede konnte, wie der Fluß in einem von Steinen und Zweigicht verlegtem Bett, frei strömen. Aus der aufgerichteten Brust — ich hatte mich, ohne es zu merken, beim Kampf um das Wort zusammengekrümmt — kam es mir wieder, als ob es das frühere Ringen gar nicht gegeben hätte: ruhig, klar, wie abgelöst von mir selber; zu meinem Erstaunen und Glück hörte ich es wie von einer anderen Stimme gesprochen. Ich sprach vom Turm meines Ich aus, der sich in mir durch den letzten Rest meiner Verzweiflung plötzlich gebildet hatte, und ich stand sicher und ruhig unter seinem Schutz.

Aber es war nicht dies allein. Mit gleicher Macht erteilte er mir die Kraft, mein Eigenes dahinzugeben, und das war etwas Köstliches, das mich ganz auf meine Sprache vergessen ließ. Die Manuskriptseiten schwanden dahin, und ich konnte leicht der Anweisung des Beamten folgen und ein abgelesenes Blatt nach dem anderen zur Seite ziehen, ohne daß es rauschte. Unversehens war ich bei dem letzten angelangt und der Satz war in Sicht, der den Abschluß bildete. Ich steuerte auf ihn zu, und das Boot glitt in die Bucht, wo es keiner Ruderschläge mehr bedurfte. Das Wagnis war gelungen.

Ich saß unbeweglich auf meinem Stuhl, als der Ansager lautlos hinter mir auftauchte, nach vorn trat und durch das Rhomboid des Mikrophons der unsichtbaren Allgemeinheit mitteilte, daß mein Vortrag beendet sei. Er gab mir dann die Hand, schien also gar nichts bemerkt zu haben, und ich sammelte meine Manuskriptseiten zusammen, die auf dem Pulte lagen. Es war gewiß nur einer von den Tausenden Vorträgen, die wie ein laufendes Band die Programme der Rundfunkstationen der Welt durchziehen, aber darauf kam es gar nicht an. Niemand konnte ahnen, welche Lasten ich geschleppt hatte. Nur ein einziger Zuhörer wußte es: die alte Mutter, die zu Hause vor dem Kästchen mit der braunen Bespannung saß.

*

Wenn ich von nun an aus dem Tor des Rundfunks auf die Straße trat, war es mir jedesmal, als befände ich mich im Land der Freiheit. Ich ging über das Pflaster, als ob ich schwebte — wohl der einzige der Mitarbeiter, der eine solche Nachwirkung verspürte. Es befand sich wahrscheinlich auch keiner unter ihnen, der einen ähnlichen Verlust so lange erlebt hatte.

Die Sprache war mir also wiedergegeben, und ich konnte sie lenken, wenn auch mächtige Feinde sie bedrohten und wollten, daß ich an mein altes Verstummen gefesselt bliebe. Das Wort, die herrliche Gabe des Menschen, war wieder in mich zurückgekehrt, und wem anders sollte ich es danken als dem Wirken, das ewige Liebe bedeutet?

NACHT IM WIENERWALD UND EIN REVOLVER

Während des Ersten Weltkrieges hatte meine Familie zum erstenmal die innere Stadt Wiens verlassen und war an ihren ländlichen Rand gezogen. Das uralte Dorf Sievering, mit seinen Weingärten am Fuß des Wienerwaldes, sollte von nun an unser Wohnort sein, und damit begann auch für mich ein neues Leben. Vor unserem Haus lärmte es nicht mehr vom Straßenverkehr, sondern ein kleiner Bach rauschte unter der Holzbrücke. Überall gab es Bäume, auf der benachbarten Wiese sogar einige mit mächtigen Kronen, und wenn ich an ein Fenster des Speisezimmers trat, leuchtete mir der drübere Hügelhang leicht gewölbt mit seinen Reihen von Weinstöcken entgegen.

Die Dorfstraße war noch keine letzte Verlängerung der Stadt, sondern die alte Häuserzeile des Tals. Von der gotischen Kirche St. Severin, die mit ihrem gewaltigen Schindeldach über Wipfeln dunkelt, wand sie sich manchmal so schmal, daß gerade ein Wagen hindurchkonnte. Hier wohnten eingesessene Familien, die seit Jahrhunderten vom Ausschank des Weins lebten — mit den hängenden Föhrenbuschen vor den Toren. Ich sah die Bauern mit ihren Stiefeln, Hacken und Schaufeln auf Leiterwagen mit Bottichen voll Trauben heimkehren. Zu Fronleichnam war die Straße durch aufgestreutes Gras in einen schmalen Wiesenstreifen verwandelt, und über ihn bewegte sich die Prozession zwischen den Mauern — mit rotem schwankenden Baldachin und den Fahnen der Muttergottes. Das war alles sehr neu und spannend, und ich konnte nicht oft genug die Straße bis zum Buchenwald zu Ende gehen.

An den Abenden, in der Stille des Bachrauschens, folgte ich der Lockung besonders gern. Es gab nur wenige Gaslaternen, und sie leuchteten so spärlich, daß sich die Paare, die aus den Schenken kamen, gern dort aufhielten. Der letzte von diesen diskreten Lichtspendern stand vor dem »Finanzhaus«, einem etwas plumpen Gebäude aus der Jahrhundertwende, wo früher Fuhrwerke bei ihrer Ankunft im Stadtgebiet Maut zu entrichten hatten. Dahinter dunkelte der Wald. Es roch kühl nach Erde, und das Klingen und Plätschern des Baches vermischte sich in dieser Stille mit dem Kochen der Gaslaterne.

Hier war mir eine Grenze gesetzt, die ich nicht überschreiten durfte, und ich machte auch jedesmal halt, um kurz darauf umzukehren. Manchmal freilich hielt mich die Lockung des Abenteuers fest, es überkam mich die Lust, weiterzugehen und diese abgeschiedene Welt da draußen zu betreten. Ein paar Schritte, und ich befand mich in ihrer Einsamkeit. Machte ich einmal Ernst mit diesem Vorsatz und sah ich mich nach kurzem Gehen plötzlich umschlossen vom Stockdunkel, angehaucht von der unendlichen Waldnacht und ihren Geräuschen, konnte ich's doch nicht lange aushalten, wendete mich um und atmete auf, wenn ich wieder Licht zwischen Zweigen aufstrahlen und seine tröstliche Helle auf der Straße liegen sah.

*

Die letzte Laterne zog mich doch ständig zu sich. Das Ungewisse, das sich hinter ihr verbarg, ließ sich nicht umgehen, schien mich selber anzugehen. Ich fühlte ja schon lange, daß ich, eingefangen in meinem Ich, nicht wirklich lebte. Zu sicher, zu bequem, zu selbstverständlich verbrachte ich meine Tage, und deshalb stellte ich mir vor, daß ich dort, in dieser unabsehbaren Nacht endlich zu mir selber erwachen würde.

Aber — wie eindringen in dieses Dunkel? Es graute mir vor ihm, da ich mich dort jeder Gefahr schutzlos preisgegeben sah.

63

Ich befand mich ja am Rande der Großstadt, den, besonders im Sommer, zweifelhafte Leute aufsuchten, wo sie auf den Bänken lagen. War es geraten, dieses Unbekannte herauszufordern?

Die letzte Laterne lockte indessen bei jeder Abendpromenade, und ich spielte mit dem Gedanken, mich einmal doch auf das Unternehmen einer Nachtwanderung einzulassen. Vielleicht gelang es mir, den Mut aufzubringen! Ich wollte mich darauf vorbereiten. Und zwar wollte ich mich zunächst darin üben, daß ich, der frühere Stadtmensch, dem noch vor der Weite des einsamen Landes bangte, es langsam erlernte, mich an Abenden der halbbewohnten Umgebung auszusetzen. Unsere Übersiedlung hatte mir nun einmal die Gelegenheit verschafft, und ich wollte sie ergreifen.

Es war die Agnesgasse, die ich für diese Lektion wählte. Sie bildet eine Abzweigung der Sieveringerstraße, steigt in ihrem Beginn zwischen mittelalterlichen Häusern leicht bergan, um dann zum Nachbardorf Neustift am Walde hinabzuführen. Es gibt zu dieser späten Stunde zwar noch immer Gäste in den Schenken, und man hört ihre Stimmen gedämpft hinter den angelaufenen Scheiben. Dann folgt die eine oder andere Villa mit einem beleuchteten Fenster. Nach wenigen Schritten hört aber die Besiedlung auf, Zäune und Gestrüpp von Weingärten ersetzen die Häuser.

Wenn ich die Agnesgasse nach neun Uhr abends betrat, lag sie menschenleer da. In ihrer Mitte verlegte nach kurzem Gehen eine Wegbiegung den Rückblick auf den Eingang der Straße, und ich befand mich bald in tiefer Einsamkeit. Mein Schatten geisterte mir dünn und ausgezogen vor den Füßen. Die nächste Laterne, die den Bildstock der Höhe beleuchtete, warf ihn zwar wieder hinter mich zurück, wenn ich mich ihr näherte, stand aber dann mit ihrem Kochen wie ein Warnungspfahl vor der plötzlich weit ausgebreiteten Finsternis von Weingärten und Hügeln.

Wollte ich schon an dieser Stelle umkehren, schien mir die Übung des Abends doch zu billig. Da hatte ich ja nichts geleistet.

An der nach Neustift sich senkenden Landstraße stand ein Haus, das auf seiner Wand die Inschrift »Villa Helli« trug, und brachte ich es fertig, die etwa hundert Schritte bis dorthin auf mich zu nehmen, so konnte ich mit besserem Gewissen umkehren. Aber nicht immer vermochte ich's. Ich nahm mir dann vor, das nächste Mal das Versäumte nachzuholen — ohne Ausflüchte. Wirklich gelang es mir ein paar Tage später. Ich erreichte die Villa Helli, das einsame Haus an der Landstraße, wo ein Hund wegen der ungewohnten Nähe eines Menschen heftig anschlug.

*

Die Vorbereitungen übten also ihre Wirkung, und es dauerte deshalb kürzer, als ich es erwartet hatte, daß ich eines Nachts das einmal so Unmögliche in Angriff nahm. Ich stapfte mitten auf dem Waldweg hinter der letzten Laterne. Was diesen Durchbruch veranlaßt hatte, weiß ich nicht mehr. Es war aber auf jeden Fall Wirklichkeit, daß ich dort ging, und alle meine Vorsätze und Niederlagen auf der Agnesgasse lagen weit hinter mir. Ich ging durch den finsteren Wienerwald, den kein Mensch um diese Zeit aufsucht — am Tage das Abenteuer der Schulkinder, der Liebespaare, der Touristen. Glücklich dachte ich: wenn ich mich erst an sein Dunkel gewöhnt hatte — und es gab überraschende Anzeichen dafür —, wollte ich ganz andere Wanderungen versuchen.

Es blieb nun nicht bei diesem ersten Mal. Denn ich hatte einen neuen Lebensinhalt gefunden. Das Wandern in der Nacht sollte zu einer beständigen Einrichtung werden. Ich konnte mir ja nur auf diese Weise sozusagen den Bissen Freiheit retten, den ich unbedingt brauchte. Um diesen Preis gab es keine Ausreden. Fast jede Woche befand ich mich also einmal da draußen.

Es kostete mich indessen jedesmal am Anfang des Weges einen unbeschreiblichen Kampf, mich an die Finsternis zu gewöhnen und nicht, gleich nach ein paar Schritten, einfach wieder umzukehren. Da kam mir, nach ein paar Erprobungen, ein, wie mir schien, rettender Gedanke. Warum sollte ich mich ständig der Unruhe wegen der eingebildeten oder wirklichen Gefahren des Wiener Stadtrandes aussetzen? War es nicht am besten, sich eine Waffe anzuschaffen, die mich bei meinen Exkursionen ins Unbekannte schützte? Mein Plan wurde Wirklichkeit. Ich wendete mich an einen bekannten Polizisten, der mir versprach, mir einen Revolver zu verschaffen.

In der Tat holte er mich an einem frühen Morgen vom Hause ab, um mir die Waffe auszuhändigen und mich zugleich, zu dieser Stunde ungestört, im Schießen zu unterrichten. Als wir zu der großen Wiese hinter dem Waldwirtshaus gekommen waren — wir überraschten einen Fuchs, der auf ein Huhn lauerte —, zog er sie hervor, zeigte auf ein hängendes Blatt, streckte den Arm aus und schoß. Mit mächtigem Knall entstürzte eine Feuerflamme der Mündung. Das Blatt baumelte nicht mehr an seiner Stelle.

Jetzt sollte ich das gleiche versuchen. Ich wählte ein ähnliches Ziel im Wipfel, schloß ein Auge, um gut visieren zu können, fingerte an dem Hahn. Aber er saß so neu und streng, daß ich ihn durch mein Drücken aus der Richtung brachte. Der Schuß ging los, und mein Arm, wie aus Stein gehauen, schien aus seinem Innern Feuer herauszuschleudern. Aber wohin hatte die Kugel sich verirrt! Das Blatt, das ich gewählt hatte, hing weiter unbeschädigt herunter.

Der Polizist tröstete mich wegen des Mißerfolges und bewies mir mit weiteren Schüssen, daß diese Kunst eine ganz einfache Sache sei. Es hallte auf der Waldwiese wie von der wilden Jagd. Ich versuchte wieder mein Glück, jedoch mit dem gleichen schlechten Ergebnis, und auf meine Frage, ob sich das jemals ändern würde, versicherte er, daß alle Meisterschaft nur Übung sei. Ich händigte ihm also den Betrag für die Waffe ein und war, nachdem ich sie in das Futteral geschoben, das scharf nach frisch gegerbtem Leder roch, zum erstenmal Besitzer eines so mächtigen Instruments.

Beim nächstenmal nachts im Wald trug ich also den Revolver mit mir. Es war erstaunlich, wie er alles veränderte. Er gab mir eine so große Sicherheit, daß ich den Eintritt in das Gebiet des Grauens zum erstenmal gar nicht beachtete. In meiner rechten Rocktasche, wo er lag, konnte er bei Bedarf gleich bei der Hand sein, und das war gut zu wissen. Ich brauchte mich jetzt weder vor Wegelagerern noch vor Tieren zu fürchten, sondern konnte jeden Angreifer in Schach halten — im Notfall durch einen Warnungsschuß. So ging ich ganz leicht durch die Buchenwälder, die mir früher soviel Beschwerde bereitet hatten. Vertraut mit den Wegen, wie ich war, fühlte ich mich völlig sicher.

Es zeigte sich jedoch, daß der Revolver meine Gedanken ablenkte. Ich mußte ja ständig aufpassen, ob nicht von irgendwelcher Seite her Gefahr drohte und ich nicht plötzlich, durch Nichtbeachtung ihrer Anzeichen, vor einer vollendeten Tatsache stand — als ob ich gar keine Waffe besäße. Es konnte mich jemand schon längst beobachtet haben, mir lautlos, wie auf Katzenfüßen, gefolgt sein. Sofort mußte ich also, wenn ich etwas Verdächtiges bemerkte, nach dem Revolver greifen, ihn aus der Tasche ziehen und bereithalten. Das bedeutete aber, daß ich zunächst einmal das Futteral aufzuknüpfen und dann eine Reihe von umständlichen Vorbereitungen zu tun hatte, die Zeit und vor allem Ruhe forderten. Es wurde mir beklemmend klar, daß ich allein durch diese Umstände in die Hinterhand geraten konnte. Der Angreifer verstand natürlich alle Schliche eines Nahkampfes ungleich besser als ich, und es glückte ihm vielleicht ganz leicht, hinter mich zu kommen und mir die Arme zusammenzudrücken, so daß ich gezwungen war, die Waffe fallen zu lassen. Dann kam es gar nicht mehr zu einem Warnungsschuß, sondern ich war dem Fremden in der Waldnacht auf Gnade und Ungnade ausgeliefert. Mit Schrecken begriff ich, daß ich trotz des Revolvers einem richtigen Gangster nicht gewachsen war.

Beim nächstenmal versuchte ich aus diesen Überlegungen Nutzen zu ziehen. Ich ließ das Futteral zu Hause, steckte den Revolver, wie er war, in die Rocktasche und hielt die Hand auf seinem blanken Eisen, um in jedem Augenblick bereit zu sein. War ich aber trotzdem nicht zu spät daran, wenn es darauf ankam, da ich erst die Sicherung öffnen mußte? Ich entsicherte ihn also. Das hieß jedoch, daß mir selber kein Unglück zustoßen durfte. Ganz leicht konnte ich ja in der Dunkelheit über eine Wurzel fallen, und dann bestand das Risiko, daß der Schuß in der eigenen Tasche losging. Nein, entsichert durfte ich ihn nicht mit mir tragen.

Während des langen Wanderns beschlichen mich auch andere Sorgen. Es konnte ja sein, daß ein ganz harmloser Passant sich zufällig näherte, den ich in meinem Verdacht, er sei ein Wegelagerer, vielleicht so unglücklich traf, daß er in seinem Blut stöhnend vor mir lag. Es war unmöglich, sich die Folgen eines solchen Mißgriffs vorzustellen.

Nun konnte es aber geschehen, daß mir ein Mann begegnete, dessen Absichten noch unklar waren. Er benahm sich, nachdem er mich wahrgenommen, vielleicht harmlos, fragte nach dem Weg, dann nach Zigaretten, kehrte sich schließlich weg, um sich dann plötzlich auf mich zu stürzen und mich niederzuschlagen. Es schien deshalb geraten, es auf keinen Fall zu einer Annäherung kommen zu lassen. Ich würde also schon beim ersten Anblick eines Schattens stehen bleiben und dann in die Luft schießen. In der Nacht auf so einsamen Wegen war diese Vorsicht wohl berechtigt.

Konnte ich aber mit Erfolg rechnen? Würde sich alles so abspielen, wie ich es mir vorstellte? Wenn es nun trotzdem zu einer Annäherung und damit zu einem drohenden Handgemenge kam — wie sollte ich mich gegen einen solchen Gegner verteidigen? Ja, ich könnte ihm zuvorzukommen suchen, hinter den erstbesten Baum fliehen und dann von dort aus, gut gedeckt, den Warnungsschuß abfeuern. Wenn ich aber daran verhindert würde, weil der nächste Baum zu weit entfernt stand? Und wenn der desperate Angreifer über solche Geschwindigkeit und Körperkraft verfügte, daß er mich spielend erreichte, bevor ich mich noch postieren konnte? Wenn er rasend würde vor Wut, weil ich es gewagt hatte, mich zur Wehr zu setzen? Was dann? Ja, was dann?

*

Schreckensphantasien bedrängten mich und hörten nicht auf, mich zu peinigen, und der Besitz des Revolvers brachte also keine Entspannung. Auch zu Hause war er lästig. Ich pflegte ihn in meiner Schreibtischlade zu verwahren und trug den Schlüssel mit mir, damit kein Ungehöriger ihn finden und damit Unheil anrichten könne. Aber der durchdringende Geruch nach frisch gegerbtem Leder verleidete mir jedesmal die Lade, wenn ich sie öffnete, um mein Tagebuch oder ein Manuskript daraus zu holen. Es war, als ob er auch hier sich breitmache, um von mir Besitz zu ergreifen. Er blieb ein fremder Eindringling, und ich wünschte mehr und mehr, ihn loszuwerden.

Noch zögerte ich freilich, da ich ja doch nicht gerne seinen Schutz entbehren wollte.

Der unheimliche Gast in der Schreibtischlade wurde mir indessen mehr und mehr zuwider. Er verhalf mir nicht zu meiner Sicherheit, sondern peinigte mich, da er mich ständig dazu verführte, etwas mit Gewalt ändern zu wollen, was sich nicht ändern ließ. Er setzte sich wie eine Spinne in meinem Herzen fest. Wozu ließ ich ihn da das grausame Spiel mit mir weitertreiben? Der Wunsch, ihn loszuwerden, wurde immer stärker, und so beschloß ich, ihn einfach dem Mann, von dem ich ihn gekauft, zurückzuschenken — ja schenken, damit nicht Verhandlungen irgendwelcher Art die Sache erschwerten.

Es war ein wahrhaft erwünschter Augenblick, als ich das übelriechende Futteral mit dem schweren Inhalt dem Polizisten wieder einhändigte. Er steckte es wortlos zu sich. Und ich war endlich und für alle Zeiten von dem Revolver befreit.

*

69

Wie stand es nun mit meinen nächtlichen Wanderungen? Sollte ich sie überhaupt fortsetzen? Eine neue Lage ergab sich. Ich besaß jetzt keine Waffe mehr, die mich im Notfall verteidigte, und meine Schutzlosigkeit im Wald war also vollkommen. Das verschaffte mir gute Gründe, mit dieser Unternehmung ein für allemal Schluß zu machen. Ich war ja zu einer Fortsetzung des Abenteuers nicht verpflichtet. Waren diese Wanderungen nicht auch etwas Kindisches, ein Rest aus der Gymnasiastenzeit, wo man sich romantischen Ideen von Heroismus und Freiheit hingibt? Und sollte ich mich nicht endlich als Erwachsener benehmen?

Das waren wohl richtige und meinem Alter entsprechende Gedanken. Ich konnte also — nicht ohne Genugtuung — zu dem Ergebnis kommen, daß meine Exkursionen einer erledigten Phase angehörten. Mit dem Verlust des Revolvers schien ich auch von dem ständigen Impuls befreit, mich diesen unnötigen Gefahren auszusetzen. Die letzte Laterne vor dem Waldeingang spielte keine Rolle mehr.

*

Es kam doch eine Nacht, wo ich, allen Überlegungen zum Trotz, wieder in der Finsternis des Sieveringer Waldes dahineilte. Eine neue Verwicklung, der ich nicht gewachsen war, hatte sich ergeben. Ich konnte sie weder begreifen noch ertragen. Was blieb mir da übrig, als daß ich, ratlos gegen das mir Übermächtige, das alte Heilmittel wieder versuchte. Sollte ich Ruhe finden, dann konnte ich es nur vor der gestirnten Bergnacht über dem dunklen Hügel, auf den ich zulief.

Nun besaß ich freilich keinen Schutz mehr. Die rechte Rocktasche war leer und ich selbst also jedem Angreifer preisgegeben. Ich sah jedoch ein, daß ich diesen Preis bezahlen mußte. Da das Ziel so lockte, durfte ich weder auf mich noch auf irgendeinen anderen Menschen Rücksicht nehmen. Ich mußte alle Schiffe hinter mir verbrennen.

70

Wie blind rannte ich den Waldweg hinauf, auf der Flucht vor meinem eigenen Zögern, meiner Angst, meinen Vorstellungen. Ich hatte solche Eile, als ob ich noch in dieser Nacht nach Klosterneuburg gelangen müsse, das viele Gehstunden entfernt liegt. Nach dem unheimlichen Stadtrand — er lag so finster und rauschend vor mir, als könne ich nie dort eindringen, als erwarteten mich unabsehbare Gefahren — fand ich mich gestärkt in der Ruhe des tiefen Waldes wieder. Ich ging wie ein Abgeschiedener durch die Schatten des Jenseits, jetzt mit langsamen Schritten. Nichts hielt mich mehr an meine frühere Welt gebunden. Ich fühlte eine herrliche Freiheit in mir aufsteigen.

Allmählich begriff ich, wie sehr mich der Revolver belastet hatte. Er bewirkte ja, daß ich immer an meine Sicherheit denken mußte, mich daran klammerte, und da ging indessen die kostbare Zeit verloren, mit den eigenen Fragen fertig zu werden. Ich hatte eben den Preis dafür zu bezahlen, daß ich mich dem Schicksal ohne Vorbehalt vor die Füße warf. Ihm allein sollte ich es überlassen, ob ich das Abenteuer überstehen würde oder nicht, und nicht den Ausgang an eine Waffe binden. War es mir nicht bestimmt, die Freiheit zu gewinnen, die mir vorschwebte, und verführte mich statt dessen ein bloßer Eigensinn, dann geriet ich mit Recht ins Verhängnis, und es *sollte* so sein! Ich hatte mich einer Handlung vermessen, die Gott verwarf. Dann ließ er in dem schrecklichen Dunkel dieser Einsamkeit geschehen, wovor mir schon so lange mit tiefem Entsetzen graute. Er lieferte mich der Übermacht eines unbekannten, desperaten Menschen aus, der gerade in dieser Nacht aus der Stadt gekommen war, vielleicht auf der Flucht vor der Polizei wegen eines Verbrechens, und dabei auf mich, sein unerwartetes Opfer, stieß. Wir waren dann geheimnisvoll miteinander verkettet. Sollte es aber so kommen, dann half auch keine Vorsicht. Und nicht einmal der vermeintliche Schutz einer Waffe konnte mich retten.

*

71

Ich hatte gegen neun Uhr mein Haus verlassen und wanderte nun die Wege, die mich auf den Hermannskogel führten, zum höchsten Hügel der Umgebung. Nach der Unruhe, die der Stadtrand brachte, war das Gehen durch den abseitigen Jungwald der erste Lohn. Wenn ich mich von der Schlucht, wo noch Urzeit zu hausen schien, der Höhe näherte, hörte ich das heisere Gebell der Füchse. Ein Reh, das wohl nahe dem Weg geschlafen und durch meinen Schritt aufgeschreckt war, trampelte in Panik einen Abhang hinunter. Zu Gesicht bekam ich es nicht, hätte es auch kaum wahrnehmen können in dieser laternenlosen Nachtwüste von Wald und bleichen Wiesen. Es lag nun sicher in seinem neuen Versteck und schlief wieder. Ich aber ging weiter.

Hatte ich die Hochbuchen des Gipfels erreicht, in denen der Wind von der Donauebene rauschte, strömte endlich die Weite des Nachthimmels herein. Sie war voll von Lichtern, ferngezielten Sternfiguren, dem Schneerauch-Gewölk der Milchstraße, und ein Diamant nahe der drüberen Hügellinie schlug ständig von Meerblau in Feuerrot und Wintergrün um. Manchmal glitt ein Glühendes durch die Schwärze und ritzte sich wie mit einem Schweif darin ein. Die weiten Massen der Wälderberge lagen darunter und ab und zu flimmerte ein Licht in ihnen. Hunde bellten von einem fernen Tal. Ein Zug, der durch die Ebene fuhr, ließ einen langen Pfiff ertönen.

Hier war der Ort, den ich gesucht hatte. Die Verschlingung in fremde Dinge fiel von mir ab. Es gab Unendliches außer mir, und ich schwamm gleichsam in dem breiten Strom des Lebens. Was mich traf, war kein Unglück. »Nimm es doch an!« sagten mir die Wälder, das Land, die Sterne. Ich war bereit dazu.

Im Glück, übermäßig beschenkt zu sein, kehrte ich auf dem steinigen Weg wieder ins Tal zurück. Auf der Landstraße angekommen, konnte ich mich aber nicht entschließen, nach Hause zu gehen, wie ich es hier zu tun pflegte. Ich hatte zu sehr Geschmack an der grenzenlosen Freiheit bekommen und mußte sie genießen. Deshalb beschloß ich, in entgegengesetzter Richtung weiterzuwandern, trotz der späten Stunde. Ich wollte erst auf dem Umweg eines weiten Bogens zu meinem Ausgangspunkt zurückkehren. Mein nächstes Ziel war das Dorf Weidling, fast eine Stunde von hier entfernt, dann die Donau, der in der Nacht breit und bleich ziehende Strom, den ich bei Tageshelle von der Höhe aus hätte ausnehmen können. Entlang der Flußlände traf zwar in einem viel höheren Grad zu, was ich am Stadtrand von Sievering so fürchtete. Ich war an diesem Ufer nach Mitternacht keineswegs allein, sondern begegnete Figuren, die mich ihrerseits so anblickten, daß mir oft nicht geheuer wurde. Aber alles ging ohne Zwischenfall.

In Nußdorf angelangt, bemerkte ich Gruppen von Nachtgästen unter den Toren der alten Häuser. Warum versammelten sie sich dort so spät? Sie wendeten sich mir zu und beobachteten aufmerksam den schnell Vorüberwandernden. Aber es folgte mir niemand nach und suchte mich zu stellen.

Der letzte Teil der Wanderung führte mich durch ausgestorbene Straßen, wo mein Schritt auf dem Pflaster hallte. Es fuhr keine Straßenbahn mehr, kaum tauchte ein Passant auf den weiten Strecken auf. Aber ich wußte: dieses Gottesgericht war mit dem heutigen Erlebnis nicht zu Ende. Ich mußte es wieder über mich ergehen lassen. Immer und immer wieder stand es mir bevor.

Als ich endlich nach der langen Nacht — der Morgen dämmerte schon — zum Schlafen kam, war es, als läge ich tief eingebettet in dem blauen Meer meines Schicksals.

DIE VERSTEINERTE PFLANZE

Der Fels, den ich manchmal aufsuche, ragt wie ein Schild aus der Schutterrasse, die den alten Steinbruch von Sievering umschließt. Er bildet eine Art Kuppe, die einer kleinen Gesellschaft Raum böte, wenn sie, eng beieinandersitzend, Wien überschauen wollte, das wie ein Stück Meereslandschaft blau vom Osten herüberdämmert. Aber es gibt hier kaum jemals eine Gesellschaft; außer den Kindern des Dorfes erklettert niemand dieses mühsame Geröll, und ich tue es nur, weil ich hier eine Ader brüchigen Schiefers kenne, dessen Ergiebigkeit an geheimnisvollen Abdrücken mich anlockt. Die blaugrauen Stifte, schräg im Lehmgrund steckend, sind leicht aus ihrer jahrtausendealten Haft gelockert und gelöst, und wenn sie, geringem Druck nachgebend, zu muschelig brüchigen Stücken auseinanderfallen, überraschen sie oft durch ihre reich von der Natur beschriebenen Innenseiten: ein japanischer Tuschpinsel scheint diese strahligen Figürchen wie ein zierliches Muster auf dem Grund verstreut zu haben.

Es ist an einem Maientag, da ich wieder hier oben liege, das Donnern des jungen Frühlingswindes und den Schlag der Vogelrufe im Ohr. Fern ist das zerwürfelte Steinmeer von Wien mit seinem Dom und anderen Spitzen erkennbar, doch vor dem blau verschleierten Bild drängen sich grün die Hügel mit allen Zeichen der Nähe. Ich kann auf dem gegenüberliegenden Hang die Leute zwischen den Weinbergen arbeiten sehen und auch die Schatten, die der Waldrand über die Wiese wirft. Die Sonne, nach dem Winter wieder ganz wärmendes Gestirn, schwebt wie mit Lichtschwingen über dem wirren, seidig grünen Gewoge jungen

Laubes, und auch die Büsche entbrennen an dem kahlen Schutt-
hang mit den grünen und rötlichen Feuern ihrer Blattknospen.
Unten aber liegt das Dorf Sievering: ein Häufchen von Häusern an
der langhin gewundenen Straße. Sie scheinen von oben gesehen
ein wenig fremd durcheinander geschachtelt und mit ihren Giebeln und Höfen ländlicher, als ich es vom Vorbeigehen gewohnt
bin. Als lägen sie nicht am Rande der großen Stadt, sondern
schon tief in der Landschaft und hätten nicht fast alle öde Drahtgitter angeschafft statt der alten Holzzäune und kahle trübe
Dachtafeln statt der warmen Schindeln.

Da gedenke ich des alten Redl, des Weinbauern, der, obzwar
noch einer der letzten von den Dorfgeschlechtern, doch auch sein
hohes Holzdach mit diesem nüchternen Überzug vernageln ließ.
Er stand oft in Stiefeln und mit der hochgebundenen blauen
Schürze, dem Zeichen seines Standes, im Gattertor und rauchte
die gewohnte Pfeife. Es war bekannt, daß er an jeder Hand
einen Finger mehr als andere Menschen hatte, und wahrhaftig
wuchs ihm aus beiden Daumen gleich sprossenden Kirschen-
zweigen je ein kleineres Nebenglied. Ich sah dies immer, wenn
er mich bei meinem Vorbeigehen über das künftige Wetter belehrte. Mit einigen Schritten in die Mitte der Straße tretend, um
von dort aus — wie der Maler in genügender Entfernung vom
Bilde — besser den Wolkenhimmel zu überschauen, den der
Nußbaum seines Hofes verdeckte, gab er mir Auskunft über die
Anzeichen, die die nächsten Stunden entscheiden sollten. Wenn
er, die Pfeife in der Sechsfingerhand, nach oben deutete und un-
verhofften Regen prophezeite, ließ er seiner Bitterkeit freien
Lauf, daß der erhitzte Himmel keinen Tropfen aus sich pressen
könne, um den ausgedörrten, nach Wasser seufzenden Wein-
boden endlich zu erfrischen.

Diesem Manne nachsinnend, der schon lange nicht mehr im
Gartentor steht, weil ihn der Tod — wie einen alten Stamm der
Blitz — gefällt hat, zog ich eine größere Steinplatte aus dem
Geschiefer, die an ihrer Kante einen haardünnen Sprung aufwies.

Ich drückte den Fingernagel dort ein, der lose Zusammenhang gab nach und das flache Steinstück fiel, als ich es so auf gut Glück aufklappte, in zwei Hälften wie die Deckel eines blätterlosen Buches auseinander — ein Buch auch durch die unerwartete Figur, die es in seinem Innern barg. Als hätte ich ein Herbarium aus Urtagen aufgeschlagen, fand ich es an beiden Innenseiten mit dem Bilde zweier Pflanzen bekleidet — die eine genau das Gegenstück der andern, in der schlanken Biegung des Stengels und mit vielen krautigen Seitentrieben. Das versteinerte Gewächs ließ durchaus noch die lebendige Form erkennen, die es für die flüchtige Zeit eines Sommers mochte gebildet haben. Gerade damals aber war es geschehen, daß es nicht zu seinem gewöhnlichen Welken und Absterben kam, sondern durch ein Urgewitter des Bodens, das diesen Berg aus dem flachen Meergrund emporgehoben und gewölbt hatte, zwischen die knetsamen, bewegten Massen geriet und so dem Spätgeborenen aufbewahrt blieb. Mir war es also beschieden, das Gewächs wieder seinem unermeßlichen Schlaf zu entreißen. Die Pflanzenmumie — dunkelgrau wie Asche hatte sich ihr Gewebe in dem mattblauen Grund des Schiefers teils eingeprägt, teils hoben sich Reste davon ab, wie sie jetzt eben bei meinem Öffnen hängengeblieben oder mitgerissen waren — schien dies zu fühlen. Sie empfing das ungewohnte stürmische Licht der Maisonne wie jemand, der aus einem Bergwerk steigt: mit dem feinen Glitzern ihrer eingesprengten Kriställchen und mit regenbogiger Anlauffarbe, als ob sie blinzelte.

Welche Ausgrabung war dies! In ihrem Gedächtnis mochte noch das Rauschen des Meeres leben, das diese Stadt überdeckt und mit dem Plätschern von Seewellen hier angeschlagen hatte, wo es ein Ufer mit Sumpfdickicht und Schuppenbäumen gab und ungekanntes Getier noch uneingeschränkt von der Gegenwart des Menschen lebte. Gegen solche Urvergangenheit schrumpft die Zeit zu nichts zusammen, die wir für uns oder für die Spanne unserer Geschichte in Anspruch nehmen. Wie bald ist doch der

Schritt von der losen Siedlung bis zur engummauerten Stadt getan, und von dort erscheint es auch nicht mehr weit bis zu den Jahrhunderten, da ein bleibendes Geschlecht das unverlöschliche Zeichen seiner Herrschaft diesem Lande für eine lange Zukunft aufprägt. Der bald durchmessene Raum der Stadt mit seinen zusammengedrängten Giebeln und Türmen, von steilen Zinnen umzirkt, verwandelt sich schließlich in die machtvolle Metropole mit ihren sternenartigen Bastionen, die sich wie Riesenpranken vorschieben. In ihrem Innern blühen herrliche Gebäude auf, der Bürger bewegt sich behaglich, des Überblickens gewohnt, in den hohen Basteialleen. Dann aber stürzen die Mauern mit ihren kostbaren Toren für immer, die Stadt flutet über ihre Ränder, und es kommt die Zeit der Schlote und Hauskasernen, der Drahtgitter und trüben Dachtafeln. Es kommt unsere Zeit.

Wie lange aber dauert diese noch an? Man weiß von kommenden Kriegen und versucht, oft spielerisch im Gespräch, sich die Schrecken auszumalen, die neue und alte Vernichtungsmittel bringen mögen. Wo jetzt wabenartig in riesigen Häuserzeilen Leben an Leben sich drängt, mit all dem Unzähligen familienhafter Siedlung, da mag einmal schrecklich Getöse einbrechen, Dächer und Zimmerdecken blitzhaft aufreißen und allen mühsamen Besitz in einem einzigen Feuerbrand vernichten: Stunden von Tod und Zerstörung, die kein Retterwille mehr gutmachen kann. Was in Jahrhunderten aufwuchs, immer wieder das Alte verdrängte — nun findet es selbst sein unwiderrufliches Ende. Die Urkräfte der Natur regen sich wieder: auf den Ruinen der heute uns so schön überragenden Gebäude, auf verlassenen Plätzen und Straßen wachsen Gras und Gebüsch, die unbewohnbaren Trümmer überschlingt der Teppich der Pflanze, der alles wieder zur Erde zurücknimmt.

Der alte Steinbruch steht auch dann unberührt von diesem Geschehen: wie die Säulen eines antiken Tempels das Leben und die Verwandlungen dieses Lebens überdauern, ein Riesenheiligtum der Schöpfung über dem Menschen. Gleich bröckelndem

Mosaikbelag zerfallender Hallen, wo die Figuren schon verblaßt sind, schimmern seine von Verwitterung gegitterten, blau und ockrig gesprenkelten Wände; gleich den Stümpfen von Pfeilern und Mauern ragen in silbernem Gestufe die Blöcke seiner Schichten aus Lehm und struppigem Gras. Schon vor Hunderten von Jahren blickte er so auf die Stadt und wird auch dann so auf sie blicken.

Ich aber liege heute, an diesem Maientag, der die offenen, sich bewegenden Fensterflügel unter mir aufglänzen läßt, zu seinen Füßen und tausche Blicke mit der versteinerten Pflanze, die ich eben aus dem Geschiefer zog.

ABENDGANG ZUR ALTEN KASTANIE

Wenn ich abends das Haustor zugedrückt und den klirrenden Schlüsselbund in der Tasche versenkt habe, finde ich mich in der nach junger Erde duftenden Luft — der Waldwind weht mir die Enden des Überrocks auf und durchbläst mich kalt —, und ich wandere die leere Dorfstraße von Sievering hinab.

Die Laternen spielen ein stummes, gespenstisches Spiel mit meinem Schatten. Zuerst, in der Nähe der gelblichen Lichtquelle, ist er kurz und dunkel und biegt sich an der Straßenmauer selbständig auf. Dann erreicht er schnell wachsend meine Größe. Während er sich aber ganz dünn auszieht und lächerlich verlängert, überfächern ihn andere dünnere Schatten, die sämtlich die Züge meines Umrisses tragen — des in die Stirn gedrückten Hutes und aufgestellten Kragens —, und schließlich finde ich ihn unversehens hinter mir, von der nächsten Laterne, der ich mich nähere, kurzerhand zurückgeschickt. Nach einigen Schritten kriecht er wieder unter meinen Füßen hervor, um ein neues Dasein zu beginnen. Ich kann dieses immer gleiche Spiel verfolgen, solange ich will, und es dauert auch meistens bis zu der Stelle, da ich bei dem krummen, hochdachigen Weinbauernhaus angelangt bin, dessen ebenerdige Fenster erleuchtet sind. Eine Weingesellschaft sitzt drinnen an langen grünen Tischen, und von den Scheiben, an denen die Tropfen des Zimmerdunstes niederrinnen, kann ich die Gestalten der zunächst Zechenden wahrnehmen. Schwanke Melodien dringen zu mir heraus.

Wie können doch manche Leute guter Dinge sein! Es fällt mir ein, daß jetzt Fasching ist und in der nahen Stadt Bälle veranstaltet werden; daß in heißen, erhellten Sälen gerade in diesem Augenblick unzählige Paare tanzen. Und alles ist voll übermütiger Musik, und der unbekümmerte Rhythmus trägt die Tänzer so leicht dahin, als ob es nichts anderes gäbe.

Ein Schutzmann kommt auf seinem Patrouillengang die Straße herauf, und so verlasse ich meinen Platz am Fenster wieder: er mag sonst glauben, daß ich hier jemanden belausche. Ich ziehe weiter, die enggewundene Dorfstraße hinab, zwischen den schon schlafenden Giebelhäusern hin, höre das hallende Pochen meiner Schritte, begrüße ein einzeln erleuchtetes Fenster, hinter dem noch jemand wacht, und wenn andere Schritte hinter mir hörbar werden und mich überholen, so stammen sie meist von den zwei oder drei jungen Männern, die allabendlich im Dorf ihre Bräute besuchen und um diese Stunde heimkehren. Ich mache erst wieder halt, wenn ich bei der großen Kastanie angelangt bin.

Weit ausgreifend steht sie da, wie aus vielen Bäumen zusammengewachsen, und breitet ihr ungeheures Astgewölbe über die Bank zu ihren Füßen aus, über die Schleife des mondglänzenden Baches und die Straße. Hier gehe ich nie blicklos vorüber. Besonders wenn der volle Mond hoch, fast im Zenit des leicht trübblau umdunkelten Himmels steht und in weitem Abstand den ganzen Riesenkreis eines dünnen Schleierwolkenkranzes um sich versammelt. Dann suche ich so lange einen Platz unter der Kastanie, bis ich das ruhig ferne Himmelsgestirn gerade hinter das reichlichste Geäst visiert habe. Wie hoch erscheint nun das Raumgewölbe des Baumes, aus dessen schräg rissiger Rinde mit dem Ansatz von riesigen Warzen die Seitenbäume des Hauptstammes brechen, jeder wie ein Herrscher in seinem eigenen Gebiet. In wildem Schwung bäumt er sich wie eine Riesenschlange hoch, stürzt ein Stück abwärts, bäumt sich wieder auf und läuft nach oben zu, wohin das Licht der Laterne nicht mehr dringt — ein schwarzes Gitterrankenwerk von greifenden Ästen. Wie in Stockwerken scheint er da unterteilt: mit Treppen und Bögen und höchsten Dachgewölben. Und durch all dieses Gewirre von Stämmen und Ästen bahnt sich der Mond seinen langen Weg zu mir: fern und ruhig und rund und wie eine verblichene Silbermünze. Aus Bergwerkstiefen blicke ich zu ihm auf. In diesem Augenblick geht mir auf, was ich habe wissen wollen, als ich so spät noch vom Hause wegging: daß es außer meiner engen täglichen Welt noch anderes gibt; und daß alles Leben bald vergeht und auch einmal dieser mein gewohnter Gang auf der nächtlichen Straße nicht mehr sein wird. Das sagt mir der alte Baum, wenn ich unter ihm stehe, als einem der Unzähligen, die schon unter ihm während der Jahrhunderte hingegangen oder gestanden sind, und wenn ich mich in den schwebenden Verlauf der fürstlich starken, mit kurzen, kleinen Gerten überwucherten Seitenarme verliere, deren Gestalten bald im Laternenlicht spielen, bald wie hinter Kulissen in magisch ferne Mondnacht greifen.

Fast jeden Abend läßt mich die Kastanie dies verstehen, wenn auch stets, je nach der Jahreszeit, in einem anderen Kleid: einmal, wenn das Silber spärlichen Schnees auf ihr liegt, den eine tiefe Märzwolke über das Geäst verstreut hat. Oder während des bloß einige Wochen währenden Spätherbstes, da nur auf den wenigen Zweigen, die der Laterne zugekehrt sind, die letzten gelben, zerfransten Blätter hängen, durchschienen von Licht, indes der ganze übrige Wipfel schon kahl daliegt. Oder an Frühlingsabenden, wenn der Baum überschüttet ist von der Flut der ersten gefalteten Blätter, die ungeschickt wie bepelzte weiche Tierpfötchen niederhängen. Oder beim Sturm, im langen Sommerregen, im Nebel und Schneeflockentreiben des Jänners. Immer ist er ein Quell des Aufblicks in die unendliche Welt des Lebens, wovon wir alle unverlierbare Teile sind. Dann gehe ich wieder die enggewundene Dorfstraße bergauf, zurück den alten Weg zwischen den schlafend vorgeneigten Giebelhäusern und der schon hausarmen Waldstraße zu, deren letzte, ein wenig sausende Gaslaterne mit meinem Schatten wieder ihr altes gespenstisches Spiel treibt. In das Haus zurück, wo ich jetzt wohne.

1916 hatte mein Vater eine Wohnung in dem Wiener Vorort Sievering gemietet, und damit waren wir zum erstenmal aus der Stadt auf das freie Land, in ein altes Weindorf versetzt. Wir kamen aus der lärmenden Breitegasse, dem Viertel der Möbelhändler. Auch unser Hausherr war einer von ihnen. Er hatte das schmale Haus bis zum zweiten Stock in ein einziges Magazin umgewandelt. Im dritten wohnte er und im vierten befanden wir uns. Sogar im Flur standen Riesenschränke, die nach Beize rochen, und wenn ich in der Nacht nach Hause kam, lag die Möbelstiege bis zum dritten Stock im Dunkel. Jetzt hatten wir das häßliche Entree, das lärmende, staubige Viertel hinter uns – und wohnten im obersten Stock einer zweistöckigen Villa zwischen luftigen Gärten.

Nach einem Leben schlecht bezahlter Arbeit als Buchhalter einer Kleiderfirma konnte sich mein Vater endlich diese Erhöhung im Lebensstil leisten. Meine Schwester, damals Bankbeamtin, half ihm dabei. Die Wohnung war jedoch weit entfernt von Luxus. Den Eltern standen nur ein Schlaf- und Speisezimmer zur Verfügung, während jeder von uns vier »Untermietern« einen eigenen Raum innehatte.

Daß er mitten im Ersten Weltkrieg diese Änderung durchführen konnte, beruhte auf seinem endlich geglückten Berufswechsel. Mehr als drei Jahrzehnte in engen Verhältnissen, hatte er durch kaufmännische Studien spät – er war über 50 – den Titel des Revisors erlangt und überprüfte jetzt Bilanzen von Firmen, setzte ihre Steuerbekenntnisse zusammen. Die Arbeit wurde viel besser bezahlt als die frühere. Es geschah nun nicht mehr, daß ich ihn an Abenden meiner Mutter von den Schikanen seiner ausnützerischen Chefs erzählen oder sich über seine Schulden bekümmern hörte. Es kam ein freierer Zug in unser Leben, bessere Kleider und längst nötige Einrichtung wurden angeschafft. Die Eltern gingen auf Sommerurlaub. Mein Vater war ein unermüdlicher Arbeiter. Aber jetzt lohnte es sich wenigstens, die Stunden an dem amerikanischen Rollschreibtisch zu verbringen und sich mit den mir völlig rätselhaften Zahlenkolonnen der karierten »Kanzleibögen« zu beschäftigen. Ein bekannter Sachverständiger hatte seine Zuverlässigkeit erkannt und zog ihn mehr und mehr zur Mitarbeit heran. Auf diesem Weg dürfte er zu der großen Brotfabrik gekommen sein, wo er unentbehrlich und Mitglied des Aufsichtsrates wurde. Auch das Landesgericht belieferte ihn mit »Fällen«. Lichtgelbe Mappen, mit seiner rundlichen Handschrift bezeichnet, lagen immer auf seinem Schreibtisch.

*

Die neue Umgebung entsprach dem Geschmack meines Vaters. Er ging jeden Tag mit der dünnen Aktentasche bis zur Endstation der Straßenbahn, die ihn dann auf langen Wegen — fast zwei Stunden — in den Industriebezirk seiner Brotfabrik führte. An Sonntagen machte er Promenaden über den Hügel hinter unserem Haus. Der schmale Weinbergweg, von dem man über die Schieferfelsen der beiden Steinbrüche und auf die dicht gedrängten Giebel des Tales sieht, entzückte ihn. Der strenge Mann, der gern auf der Erde blieb, wurde überschwenglich, wenn er von diesem Weg erzählte. Fragte ich die Eltern, die von einem Spaziergang am Sonntag zurückkehrten, wo sie gewesen waren, sagten sie »in Tirol« und meinten damit die Promenade über den kleinen Weinberg. Sievering half uns zur Einwurzelung. Kaum konnte ein Einheimischer dankbarer der Schönheiten dieser

Landschaft innewerden. Wir genossen sie alle und nahmen gern die umständlichen Fahrten in Kauf, die mit dem Besuch der Stadt verbunden waren.

Mein Bruder, dessen Ehe sich damals auflöste, fand sich unter freieren Verhältnissen als früher der Familie wieder angeschlossen. Er hatte ein Zimmer mit getrenntem Eingang, dessen Fenster auf den Hügelhang des Gartens ging. Vom Flur des ersten Stockes führte ein eisernes Brückchen über den Hof und auf den in Serpentinen ansteigenden Weg zwischen Flieder, Obst- und Zierbäumen. Das Fenster, an dem sein Schreibtisch stand, empfing sein grünes Licht von dieser Wipfelfülle. Die Wände, besetzt mit Büchern, wirkten nicht erdrückend. Es war hier wie bei einem Dichter aus dem Biedermeier. Über einem Regal hing ein gedrucktes Gedicht von Goethe, mit Goldstreifen umrahmt und mit den großen, schrägen Buchstaben seiner Handschrift unterzeichnet. Das Autogramm war ein Geschenk Stefan Zweigs. Über einem Ladenkasten befand sich das Gemälde eines jung verstorbenen Malers aus Franz Grillparzers Familie, das eine sonderbare Kreuzigung sehen ließ: das Volk strömt eilig und ängstlich unter einem Weltuntergangshimmel von Golgatha zurück nach Jerusalem. (Gleich dem Gemälde und vielem anderen sind 1938 diese Dinge verlorengegangen.) Ein schräg im Raum stehendes, gelbgrünes Plüschsofa diente als Bett, der Waschtisch stand hinter einer spanischen Wand mit türkischem Muster. Das alles war wie eingebaut in die Sieveringer Atmosphäre.

*

Als wir 1916 einzogen, lernten wir in dem schlesischen Hausherrn Hallavich einen ungewöhnlichen Mann kennen. Er gab sich nicht vornehm. Im Gegenteil sahen wir ihn ständig wie einen Handwerker Reparaturen vornehmen. Er hatte die alte Villa um- und ausgebaut und den großen Garten ertragreich gemacht, denn es regnete im Herbst von Früchten. War er nicht mit Maurerarbeit beschäftigt, hackte er Erde auf, band oder stützte etwas an den Bäumen.

Begegnete ich ihm, bewog er mich meistens, stehenzubleiben. Er wollte wohl erfahren, was für ein Mensch dieser Student war, und mich interessierte Herr Hallavich, weil er offenbar in geheimnisvoll religiösen Vorstellungen lebte. »Ein Phantast«, nannte ihn mein Vater. Aber ich ließ mich gern von ihm über die kommende Weltzeit unterrichten, wenn er nach kurzem Verhör eine Bibelstelle zitierte und mir in seiner schlesischen Mundart bei dieser Gelegenheit zu bedenken gab, daß die Menschheit schweren Leiden entgegengehe. Obzwar ich solche Prophetien mit einer gewissen Skepsis entgegennahm — ich glaubte ja, wir hätten nach dem Ersten Weltkrieg das Schlimmste überstanden —, faszinierte mich sein Gesicht mit der hochgewölbten Stirn und dem weißen Haar. Er merkte aber, wie es um mich bestellt war, seufzte lächelnd, nahm das Werkzeug von der Wand und ging. Vielleicht gehörte er einer Sekte an? Es konnte auch sein, daß er als Schlesier einen besonderen Hang zur Mystik hatte.

Allmählich erfuhren wir, daß er sich mit der Absicht trug, das Haus zu verkaufen. Die vielen Arbeiten, mit denen er ständig umging, dienten also nur dazu, um es einmal in möglichst gutem Zustand anderen Händen zu überlassen.

Es dürfte Mitte der zwanziger Jahre gewesen sein, als wir von der Nachricht überrascht wurden, ein »Konsortium« habe unsere Villa übernommen. Die Veränderung war zunächst kaum bemerkbar. Aber allmählich fiel es mir auf, daß mit dem Auszug des Gottesmannes ein gewisser Friede von uns gewichen war.

Die neuen Besitzer waren zwei jüdische Holzhändler, die sich mit ihren Familien im ersten Stock und Souterrain einmieteten. Die Frau des unten Wohnenden hatte das Aussehen einer Hexe. Ihr Haar flatterte wild, ihre Hände zitterten, aber sie hatten genügend Kraft, um auf ihre Ziehtochter aus unbegreiflichen Gründen so loszuschlagen, daß wir oft die Schreie des Mädchens hinter der Tür hörten.

Die beiden Hausherren vertraten indessen nur die eine Haushälfte. Es kam allmählich heraus, daß die Freundin eines Aristokraten aus der Tschechoslowakei, meist »die Gräfin« genannt, die andere erworben hatte. Vorläufig schien dies keine Rolle zu spielen. Als aber der Kompagnon des Hausherrn seinen Anteil verkauft hatte und ausgezogen war, rückte sie näher. Sie mietete nämlich eine Familie mit zwei Kindern im Souterrain ein, wo er gewohnt hatte. Diese Treuhänder sollten meinem Vater noch viel zu schaffen geben.

*

Um all dies kümmerte ich mich wenig. Ich entbehrte zwar Herrn Hallavich und war erleichtert, als die dramatischen Szenen im Souterrain aufgehört hatten, aber ich beschäftigte mich nicht weiter damit. Gerade damals war ich daran, den nächtlichen Wienerwald zu entdecken, zu dem sich früher für mich nur gelegentliche Besuche ergeben hatten. Oft verließ ich in der Dunkelheit unser Haus, da ich mich hinter ihm ebenso eingeschlossen fand wie in meinem eigenen Wesen, versperrte das Tor und machte mich auf den Weg in den Wald. Ich fühlte mich seiner Botschaft des hauslosen Lebens näher als jeder Sorge um eine Wohnung. Auf einsamen Wegen suchte ich bei ihm etwas wie den Urzustand des Menschen, während des Gehens auf der Walderde, die Sterne über mir. Es war eine romantische Vorstellung, der ich folgte. Aber der Wienerwald bei Nacht, den zu dieser Stunde wohl kaum ein Mensch betrat, lockte mich mit seinem Geheimnis mehr als jede sichere Häuslichkeit.

Gerade damals begann »die Gräfin« sich bei uns bemerkbar zu machen. Sie sandte nämlich durch ihren Advokaten die Nachricht an meinen Vater, daß seine Wohnung geteilt werden und die Familie vom Souterrain in die obere Hälfte einziehen solle. Es müsse zwischen Schlaf- und Speisezimmer der Eltern eine Mauer errichtet werden. Die bis jetzt Unbekannte benahm sich, als ob sie plötzlich die unumschränkte Herrin des Hauses wäre, die auf bisher Bestehendes keine Rücksicht nahm.

Ich bekam ihre Person und die des Grafen zu spüren, als sie eines Tages in seiner und ihres Anwalts Begleitung in unserer Wohnung auftauchte, um die Verhältnisse aus nächster Nähe in Augenschein zu nehmen. Der Typ dieser Hochbusigen, die durch Schminke, aufgetürmte Frisur und reichlichsten Schmuck herausstaffiert war, ließ sich unschwer erraten. Zum erstenmal bemerkte ich bei ihren drastischen Erklärungen und Gebärden, mit denen sie in dieser Wohnung schon Verfügungen traf, als ob sie ihr gehöre, ein Entsetzen im Gesicht meiner Mutter.

Es standen ja noch überall *ihre* Möbel auf den gewohnten Plätzen. Gewiß waren es altmodische Stücke aus der Jahrhundertwende, wie der massive Tisch mit seinen altdeutsch geschnitzten bauchigen Füßen, die Spiegelkommode mit den gerillten Holzsäulen und schwarzer Marmorplatte zwischen den Fenstern, die Kredenz an der Seitenwand mit ihren geschnitzten Loggien, worin sich das Silber befand. Dem Vater mochte diese Einrichtung in den achtziger Jahren, als er heiratete, nicht wenig gekostet haben. Meine Mutter war aber die Erhalterin dieses Besitzes. Sie hatte sich bemüht, ihn zu modernisieren. Als Schuljunge wurde ich Zeuge, wie sie mit Schmirgelpapier die schwarze Wachsschicht abzog, womit man die Möbel, nach dem Geschmack der Zeit, überstrichen hatte. Sie sollten ursprünglich wohl Renaissanceschränke aus Ebenholz vortäuschen. Das war eine mühsame Arbeit für sie gewesen, dieses Wegreiben. Ihre Hände mußten ja in unzählige Fugen des Schnitzwerks eindringen, bis aus dem übertünchten Holz das bleiche, gemaserte zum Vorschein kam. Dadurch aber hatte sie die Auffrischung des Speisezimmers erreicht, wo wir uns jeden Tag zur Mahlzeit versammelten: es war viel heller geworden. Das alles sollte nun nach dem Wunsch der »Gräfin« einfach verschwinden!

Wir waren damals noch sieben Personen, und ich weiß nicht, wie sich die Dame unser Zusammenrücken auf die Hälfte der

Wohnung vorstellte. Aber sie stellte sich wahrscheinlich überhaupt nichts anderes vor als ihre eigenen Wünsche. Der Hausherr nannte sie, wenn er privat mit uns sprach, verächtlich »eine ganz gewöhnliche Konkubine, die aus niedrigsten Verhältnissen stammte« und der die Rolle, Hausfrau im obersten Stock zu spielen, als eine begehrenswerte Zukunft vorschwebte. Ihr Anwalt Dr. K., der sich uns allen artig vorgestellt hatte, schien indessen Mittel und Wege zu wissen, um die Pläne seiner Klientin zu verwirklichen.

Am Ende der zwanziger Jahre geschah es nicht selten, daß der Hausherr meinen Vater zu sich berief, da neue Vorschläge aus der Tschechoslowakei eingetroffen waren. Es folgten, wenn er von der Besprechung zurückkehrte, meistens Aufregungen innerhalb der Familie. Denn die drohende Einschränkung der Wohnung traf besonders meine Tante: ihr Zimmer lag in dem Teil, der abgetrennt werden sollte. Das bedeutete, daß sie nicht länger bei uns wohnen konnte, und sie wollte in ihrem Alter — bald 80 Jahre — nicht die einzige Stütze verlieren, die ihr hier durch den Anschluß an ihre Schwester gegeben war. Zu wem sollte sie denn ziehen? Keiner der Verwandten hätte sie übernommen. Mein Vater pflegte sie jedoch mit dem Hinweis zu beruhigen, daß im Österreich der Nachkriegszeit ein Schutzgesetz die Mieter vor Spekulanten verteidigte, sie könnten nicht einfach auf die Straße geworfen werden. Die Vorstöße der »Gräfin« schienen deswegen zum Scheitern verurteilt. Meine Tante hielt diese Erklärungen jedoch nur für Schein und Vorwand.

*

Das alles drohte sich indessen gründlich mit Hitlers Machtergreifung im Nachbarland zu ändern. Seit 1933 begannen gewisse Kreise in Österreich Morgenluft zu wittern und versuchten, auch auf die Justiz nach den neuen »Gesetzen« des Dritten Reiches einzuwirken. Als Ausschlag dieser Stimmung — wir hatten natürlich keine Ahnung davon, daß es sich so verhielt — traf eines Tages die regelrechte Kündigung der »Gräfin« ein.

Bisher hatte sich der eine Hausherr nicht mit ihr solidarisch erklärt, und diese Haltung schadete natürlich ihren Absichten. Aber der wachsende politische Druck in Deutschland und in Österreich — 1934 war Dollfuß ermordet worden — machten ihn ängstlich. Er versicherte, daß es ihm schwerfalle, in Zukunft seine Sympathien für den Vater beizubehalten. Wenn es nämlich zwei Hausbesitzer gäbe, wie in ihrem Fall, so dürften sie bei Entscheidungen nicht ungleiche Meinungen vertreten. Dies könne sonst zu juristischen Folgen führen, ja, er riskiere, daß ihm bei solchen Zeiten die Haushälfte entzogen werde. Trotz seiner sonstigen Höflichkeit überraschte er also eines Tages meinen Vater damit, daß er ihm die formelle Kündigung überreichte — zum erstenmal von ihm *und* der »Gräfin« unterschrieben.

Das sah ziemlich düster aus. Mein Vater blieb jedoch ruhig. Er setzte sich mit dem Sohn seines Jugendfreundes, dem Rechtsanwalt Dr. Anton O., in Verbindung und betraute ihn mit der Führung des Prozesses, zu dem er sich jetzt gezwungen sah. Eigentlich war es Treue, die seine Wahl bestimmte. Denn Antons Kanzlei ging nicht mehr gut. Er war von einer unheilbaren Krankheit befallen, und die Klienten hatten sich zum großen Teil verlaufen.

Meine Tante, die ihm wegen seiner verminderten physischen Kräfte nicht zutraute, ein Ergebnis zugunsten der Familie durchzusetzen, war von Anfang an gegen seine Wahl. Sie versuchte, meinen Vater zu überreden, einen anderen Anwalt, am besten einen der bekannten Advokaten, deren Namen bei Mietprozessen in der Zeitung standen, mit unserer Sache zu betrauen. Er blieb aber für alle ihre Gründe unzugänglich.

*

Der Prozeß begann damit, daß sich der Gerichtshof wegen des sogenannten »Lokalaugenscheins« im Haus versammelte.

Die Eltern, schon alte Leute, waren in den letzten Jahren von schweren Bürden überlastet. Die Stellung meines Vaters hatte sich verschlechtert. Das Landesgericht bestellte ihn weniger mit »Fällen«, die Brotfabrik wurde mehr und mehr die einzige Einnahmequelle. Dadurch kehrten die alten Sorgen zurück. Der gehobene Lebensstil war schwer aufrechtzuhalten.

Es kam hinzu, daß die Familie meiner Schwester ihn übermäßig beanspruchte. In seiner Noblesse sah er sich verpflichtet, dort helfend einzugreifen. Er erhielt ständig durch meine Mutter deren unbezahlte Rechnungen, die er beglich, als wäre dieser Haushalt dem seinen angeschlossen. Auch die Lebenskosten meiner Tante waren von ihrem Bruder auf ihn übergegangen. Da nun zugleich die Aufträge nachließen — »es kommt keine Post mehr«, hörte ich ihn vor dem leeren Schreibtisch klagen —, war es nicht erstaunlich, daß sein überlastetes Herz ermüdete.

So sah es im Innern der Familie aus, als sich die Kommission zum »Lokalaugenschein« im Hause einfand.

*

Die Untersuchung begann im Souterrain. Mein Vater, der daran teilgenommen hatte, kam in einer Pause mit allen Zeichen der Bestürzung zurück. Er war gerötet, wie ich ihn noch nie gesehen hatte.

»Es ist furchtbar, wie die Leute da unten wohnen«, war das einzige, was er sagen konnte. »Auf den Wänden große Flecken von Nässe. Das ist menschenunwürdig!« Daß sich durch diese Neuigkeit der Prozeß vielleicht ungünstig auf ihn selber auswirken könne, schien ihn im Augenblick nicht zu berühren.

Meine Tante, die für ihr Zimmer bangte, erkannte sofort die Gefahr und meldete ihre Zweifel an.

»Wer weiß, was sie da unten alles getrieben haben«, erklärte sie. »Es ist doch merkwürdig, daß noch nie von einer feuchten Wohnung die Rede war. Der erste Hausherr hat mit seiner

Familie jahrelang dort gewohnt und hat sich nie beklagt. Und ebenso der Holzhändler, der nach ihm eingezogen ist ... Ich laß mir das nicht aufbinden. Ich nicht!«

»Ich weiß, Helen«, sagte der Vater.

Es kam zu keinem weiteren Disput, obwohl der geradezu detektivische Scharfsinn meiner Tante ihn gewiß zum Widerspruch reizte. Er glaubte trotz seiner großen gerichtlichen Erfahrungen, daß alles, was er da unten heute mit eigenen Augen gesehen, richtig war, und hatte noch gar nicht überlegt, ob da vielleicht ein Verdacht berechtigt erscheinen könne.

Da läutete es, und ein Stimmengewirr im Vorhaus meldete den Eintritt der Kommission in der Wohnung an. Mit beiden Anwälten, Hausherren, Parteien betrat die Gesellschaft das Speisezimmer.

*

Der Richter, dem die Korrektheit des österreichischen Beamten im Gesicht geschrieben stand, sah sich prüfend um und machte sich Notizen. Der Advokat des Vaters, Anton, befand sich natürlich auch in seinem Gefolge, aber keineswegs in der ersten Reihe, von wo er sich wahrscheinlich hatte wegdrängen lassen. Denn der Gegner hielt sich dicht an der Seite des Vorsitzenden, redete auch ständig auf ihn ein, als ob es nur auf seine Erklärungen ankäme.

»Hier oben große Zimmer, Luft und Licht, Raum in Hülle und Fülle«, verkündete er. »Aber nur für drei alte Personen! Und da unten eine junge aufstrebende Familie des Landes mit ihren Kindern, aber dazu verurteilt, zusammengepfercht in zwei Zimmern zu leben, die so dunkel, eng und feucht sind, wie wir es eben gesehen haben. Ja, die Kinder dürfen ruhig Knochentuberkulose bekommen, wenn nur hier oben alles zum besten steht! Und zwar: für einen Mann, der nicht bodenständig ist«, betonte er.

Zum erstenmal hörte ich öffentlich, sozusagen mitten im Gerichtssaal, das Schlagwort, von dem damals schon die Straße voll war, und erschrak. Meinem Vater wurde der Besitz der Wohnung abgesprochen, weil er rassisch nicht entsprach! Ich blickte auf ihn, der durch ein wissendes Lächeln seine Gesichtsröte zu verbergen suchte, dann auf Anton, für den ebenso die Beschuldigung »nicht bodenständig« zutraf. Er zeigte jedoch keine Spur einer Bewegung. In aufrechter Haltung, mit seinem blonden, schon melierten Haar über dem kantigen Kopf machte er den Eindruck eines englischen Marineoffiziers in Zivil. Die Zeichen der bösen Krankheit, die bald seinem Leben ein Ende bereiten sollten, zeigten sich in der Bleiche seines Gesichtes. Er erklärte, vom Richter über Einzelheiten befragt, kurz und sachlich, was er zu sagen hatte. Gerade war von der Anzahl der Quadratmeter die Rede.

Die Kommission kam nun zum hinteren Teil der Wohnung, der auf den Garten ging. Das Zimmer meines Bruders Felix sollte als erster Raum besichtigt werden. Als die Mutter — fast feierlich — die Türe öffnete, schien der Anwalt nur darauf gewartet zu haben.

»Das ist also das *D-i-c-h-t-e-rzimmer*«, erklärte er dem Richter mit ironischer Dehnung der ersten Silben. Ich war erstaunt, daß er diesen Ton anschlug, der uns besonders verletzen mußte. Es war ja, als ob er meinem Bruder jede Berechtigung abspräche. Erst Jahre später erfuhr ich, daß dieser Dr. K. nicht nur ausübender Jurist, sondern auch ein Literat war, einer nationalen Vereinigung von Journalisten angehörte und also zu dieser Zeit als einer von den Wegbereitern arbeitete, die in Österreich den Spuren Alfred Rosenbergs folgten.

»Das heißt, hier sollte der berühmte Mann sitzen«, setzte er fort. »Aber das tut er nun gar nicht, wovon sich der hohe Gerichtshof überzeugen kann. Er wohnt nämlich nicht in Wien, wie es vorgespiegelt wird, sondern in Italien. Das Zimmer steht seit Jahren leer.«

»Leer!«, rief meine Mutter empört dazwischen. Sie erinnerte ihn, daß mein Bruder erst kürzlich seine Ferien zu Hause verbracht hatte.

»Ja, leer!«, entgegnete der Anwalt scharf. »Ich habe mich genau beim Meldeamt über seine Besuchszeiten informiert und besitze darüber alle erforderlichen Belege.« Er begann von einem Blatt die Daten abzulesen, von wann bis wann sich mein Bruder hier aufgehalten hatte.

Meine Mutter wollte wieder erwidern, wurde aber von Anton durch einen deutlichen Ruck mit dem Kopf davon abgehalten. Der Richter befragte ihn nach den Besuchen meines Bruders, über die er sich aber keine so genauen Auskünfte verschafft hatte wie Dr. K. Es kam zu einem kurzen Rencontre zwischen den beiden Anwälten. Mit zitternder Stimme warf meine Mutter, aller Einschüchterung zum Trotz, ein, daß er im Herbst wiederkommen werde.

»Ja, für eine Woche«, replizierte der Anwalt. »Das bedeutet aber noch nicht ›wohnen‹. Auf jeden Fall gibt es hier oben unbenützten Raum in Hülle und Fülle. Das kann wohl niemand leugnen«, bemerkte er — schon über die bloße Möglichkeit einer Entgegnung persönlich beleidigt —, »während sich unten eine arische Familie mit engen, finsteren, feuchten Verhältnissen abfinden muß.« Er hämmerte diesen vermeintlich empörenden Gegensatz immer wieder dem Richter ein.

Es war, als habe mein Vater jede Aussicht verloren, die Wohnung zu behalten.

*

Kaum hatte uns die Kommission verlassen, läutete es schüchtern. Der Hausherr, der offenbar auf leisesten Sohlen den Stock heraufgekommen war, stand, die Finger warnend auf den Mund gelegt, in der Tür. Als er ins Zimmer trat — er versicherte sich erst, daß alle Türen und Fenster verschlossen waren —, sagte er die lapidaren Worte: »Herr Braun, ich bin empört.«

Es kam heraus, daß nie vorher von einer so grassierenden Feuchtigkeit im eigenen Haus die Rede gewesen war. Ja, ein kleiner Mauerfleck im Gartentrakt der unteren Wohnung sei vorhanden, aber dort halte sich niemand dauernd auf. Nur Küche und Vorhaus seien ein bißchen davon betroffen. Er könne sich also vorstellen, daß die Herrschaften da unten nach einem Rezept der »Gräfin« das Ihrige dazu beigetragen hatten, um die Wohnung unter Wasser zu setzen.

»Bitte, ich kann natürlich nichts beweisen und auch nichts behaupten«, schloß er vorsichtig. »Aber das müßte schon mit dem Teufel zugehen.«

Tante Helene fuhr von ihrem Sitz auf.

»Siehst du, was habe ich gesagt«, rief sie, an meinen Vater gewendet, triumphierend aus. »Alles Schwindel!«

Er hielt sich, überrascht wie er war, zurück, in einen freundschaftlichen Ton mit dem Hausherrn zu verfallen. Durch die gemeinsame Kündigung mit der »Gräfin« hatte dieser sich ja mit ihr verbunden. Statt dessen wendete er sich an die Tante.

»Schnell ist die Jugend fertig mit dem Wort«, pflegte er ihr ironisch bei ähnlichen selbstsicheren Behauptungen zuzurufen, und das wiederholte er auch jetzt, trotz der Gegenwart des sie stützenden Hausherrn. »Wieso weißt du denn, Helen, daß das alles Schwindel ist?«

»Wenn der Hausherr es selber sagt, muß es wohl stimmen.«

»Warst du unten? Hast du die Flecken gesehen?«

»Bitte, ich habe nichts behauptet«, lenkte der Hausherr ein und erhob beide Hände abwehrend mit den Flächen nach außen. Er hatte eine pathetische Art der Selbstverteidigung. Vielleicht fürchtete er, daß mein Vater von seiner Aussage Gebrauch machen könne.

»Ich wollte nur eine Vermutung aussprechen, die — unter uns gesagt — naheliegt«, wendete er sich gegen die Tante. »Herr Braun«, setzte er fort, »dieser Anwalt ist auf jeden Fall ein ganz Gerissener. Er konstruiert eine Notlage für die Leute im Souterrain, die es gar nicht wirklich gibt. Wer hat sie denn gezwungen, dort einzuziehen? Und ihre Kinder der Knochentuberkulose auszusetzen? Niemand! Sie hätten tausend andere Wohnungen finden und diese vermieten können — das ist doch sonnenklar. Es war unsere Dame aus Tschechoslowakien, ›die Gräfin‹, die sie da unten hineingesetzt hat — als Puffer! Lauter Machenschaften und keine Spur von Notlage! Und, Herr Braun, ich werde Ihnen etwas sagen! Wenn ein Advokat nicht davor zurückschreckt, eine so häßliche politische Propaganda für seine Zwecke zu betreiben, dann kann er auch anderes Unsauberes machen. Bitte, das ist wenigstens meine Konklusion.«

»Und meine auch«, fiel die Tante aufgeregt ein.

Mein Vater ließ sich trotz der einleuchtenden Erklärungen zu keinem Einverständnis bewegen. Er weigerte sich weiter, heute mit dem Mann gemeinsame Sache zu machen, der erst vor ein paar Tagen mit der »Gräfin« die Kündigung unterfertigt hatte.

»Das sind alles keine Beweise«, beharrte er.

Der Hausherr merkte, daß kein Erfolg zu erzielen war, erhob sich und entfernte sich auf ebenso leisen Sohlen wie bei seinem Kommen.

*

Tante Helene war ein vom Schicksal an den Rand gestellter Mensch — von Beruf Sprachlehrerin bei Familien —, und deshalb hatte sich mein Vater nach der Ehe mit meiner Mutter in seiner Noblesse entschlossen, sie nicht einsam wohnen zu lassen, sondern zu sich zu nehmen. Dieser Entschluß, vor etwa dreißig Jahren gefaßt, sollte ihm den Frieden des eigenen Hauses kosten. Denn meine Tante war trotz ihres Alters eine vitale und hartnäckige Streiterin und verstand es, mit oder ohne Absicht, den Vater bei tausend Gelegenheiten zu engagieren. Gewiß hatte er ein cholerisches Temperament und nahm leicht an Dingen, die seinem Ordnungssinn widersprachen, Anstoß. Aber die kleine, heftige Schwägerin war in ihrer Dominanz wie dazu bestimmt, ihn ständig zu ärgern.

*

Während des Prozesses war es nun »Anton«, mit dem sie ihn zur Verzweiflung brachte.

Kaum hatte sich am Tag des »Lokalaugenscheins« der Hausherr entfernt, begann der Disput über die feuchte Souterrainwohnung wieder.

»No, was wirst du machen?« forderte sie den Vater heraus.

»No, was empfiehlst du, Helen?« ironisierte er.

»Der Anton macht doch den Mund nicht auf. Das hat man heute ja wieder gesehen.«

»Was hätte er denn sagen sollen?«

»Du hast ja den Hausherrn gehört. Dasselbe hätte Anton sagen sollen.«

»Hat der Hausherr einen Beweis vorgebracht?«

»Natürlich! Wenn er selber nie eine Spur von Nässe bemerkt hat.«

»Helen, das hat er nicht gesagt. Und für das Gericht sind seine Vermutungen noch lange keine Beweise.«

»Beweise! Für den Anton nicht! Aber ein tüchtiger Advokat könnte daraus etwas machen, könnte Widerstand leisten ... Er könnte den Spieß umkehren. Das ist meine Ansicht.«

»Du meinst also, ich soll einen anderen Advokaten nehmen.«

»Und ob ich das meine! Einen, der sachverständig in Mietangelegenheiten ist und den Mund aufmacht«, beharrte sie.

»Helen, du hast recht, du hast immer recht und weißt alles besser. Aber ich erkläre dir: ich werde keinen anderen Anwalt nehmen. Der Anton hat die Sache sehr gut begonnen und wird sie durchführen.«

»Wenn er aber keine Kraft in sich hat, weil er unheilbar krank ist?« widersprach sie mit einem letzten Trumpf.

Jetzt schien wieder einmal der Augenblick nahe, wo meinem Vater die Geduld zu reißen drohte. Wir befanden uns in größter Spannung. Durch das Schweigen meiner Mutter schien er auch zu merken, daß sie in diesem Punkt mit der Schwester übereinstimmte. In der Tat war die ganze Familie darin einig, daß der Vater durch die Wahl Antons einen Mißgriff getan hatte.

Mit erhöhter Stimme — das Unwetter zog sich zusammen — sagte er:

»Ich bin schon wie tätowiert von euren Stichen. Helen hat hundertmal den Anton für todkrank erklärt und jetzt fängt sie wieder damit an. Und ich erkläre euch noch einmal mit voller Bestimmtheit: Nichts, gar nichts werde ich ändern. Anton ist krank, aber ein tüchtiger Jurist, der seine Sache versteht. Ich habe volles Vertrauen zu ihm. Auf die Propaganda, wie sie der Doktor K. betreibt, kommt es bei Gericht nicht an. Das ist Demagogie! Nach den heute bestehenden Gesetzen haben wir das Recht auf die Wohnung. Es steht mir auch ein separater Büroraum zu, den ich nicht ausnütze. So sind es nicht zu viele Zimmer. Versteht es doch endlich: wir leben in Österreich. Und Österreich ist ein Rechtsstaat, wo Recht Recht bleiben muß.«

Mein Vater hätte sich opfern mögen für diesen Glauben.

»Es ist schrecklich!« rief meine Tante. Weinend erhob sie sich und verschwand mit ihren kleinen, hackigen Schritten.

*

Die Gefahr, den Prozeß zu verlieren, beunruhigte auch meine Mutter. Gewiß war Österreich ein Rechtsstaat, aber wie lange? Die Wogen des Nachbarreiches schlugen schon über die Grenzen. An allen größeren Haltestellen der Straßenbahn gab es Kioske mit Hakenkreuz-Zeitungen, und Verkäufer in schwarzen Stiefeln riefen herausfordernd die Namen ihrer Hetzblätter aus: »Der Völkische Beobachter«, »Der Stürmer«. Auf den Planken und Hauswänden mehrten sich die Zeichen des Angriffs. Wir wurden ständig daran erinnert, obzwar die Regierung sich mutig dagegen stellte.

Der feindliche Anwalt spielte bereits mit offenen Karten. Er war seiner Sache so sicher, daß er sich jetzt öfters im Hause sehen ließ. Einmal begegnete ich ihm auf der Stiege, wo er wohl im Begriff war, den Hausherrn im ersten Stock zu besuchen. Als er mich sah, sagte er: »Sie sind also der jüngere Braun«, und streckte mir in einer Anwandlung siegreicher Jovialität die Hand entgegen. Aber ich zog die meine zurück, versteckte sie sogar hinter dem Rücken, so daß er unbegrüßt an mir vorbeigehen mußte. Da schien es auch meiner Mutter besser, Anton durch einen Fachmann ersetzen zu lassen. Ich gestehe, daß ich der gleichen Meinung war. Wenigstens wollten wir uns erkundigen, welche Gelegenheiten dem Vater offenstanden.

Wir beschlossen deshalb, hinter seinem Rücken die »Mietervereinigung« zu befragen, wo meine Mutter Mitglied war. Vielleicht erhielt sie dort Hilfe durch einen Juristen, der Erfahrung von ähnlichen Fällen hatte. Wir wollten es versuchen.

Ich begleitete sie auf dem Weg zu dem Lokal. Es lag in einem Keller, so daß man von der Straße Stufen hinabsteigen mußte. Der Raum war schwarz von Wartenden, und ich weiß nicht mehr, wie lange es dauerte, bis wir endlich darankamen. Die Mutter legte dann dem Beamten ihren Fall vor, er erkundigte sich, wie lange sie in Sievering wohnte und um wieviel Personen und Räume es sich handle. Schließlich konnte er ihr versichern, daß sie — trotz der Kündigung durch beide Hausherren — nichts zu fürchten habe. Sie falle unter das Schutzgesetz und benötige also keinen besonderen Anwalt.

Befreit kehrten wir heim. Der Vater hatte recht behalten. Nach Monaten des Wartens wurde ihm endlich auch die Bestätigung für seine Treue zu Anton gegeben. Es war ein Freudentag, als wir erfuhren, das Gericht habe die harte Klage abgewiesen und zu seinen Gunsten entschieden. Die Wohnung wurde ihm rechtlich zugesprochen, und Eltern und Tante konnten sich wieder in ihren Zimmern sicher fühlen. Anton aber, der die Sache so gut geführt hatte und dem jetzt auch die streitbare Tante gratulierte, zeigte trotz seines Triumphes kein Zeichen besonderer Befriedigung. Während ihn die Mutter mit Kaffee und Kuchen bediente, verzog er den Mund kaum zu einem Lächeln. Er nannte immer wieder einen Terminus wie »Tagsatzung« und war und blieb also ein sachlicher Mann. Aber ein durch und durch rechtschaffener, dem treu zu bleiben wir jetzt auch in Zukunft entschlossen waren.

*

Wenige Monate später, 1935, starb mein Vater an einem Herzschlag. Die Sorgen um die bedrohte Existenz seiner Familie hatten ihn wohl zu Fall gebracht. Der Prozeß mochte mehr an ihm gezehrt haben, als er durchblicken ließ. Daß er als geborener Wiener, für den der Glaube an das Recht eine Art Religion war, nicht würdig sein sollte, eine bescheidene, rechtmäßig erworbene Wohnung im eigenen Land zu haben, muß ihn tief verletzt haben. Ich hörte ihn jedoch weder während des Prozesses noch jemals nachher ein Wort darüber verlieren.

Obzwar mit ihm die Stütze der Familie fiel, war es doch eine gute Fügung, daß er drei Jahre vor 1938 aus dem Leben schied. Wie hätte er als Mann von 80 Jahren den schriftlichen Bescheid der nationalsozialistischen Parteileitung entgegengenommen, der ihm — wie später der überlebenden Mutter — befohlen hätte, innerhalb einer Frist von wenigen Tagen die Wohnung zu räumen? Dieser Schlag blieb meinem Vater erspart.

Die alte Tante hatte wohl nie geahnt, daß ihre Ängste ein so grausames Ende finden würden. Nach der Auflösung der Sieveringer Wohnung im Februar 1939 zog sie zu zwei anderen Tanten, die, ebenfalls aus ihren Heimen vertrieben, sich in einer »Sammelwohnung« befanden. Im August desselben Jahres traf sie dort meine Frau an, die vor Ausbruch des Zweiten Weltkrieges einen letzten Besuch in Wien gemacht hatte. Es herrschten dort die unglücklichen Zustände eines Lagers. Verzweifelte alte Menschen, Möbel standen wie in einem Magazin herum, auch die von der Mutter so mühsam gereinigte Kredenz unseres Speisezimmers fand sich dort: wie an einen Strand geworfen.

Es dauerte kaum ein Jahr, da kam die 84jährige Tante in ein Altersheim, von wo ich viele sehnsuchtsvolle Briefe erhielt. Einmal schrieb sie, sie habe von uns allen geträumt, aber es sei eben nur ein Traum gewesen. Das ganze Leben sei ein Traum. »Aber ein böser«, fügte sie hinzu.

Ein Arzt des Heimes teilte mir 1940 an einer versteckten Stelle seines Briefes mit, daß sie nach Theresienstadt transportiert worden sei. Meine Karte, die sich noch an die alte Adresse gewendet hatte, kam mit reichlichen Bemerkungen und Stempeln zurück. Es stand darauf: »Zurück/retour«, »Umgesiedelt«, »Abgereist«, »Verreist/en voyage«.

KIRCHE ZWISCHEN WEINBERGEN

I

Mit Hitlers Machtergreifung im Jänner 1933 begann sich eine tiefe Unruhe in der Judenschaft Wiens auszubreiten. Die Zeitungen brachten täglich erschreckende Neuigkeiten. Man wurde Zeuge von Verfolgungen im Nachbarreich, wie sie sich seit dem Mittelalter nicht ereignet hatten. Die Juden aus allen akademischen Berufen ausgestoßen, als Kaufleute vernichtet! Zwar versicherte Minister Goebbels, daß ihnen »kein Haar gekrümmt« würde. Aber der zynische Propagandaton ließ das Gegenteil dieser Garantie befürchten. Es trat auch unmittelbar darauf ein. Ein Berliner Rechtsanwalt, der dem Befehl getrotzt hatte, das Schild seiner Advokaturkanzlei von der Mauer seines Hauses zu entfernen, wurde vom eindringenden Straßenmob erschossen. Er war eines der ersten Opfer des neuen staatlichen Pogroms.

SA- und SS-Truppen, in Lagern und Burgen dazu erzogen, mitleidlos befohlenes Unrecht mitleidlos zu vollziehen und zu morden, wenn angeblich deutsche Interessen gefährdet waren, arbeiteten schon im ganzen Reich. Die Synagogen brannten, die Nürnberger Gesetze machten das Unrecht rechtskräftig. Der Jude war nach Alfred Rosenbergs Theorie ein internationaler »Schmarotzer«, der auf Kosten seiner Wirtsvölker lebte, um diese schließlich nach Art der Bazillen umzubringen — das Letzte, Verachtete also. »Die Protokolle der Weisen von Zion« galten ihm als schlagender Beweis für das unterirdische Wühlen des Weltjudentums, das den Untergang Deutschlands betriebe. Seit 1933 konnte sich diese Ideologie frei entfalten, und es gab schon Millionen, die wirklich daran glaubten und sich daran fanatisierten. Es war kein Wunder, wenn die Wiener Juden diese so nahen Vorgänge mit Entsetzen verfolgten. Zwar konnten sie hoffen, daß die Republik Österreich dem Dritten Reich Widerstand leisten werde. Politisch wurde sie von dem mächtigen Mussolini und den Westmächten gestützt, und Ahnungslose übertrugen ihr Wunschdenken auch auf die Zukunft — ich gehörte zu ihnen. Aber viele bangten, daß die Sicherheit nur eine Konstellation des Augenblicks, vielleicht ein bloßes Kartenhaus war. Politische Ereignisse entwickelten sich ständig ganz anders, als wir es annahmen. Wer hätte es je für möglich gehalten, daß ein wilder Fanatiker, ein politischer Abenteurer zum Staatsoberhaupt des Deutschen Reiches, der Mitte Europas, aufsteigen würde?

Die Juden Wiens begannen jetzt mit aller Kraft den Bundeskanzler Schuschnigg zu stützen, den sie, als Demokraten, Liberale, Sozialisten, anfangs nicht gebilligt hatten. Er regierte ja seit 1934 parlamentslos. Der »Ständestaat« gab jedoch dem Volk Anteil am staatlichen Leben. So hart wie in Italien oder Deutschland herrschte in Österreich die Diktatur nicht. Man konnte sich trotz allem als freier Staatsbürger fühlen.

Da geistig die katholische Kirche hinter ihm stand, hieß es jetzt, auch auf neue Weise zu ihr Stellung zu nehmen und zu überprüfen, was man ihr — mit Recht und Unrecht — seit Jahrhunderten vorwarf. Eine undurchdringliche Schicht von gegenseitigen unendlichen Mißverständnissen lag über dem Verhältnis Ekklesia—Synagoge. In Wien lebten, besonders in der Leopoldstadt, viele aus dem Osten eingewanderte Orthodoxe, für die natürlich das uralte Erbe der völligen Verwerfung galt. Andere, wie mein Vater, waren liberal, religiös indifferent, dachten freidenkerisch. Er bezeichnete das Tun der Priester in den Kirchen als »Hokuspokus«, die Zeremonien als »Mumpitz«. Das Wichtigste sei, als anständiger Mensch zu leben, sein Handeln zu verantworten. Er gab mir das Muster eines ethischen Verhaltens.

In beiden Fällen stand man ihr aber fremd gegenüber. Wenn Kanzler Schuschnigg nun Österreichs Existenz verteidigte und dabei die Juden gegen das Dritte Reich schützte, mußten sie wissen, auf welcher Grundlage dies geschah. Wie dachte die katholische Kirche über sie? Würde sie sich nicht, wenn es darauf ankam, den Verfolgern anschließen? Die christlich-soziale Partei des populären Wiener Bürgermeisters Dr. Karl Lueger war ja antisemitisch gewesen, Hitler in jungen Jahren sein Schüler. Hatten in vergangenen Jahrhunderten nicht auch Priester zu Pogromen gehetzt? Die Austreibung aus Wien 1671 geschah im Namen des Bischofs Kollonitz. Die Kirche von heute war indessen eine andere als damals. Galt es also nicht, jetzt umzudenken? Freilich brachte sie gerade ihre moderne Haltung wieder in den Verdacht der Religions-Politik. Der Oberrabbiner von Wien warnte vor ihrer Taufpropaganda als einem Fischen im trüben. Es gab kein Ende der Mißverständnisse.

In diesen Tagen trat ein Franziskaner hervor: Pater Cyrill Fischer. Die Zeitungen schrieben, daß er als einziger katholischer Priester nationalsozialistische Schlagworte einer Kritik unterziehe, sie in ihrer Falschheit zeige. Man gewann also Vertrauen zu ihm, und im Dezember 1934, zwei Jahre nach Hitlers Machtübernahme, gelang es, ihn zu einer öffentlichen Aussprache zu bewegen. Auf Wunsch des »Ringes der Alt-Herren-Verbände zionistischer Verbindungen« hielt er im Hotel de France einen Vortrag, der »Wie sieht der Katholik das jüdische Volk?« hieß.

Daß eine nationale Vereinigung Anlaß dazu gegeben hatte, erregte Aufsehen. Pater Cyrill hatte sich zwar ausbedungen, daß in der Presse nichts darüber verlautbart werde, aber es gelang nicht, sie fernzuhalten. Zu seinem Erstaunen erschien in der Montagszeitung »Der Morgen« ein Auszug seiner Rede in entstellter Form, und außerdem beschuldigte man ihn, Zionisten eingeladen zu haben, um Proselyten zu machen. Er protestierte, da das Umgekehrte der Fall war und man die Vereinbarung der Diskretion nicht eingehalten hatte. Ein zionistischer Zuhörer verteidigte den

Pater. »Der Schreiber dieser Zeilen hat den Vortrag, der über einundeinhalb Stunden gedauert hat, ... aus allernächster Nähe mit größter Aufmerksamkeit mitangehört und kann selbst bestätigen, ... daß P. Fischer nichts gesagt hat, das vom national-jüdischen, zionistischen oder sogar vom jüdisch-religiösen Standpunkt bedenklich wäre ... Man darf wohl sagen, daß es eine erfreuliche Erscheinung jungen Datums ist, wenn der Katholizismus so spricht, wie in diesem Vortrag durch P. Fischer.«

Die Rede wurde später gedruckt und blieb so erhalten. Es ging aus ihr die bald zweitausend Jahre dauernde Tragödie des jüdisch-christlichen Mißverständnisses deutlich hervor. Der Pater berief sich auf Kardinal Faulhabers »Adventpredigten«, die einem eifernden Nationalsozialismus die Größe der jüdischen Religion und die Mission des Gottesvolkes zu bedenken gaben. Man hatte also Gelegenheit, den Hochmut des Rassismus einzusehen. Der vom Dritten Reich bevorzugte evangelische »Reichsbischof« Müller, der es sich zur Aufgabe machte, alles Jüdische aus dem Neuen Testament auszumerzen, um endlich ein arisch gereinigtes Evangelium herzustellen, stand in Pater Fischers Vortrag als das da, was er in Wirklichkeit war. Es gab also keinen Zweifel darüber, wie die Kirche über das Judentum dachte. Sie ehrte seinen tiefen Glauben, wies auf die Stellung der Psalmen hin, die in jeder Messe vorkommen, während Rosenberg eben diese als widerliche Dokumente der alttestamentarischen Rache verdammte. Es war Christi inniger Wunsch gewesen, sein Volk zu gewinnen. Da es nicht gelang, folgte das Verhängnisvolle des jüdisch-christlichen Widerspruchs während der Jahrhunderte. Aber die Kirche bekannte sich weiter zur Absicht ihres Herrn. Man stand vor einem Mysterium.

Vielleicht sah Pater Cyrill damals selber noch etwas streng auf das Judentum. Er warf ihm den Wucher alter Zeiten vor, ohne zu erwähnen, daß es durch den Ausschluß von anderen Berufen zum Geldgeschäft gedrängt worden war. Daß die Kirche öffentlich ihre eigene Schuld entdeckt hatte und Reue darüber empfand, blieb erst der Zeit Johannes' XXIII. vorbehalten. Der Vortrag ließ aber erkennen, daß sich der Franziskanerpater ehrlich um ein sachliches Eingehen gegen Schlagworte des Hasses bemühte. Ein Seelsorger sprach aus ihm und kein eifernder Prädikant. Das wirkte befreiend.

*

Für mich galten die Spannungen des Mißtrauens oder Verdachtes seit langem nicht mehr. Ich war der Kirche Schritt für Schritt so nahe gekommen, daß ich nach einem Weg zu ihr suchte. Freilich war es schwer für mich, einen Priester zu finden. Ich fürchtete, daß er mich vielleicht nicht verstehen und mich um meine persönliche Freiheit bringen könne. Mein Stolz wehrte sich gegen die Vorstellung einer fremden Übermacht, der ich mein Intimstes zum Opfer bringen müsse. Deswegen schob ich den Schritt immer wieder auf.

An einem Dezembertag 1933 hatte ich mich aber endlich dazu entschlossen. Ich zog an dem altertümlichen Glockenstrang beim Tor des Wiener Franziskanerklosters. Der Ton erschallte, ich betrat einen Korridor, und der Pförtner öffnete die Fensterluke. Auf meine Bitte, mit dem Pater Cyrill Fischer zu sprechen, erschien dieser gleich in seiner braunen Kutte, mit dem weißen Strick um die Mitte und dem hängenden Kruzifix. Er fragte mich, was mich zu ihm führe, und da antwortete ich, daß ich getauft werden wolle. Das könne wohl geschehen, meinte er, wenn ich es ehrlich, »ohne Konjunktur«, wünsche. Doch müsse ich vorher Unterricht empfangen. Das war mir recht. Wir gingen während des kurzen Gesprächs in dem alten Kreuzgang auf Steinfliesen, die zum Teil etwas aufgeworfen waren, auf und ab.

Ich hatte 1917 die jüdische Religionsgemeinschaft verlassen — in dem Bewußtsein, das Richtige getan zu haben. Denn weder Religionsunterricht noch Tempelgänge hatten mir je ein Gefühl von gläubigem Ernst oder Andacht hinterlassen. Auch war von meiner Familie nie ein Impuls ausgegangen, sie zu fördern. Das Attest, das ich nun, von einem Amt des Wiener Rathauses ausgefertigt, mit mir trug, bestätigte, daß ich »konfessionslos« war.

Der Schritt war durch Unannehmlichkeiten während des Militärdienstes beschleunigt worden. Einzelne antisemitische Kameraden und ein Offizier zeigten mir ihre Verachtung. Da ich nicht einsah, warum ich für etwas leiden sollte, zu dem ich mich nicht bekannte, hoffte ich durch den formellen Austritt bei künftigen Einrückungen von ähnlichen Attacken verschont zu sein. Es war bei meinem Entschluß natürlich auch das Verlangen nach Flucht beteiligt. Ich wollte das Schicksal meiner Herkunft nicht länger tragen.

Mein Vater achtete die Frommen, auch einen orthodoxen Verwandten, der ohne Befolgung der Speisegesetze nicht leben konnte. Aber für sich selber behielt er sich volle Freiheit in diesen Dingen vor. Er berief sich auf üble Erfahrungen. Als junger Mann in Rumänien hatte er im Haus eines Rabbiners gewohnt und dort Gelegenheit gefunden, die Verhältnisse aus der Nähe zu sehen. Er beobachtete, daß dieser nur gegen Geld freundlich Hilfe leistete, umso freundlicher, je größer der Betrag war. Bei den christlichen Priestern glaubte er Ähnliches zu finden. Nur die Reichen erhielten strahlende Begräbnisse. Die Frömmigkeit der Kirche hielt er mehr oder weniger für Volksbetrug. Dies war, glaube ich, kaum seine eigene Meinung, sondern die allgemein freidenkerische der Zeit, die er sich zu eigen gemacht hatte.

Ich stand nun für meine Person außerhalb jedes Glaubens. Doch war ich mir der Tragweite dieser Haltung damals nicht voll bewußt.

Bald nach meinem Austritt kam Religion in neuer Gestalt wieder auf mich zu. Ich war oft Gast in der Grinzinger Villa des Schriftstellers Jakob Wassermann, und hier begegnete ich einer Dame, die mir gleich beim ersten Gespräch den Namen »Theosophie« nannte. Sie erklärte ihn mir als »Gottesweisheit« und erzählte, daß sie einer Gesellschaft angehöre, wo man in diesem Sinn zu leben versuche. Sie war die geschiedene Frau eines Industriellen, Mutter zweier Töchter, aber sie hatte das Affärsleben und den Barbetrieb ihres Gatten satt bekommen. Die neue Lehre habe sie gerettet. Die Gesellschaft sei über die ganze Welt verbreitet und habe ihren Sitz auch in Wien. Ich könne sie dort besuchen.

In einem alten Bürgerhaus der Theresianumgasse — ein Viertel für Ausländer und Diplomaten — traf ich sie wieder. Sie wohnte einen Stock hoch über dem Lokal der Theosophen, besaß aber den Schlüssel und führte mich hinunter. Dort stellte sie Blumen in hohe Vasen unter Bilder von asiatischen Asketengesichtern, die mit flammend hypnotischen Augen von den Wänden blickten. »Die Meister«, erklärte sie mir. Über den Räumen lag ein Duft von süßlichem Weihrauch. Vor dem Türrahmen eines Kabinetts hing ein Glasperlenvorhang, und die schöne Dame flüsterte mir zu, daß hier das »Allerheiligste« verborgen sei. Nur der Sekretär dürfe es bei gewissen Gelegenheiten betreten.

Das war alles voll von anziehendem Geheimnis. Aber auch die Bücher, die ich erhielt, eröffneten neue Perspektiven. Eine Hierarchie von siebenfältig geordneten Geistern, von Engeln und erwählten Menschen, den »Avataren«, arbeitete daran, den Menschen Kraft zu spenden. Die Siebenzahl entsprach auch unserem Wesen. Denn jeder Mensch besaß nicht allein seinen »physischen Körper« — er war der »unterste«, sozusagen sein »Esel« —, sondern sechs weitere von immer feinerer Bildung. Hellseher konnten sie wahrnehmen und beschreiben. Die Seelenwanderung gehörte zu diesem System von Stufen der Entwicklung, da durch die vielen Leben auch die sieben Körper sich läuterten. Wir waren alle Adepten auf dem Weg.

Diese Deutung des Daseins, die aus der Welt der Inder stammte, faszinierte mich. Es gab zwar keine Beweise, warum gerade die Drei- oder Siebenzahl — und nicht etwa die Fünf oder Acht — eine so große Rolle spielte, aber die Zusammenhänge zwischen der Entwicklung des Kosmos und der des Menschen, wo sich überall Entsprechungen ergaben, bestachen die Einsicht. Es öffneten sich Türen nach allen Seiten. Die Systeme der Dreiheit und Siebenheit erstreckten sich auch auf die Natur. Gestein, Pflanze, Tier erschienen nur in einer dumpferen Entwicklungsphase als der Mensch, aber ähnlich in der Bewegung der Evolution. Ich konnte diese Lehre nicht einfach als »Aberglauben« abweisen.

*

Theosophie war Mode vor und nach der Zeit des Ersten Weltkrieges. Die Nähe des Todes schien die Grenzen aufzuheben, zwischen denen früher das europäische Leben so streng verlaufen war. Die Jugend beteiligte sich lebhaft, und ich befand mich bald in einem Kreis von Mädchen und jungen Männern, die, vertraut mit jenseitigen Dingen, den Kern des Wiener Quartiers bildeten. Der Jargon stand im Zeichen der Seelenwanderung. So waren Aussagen über frühere Leben durchaus nichts Ungewöhnliches.

»Heute leide ich noch unter meinem Karma durch meine Mutter«, sagte mir ein Mädchen. »Aber im nächsten Leben habe ich es dann abgetragen.« Die meisten hatten «Karma«-Probleme oder suchten sich zu einem Meister hin. »Ich arbeite mit Hilarion. Er ist einer der höchsten in der Hierarchie«, bekannte mir eine deutsche Germanistin, die an der Wiener Universität studierte.

Ein im Ersten Weltkrieg verwundeter blonder Leutnant, der noch die Kugel in der Lunge trug — ich hörte ihn beim Atmen rasseln —, gesellte sich zu mir und wurde mein Freund. Er beschäftigte sich ehrlich mit den Fragen der Lehre und schien sich keine Ruhe zu geben, bevor er sie nicht geklärt hatte: in einem hellen deutschen Sinn, wenn sie sich auch noch so asiatisch geheimnisvoll gaben und dem Verstand entzogen. Er zerstreute meine Zweifel, die ich gelegentlich äußerte, besuchte mich und schrieb mir Briefe, um mir seine originellen Lösungen vorzuschlagen. Ich konnte sie meistens annehmen.

Die Jugend versammelte sich um den Sekretär John Cordes, einen Norddeutschen, der seit Jahren hier arbeitete. Er ging durch die von indischer Würze durchdufteten Räume mit einem eigentümlich wiegenden Gang, als befände er sich auf hoher See. Auch sein der Wirklichkeit verschriebenes, rauhes Gesicht, das dem eines Seemanns glich, stand im Gegensatz zu seiner orientalischen Umgebung.

John Cordes, ursprünglich Kaufmann, war in Südafrika mit einer Negerin verheiratet gewesen. Damals lebte er ganz dem Diesseits von erotischen Sensationen. In dem Drang, seine Erfahrungen zu erweitern, bestellte er ein Buch, das er unter dem lokkenden Titel »Die entschleierte Isis« annonciert gefunden hatte. Er hoffte, pornographische Bilder zu bekommen. Aber wie erstaunt war er, als kurz nachher die Sendung eintraf! Sie enthielt nicht das geringste davon. Statt dessen hatte er das berühmte Hauptwerk von Madame Blavatsky, der Gründerin der modernen Theosophischen Gesellschaft, empfangen. Cordes wurde nachdenklich. Er begriff, daß hier ein geheimnisvoller Ruf an ihn ergangen war, dem er sich nicht entziehen durfte. So verließ er seine Frau und den kleinen Sohn und reiste in das Hauptquartier der Theosophen, Adyar in Indien, wo er sich der Präsidentin, Frau Annie Besant, zur Verfügung stellte. Das Ergebnis war, daß er als Sekretär für die österreichische Niederlassung der Gesellschaft nach Wien gesendet wurde.

Ich lernte John Cordes noch während des Ersten Weltkrieges kennen. An Sonntagvormittagen fand Gottesdienst in der Theresianumgasse statt, wo wir Jungen zu besonderen Aufgaben herangezogen wurden. Wir waren wie ein Stab von Priestern, bekamen lange Seidentücher, für jeden in besonderer Farbe, worin wir uns einhüllten, wenn wir während der Andacht, etwas erhöht gegen die übrigen Besucher, mit untergeschlagenen Beinen saßen. Während der Weihrauch emporstieg, nannte uns Cordes einen indischen Mantra, worüber wir meditieren sollten. Er sang den Vers auf Sanskrit in einer eindringlich monotonen Weise, und seine Worte schienen sich in weiße Vögel zu verwandeln, die in die Bläue eines unendlichen asiatischen Himmels flogen. Bei geschlossenen Augen konnte ich dem schönen Anblick folgen. Mich aber auf den Sinn des Verses zu konzentrieren, war schwerer. Ich weiß nicht, ob der Auftrag meinen Brüdern und Schwestern auf der Estrade besser gelang — ich versagte immer. Nach dem ersten Entschluß, fest bei der Sache zu bleiben, zerstreuten sich meine Gedanken in Schwärmen nach allen Richtungen. Wenn ich dann, erschreckt über mein Nachlassen, mich aufzurütteln und auf den Vers wieder zu besinnen versuchte, war es meistens zu spät. Cordes begann mit der Predigt des Sonntags. Nach einem neuen Mantra war die Feier zu Ende.

*

Während anfangs ein Spruch aus den Veden oder Upanischaden die Meditationen bestimmte, begann etwa nach 1919 ein neuer Kult einzudringen. Die Präsidentin Annie Besant, die kleine, aber energische weißhaarige Dame, glaubte in dem indischen Jüngling Krishnamurti eine Person von säkularer Bedeutung entdeckt zu haben. Sie verkündete — und Hellseher bestätigten es —, daß er zum »Weltlehrer« bestimmt sei, und es war deutlich, was sie damit meinte. Er sollte die Rolle von Jesus Christus übernehmen. Der junge Inder — der moderne Messias!

Von allen Stellen der internationalen Theosophie wurde die Botschaft verkündet. In der ganzen Welt gründeten sich Gruppen zu seinen Ehren, die »Stern im Osten« hießen und diesen Kult betrieben. Für mich kam die Wende überraschend. Wenn ich

auch schlecht meditieren konnte, so hatten mir die Weisheitsleh-
ren aus den heiligen Schriften der Inder immer Stoff zum Nach-
denken und meistens auch Gewinn gegeben. Der neue Kult aber
kreiste um die private Person eines jungen Inders. Der Hellseher
der Gesellschaft, Leadbeather, der in großem Ansehen stand,
hatte eine Schrift über die 77 Leben von Krishnamurti verfaßt,
die unter uns zirkulierte und zur Erbauung bestimmt war. Es
sollte uns damit einleuchten, daß allein schon die große Zahl seiner vollendeten Leben auf eine unerhörte Höhe seiner menschlichen Person schließen ließ. Er war der »Avatar« unserer Zeit,
der eine neue Periode einleitete. Er sollte der geplagten Menschheit, die noch mit den Folgen des Ersten Weltkrieges zu schaffen hatte, Frieden und Erlösung bringen.

*

Cordes' Andachten standen nun in diesem Zeichen. An einem
Sonntag schien er allein damit beschäftigt, uns — vielleicht auch
sich selber — von der Göttlichkeit des Krishnamurti zu überzeugen. Er mochte neue Nachrichten aus Indien erhalten haben. Denn
aufgeregt erzählte er von dem Widerstand, den dessen Familie
bereitete, um den Sohn, der wie ein entdeckter Dalai Lama in der
Abgeschiedenheit der Verehrung von ihr getrennt lebte, ihr also
entzogen war, wiederzugewinnen. Besonders Krishnamurtis Vater
schien Frau Besant zu behelligen, da er einen Prozeß angestrebt
hatte. Die Verstocktheit des Mannes empörte Cordes nun so,
daß er über uns im Türkensitz Versammelte hinausschrie: »Aber
was ist denn dieser Vater, der sich gegen den Willen der ganzen
Welt und der Meister stellt, anderes als — ein Hund!«
    Wir erschraken. Mit einem Schlag war alle Feier dahin. Cordes,
krebsrot, aber noch im Türkensitz vor dem Glasperlenvorhang
des »Allerheiligsten«, schien nach Atem zu ringen. Es gelang ihm
nicht, ein weiteres Wort hervorzubringen. Auch der abschlie-
ßende Mantra ließ sich nicht intonieren. Da sprang er auf und

verließ uns, im Nacken gerötet. Wir erhoben uns auch und gingen die Stufen zur Garderobe hinunter. Ich hatte nur den einzigen Wunsch, möglichst schnell von hier wegzukommen.

Es war ein stiller Sonntagvormittag, und ich beschloß, die weite Strecke bis zu unserem Vorort zu Fuß zu gehen, um das eben Erlebte durch gründliche Bewegung auszulaufen. Denn ich konnte das Schimpfwort und den hysterischen Schrei, der es begleitet hatte, nicht vergessen. Damals ahnte ich, daß ich einer Gemeinde, wo religiöse Andacht solche Formen annahm, nicht werde treu bleiben können.

Der Weg führte mich durch die Herrengasse und an der alten Augustinerkirche vorüber. Musik vom Gottesdienst drang durch das Portal auf die Straße. Meine Sehnsucht nach einer wirklichen Feier war in diesem Augenblick so groß, daß ich zurückging. Vorsichtig trat ich ein. Die Leute standen bis dicht an den Eingang, und ich konnte mich nur langsam zu einem Stehplatz am Fuß eines Pfeilers hinbewegen.

Es mochte eine Messe von Schubert oder Haydn im Gange sein, denn die innigen Töne nahmen mich gleich gefangen. Die Stimmen, die sich emporschwangen, schienen von den Höhen der gotischen Wölbungen umfangen zu werden. Ich hatte keine Ahnung, was Messe eigentlich bedeutet, und deshalb blieb ich stehen, als ein Glöckchen läutete und alles um mich herum auf die Knie fiel und sich bekreuzte. Ich wollte ja durch ein bloß äußeres Mittun keine falsche Handlung begehen. Am liebsten wäre ich aber mitgefolgt. Es wäre leicht gewesen, durch diese kleine Selbsterniedrigung eins mit der ganzen anbetenden Kirche zu werden. Aber mein Stehenbleiben entfremdete mich meiner Umgebung nicht. Keiner von denen, die sich wieder erhoben, blickte mich wie einen Störenfried der Zeremonie an, niemand kümmerte sich um mich, und ich blieb also trotzdem in ihrem Kreis eingeschlossen. Die herrliche Musik, die mich jetzt völlig von dem früheren Mißlaut befreit hatte, setzte ihren demütigen Jubel fort.

Als ich die Kirche verließ, war ich glücklich. Ich hatte zum erstenmal eine innige und würdige Andacht erlebt und sehnte mich danach, auch in Zukunft hier einzukehren, um mich dort von der dürftigen Sonntagsfeier der Theresianumgasse zu erholen. Ich hatte die katholische Kirche entdeckt.

*

Zu dieser Zeit wußte ich nichts von den Wirkungen, die Krishnamurtis Person schon Jahre früher ausgelöst hatte. Der Generalsekretär Annie Besants, der Österreicher Rudolf Steiner, war wegen dieser Person abgefallen und hatte selber eine neue Gesellschaft, die anthroposophische, gegründet. Als ob ich von ähnlichen Zweifeln befallen wäre, bereitete mir der Kult, den man mit Krishnamurti und dem »Stern im Osten« trieb, wachsende Beschwerden. Ich fühlte mich nur mit halbem Herzen beteiligt und fragte mich, ob ich nicht unwahr handle, wenn ich auf die Dauer in solcher Weise mitmachte.

Auch sonst wehrte ich mich gegen die Atmosphäre, die zu sehr mit Gefühlen geladen war, und die Selbstverständlichkeit, womit die Freunde ihre vermeintlich eigenen vergangenen Leben behandelten.

Meine Zweifel wurden nicht geringer, als ich beim theosophischen Kongreß in Wien Krishnamurti persönlich zu Gesicht bekam. Er erschien als ein schlanker, eleganter Jüngling, als östlicher Prinz von exotischer Schönheit mit seinem blauschwarzen Haar. Ich sah ihn, gefolgt von einem Hof aristokratischer Damen, durch einen Korridor eilen und hinter einer Tür verschwinden, auf der Flucht vor Devotion und neugierigen Blicken. Das mochte alles recht sein. Aber sollte dieser feine und scheue Mensch die Welt auf seinen Schultern tragen?

Die kommenden Jahre brachten eine wahre Katastrophe für die theosophische Gesellschaft. Der zum »Weltlehrer« Designierte erklärte nämlich in dem holländischen Zeltlager von Ommen nichts Geringeres, als daß er sich keineswegs dazu berufen fühle und deshalb von allen Arrangements, die darauf abzielten, von nun an Abstand nehme. Man war erschüttert. Die theosophische Welt wankte in ihren Grundfesten, als sie die lange verkündete Vision von Frau Besant und ihrer Hellseher mit einem Schlag und offenbar für alle Zeit wie ein Kartenhaus zusammenbrechen sah. Der Traum von der Welterlösung des modernen Messias war in nichts zerronnen. Es kam zur Trennung zwischen der alten Dame und dem jungen Inder. Damit erlosch auch der »Stern im Osten«, dessen fünfzackiges Abzeichen aus Nickel ich bei Gelegenheiten im Knopfloch getragen hatte.

Die Freunde redeten mir zu und wollten mich umstimmen, wenn ich erklärte, wie es um mich bestellt war. Besonders der verwundete Leutnant suchte mich weiter an die indische Weisheit zu binden. Aber endlich — es mag 1924 gewesen sein — entschloß ich mich zur Handlung. Ich schrieb einen Brief an den Sekretär, wo ich meinen Austritt anmeldete. Er antwortete nicht, da er Kritik nicht liebte und überhaupt »die großen Köpfe« spöttisch behandelte. Aber ich machte wahr, wovon ich geschrieben hatte, und fehlte jetzt ebenso bei den Sonntagsandachten wie bei den Vorträgen. Obzwar ich die Entfernung von den Freunden bedauerte, fühlte ich mich endlich von dem Zwang befreit, für eine Sache zu stehen, für die ich auf die Dauer mit gutem Gewissen nicht stehen konnte.

4

Ich verließ die Theosophische Gesellschaft mit dem Gewinn eines verstärkten Wissens, daß unser Leben überall vom Geheimnis umgeben ist. Es war nur die plumpe Handhabung dieser verborgenen Dinge und die daraus erwachsenden Gefahren der Selbsttäuschung und Illusion, die ich dort mißbilligte.

Auch die Art der Anthroposophen, die ich kurz darauf kennenlernte, war nicht die meine. Bekannte hatten mich veranlaßt, jetzt *ihre* Zusammenkünfte zu besuchen. Sie verachteten die

Theosophen und glaubten, dem modernen Intellekt Besseres bieten zu können. Einmal hörte ich sogar den berühmten Doktor Rudolf Steiner sprechen. Er tat es mit vorgestreckten, fast sich vortastenden Armen und bebend geschlossenen Augen in einem eigentümlich pathetischen Deutsch. Es war, als trüge er über seinem zivilen Rock einen Mantel, besetzt mit Sternen, und habe auf seinem dichten Haar einen hohen Magierhut in gleicher Ausstattung. Ich konnte jedoch aus seinem Vortrag nichts gewinnen, was mich innerlich anging. Später sollte ich mit seiner erstaunlichen Geisteswissenschaft bekannt werden. Es bestand kein Zweifel, daß hier europäischer Intellekt — ganz anders als bei den Theosophen — von östlicher uralter Weisheit Besitz ergriff, sie mit Goethes Welt und den Geheimnissen der Apokalypse verband und dabei zu einer neuen Gnosis umschmolz. Sie mochten diesem Weg folgen — aber er war nicht der meine. Ich konnte leben, ohne etwas über die Evolutionsstadien unserer Erde und der Planeten zu wissen oder darüber belehrt zu werden, daß Jesus und Christus zwei verschiedene Personen gewesen seien. Es kam mir nicht darauf an, in solche sogenannten okkulten Dinge eingeweiht zu werden. Ich wollte Gottes Geheimnisse weder durch vergleichende Religionswissenschaft noch durch Meditation ausspionieren. Denn ich konnte nicht einmal bei der geringsten Entdeckung seiner Liebe im eigenen Leben richtig dafür *danken,* sondern nahm die Wohltat selbstverständlich entgegen und vergaß sie schnell. Wie erst würde ich versagen, wenn ich tiefere Einblicke erhielte!

*

Während der zwanziger Jahre waren im Inselverlag zu Leipzig Bücher erschienen, die »Der Dom« hießen. Die christlichen Mystiker Tauler, Seuse, »Der Frankfurter«, Ruisbroek, Eckehart, Jakob Böhme, Theophrastus Paracelsus befanden sich darunter. Ich hatte sie gelegentlich von meinem Bruder zum Geschenk bekommen und dadurch »Geheimlehren« kennengelernt, die nicht aus dem Osten stammten, sondern auf europäischem Boden gewachsen waren. Auch konnte ich sie in meiner Muttersprache lesen und beobachten, wie herrlich sie vom Ursprung des inneren Erlebnisses her gestaltet waren. Hier gab es keinen Zweifel an der Echtheit der Aussage.

Das Auffallende war, daß in diesen Schriften wieder gewisse heilige Zahlen, wie die Dreiheit und die Siebenheit, vorkamen. Durch die Visionen des Schusters Jakob Böhme von Görlitz schien mir manches bestätigt, was mir durch die Theosophie bekannt geworden war. Sie legten Zeugnis für eine übernatürliche Existenz ab, so daß ich nicht, wie Freidenker und Positivisten, darauf verfallen konnte, es gäbe nichts anderes als die uns umgebende »Wirklichkeit«. Das für mich Wichtige war, daß hier alle Lehren vom christlichen Urquell ausgingen.

*

Bisher hatte ich Jesus Christus in der historischen Gestalt der vier Evangelien kennengelernt. Ich las das Neue Testament in Luthers kraftvoller Sprache oft am Morgen oder Abend und führte es wie ein Vademecum auf Reisen mit mir. Die Gleichnisse wie das vom »Verlorenen Sohn«, die Bergpredigt, die Abschiedsreden, die Passionsgeschichte, die Ermahnungen zur Menschenliebe, und daß wir dem Feind nicht siebenmal, sondern siebenmal siebzigmal verzeihen, ja sogar den grausamen Verfolger segnen sollten, ließen mich Christus als eine Person ahnen, die unerreichbar hoch über mir stand. Ich konnte mich seiner Führung anvertrauen.

Freilich geschah es auch, daß ich sein Wort zwiespältig entgegennahm. Wenn ich mich im Alltag unbehaglich, unverstanden, verstoßen, erniedrigt, verachtet fühlte, wie es oft in jungen Jahren bei empfindlichen Menschen geschieht, wendeten sich mein Aufruhr und Trotz gegen Christi Hoheit. Plötzlich erschienen mir seine Aussprüche wie gefärbt von einem bösen Licht. Ich mißtraute ihnen und verdächtigte ihn sogar, daß seine Demut nur ein Mantel war, um alles beherrschen zu können. War es die uralte Ablehnung meiner Vorfahren, der Vorwurf »Warum hat er sich zu Gott gemacht?«, die hier durchbrachen? Es gab Stellen in den Evangelien, die mich jedesmal neu verfinsterten. Etwa die Worte an seine Mutter: »Weib, was habe ich mit dir zu schaffen?« Oder die Strafreden und Drohungen gegen die Pharisäer. Ich wußte jedoch nicht, welche Anmaßung ich mir bei solcher Kritik leistete, da ich weder Rücksicht darauf nahm, daß ein seit zwei Jahrtausenden übersetzter Text leicht zu Mißverständnissen führt, noch bedachte, ob ich für seine gerechte Deutung wirklich reif sei. Bei späterer Lektüre erkannte ich auch, daß ich einseitig und vorschnell geurteilt hatte. Es galt, Balance zu finden.

Hier kamen mir nun die deutschen Mystiker zu Hilfe. Sie lenkten mich von Aversion und Trotz ab, da sie mich Christus als die zweite Person in der Heiligen Dreifaltigkeit sehen ließen. Auch hier setzten Zweifel ein, da ich nicht einsah, daß es neben Gott noch einen zweiten und dritten geben, ja daß Christus im Range Gott-Vater gleichen sollte. Er hatte sich ja im Gehorsam der Sohnschaft selbst tief unter den Vater erniedrigt. Die große Botschaft der jüdischen Religion, es gebe nur einen einig-einzigen Gott, drohte dann wie ein Fanatismus über mich zu kommen.

Der Zweifel schwand durch das kindliche Vertrauen der Mystiker, daß die Dreifaltigkeit ein Mysterium ist. Es lehrt keine »drei Götter« nebeneinander, sondern das dem menschlichen Verstand Unfaßbare, daß drei Personen, in unendlicher Liebe zueinander, eine einzige Einheit sind.

Zugleich gab es mir noch eine Einsicht. Wenn Christus 33 Jahre lang Mensch war, so konnte es für ihn nicht möglich gewesen sein, sich auch nur einen Augenblick lang auf den niedrigen Bahnen aufzuhalten, deren ich ihn aus meiner Enge heraus verdächtigte. Wie sollte er irdische Macht gesucht haben? Hatte ich nicht beachtet, wie oft die Evangelien betonen, daß er dieser

Macht ständig aus dem Weg ging? Es mußte mir erst der Sinn für die wahren Proportionen, christlicher Tradition gerecht zu werden, aufgehen.

*

Die Beschäftigung mit Jakob Böhme kreuzte sich in diesen Jahren mit dem Studium der Chemie, die ich zum Beruf gewählt hatte. Der Laboratoriumsbetrieb der Universität und die Lehrbücher, wo es Seite um Seite nur Material gab, befriedigten mich wenig. Ich sollte die ersten Prüfungen ablegen, aber ich fürchtete, daß ich die Masse der Einzelheiten, die mir ohne Zusammenhang schienen, nicht im Gedächtnis würde behalten können.

Da fiel mir ein Schlüssel in die Hände. Es war die Tabelle des »Periodischen Systems der Elemente«, das der Russe Mendelejew entdeckt hatte. Sie zeigte mir zum erstenmal Verwandtschaften zwischen den Grundstoffen, Gesetzlichkeit nach allen Seiten. Es ließen sich nämlich sämtliche Elemente nach ihrem Atomgewicht — vom leichtesten Wasserstoff bis zum schwersten, Uran — auf einer Tabelle nach »sieben Perioden« so aufreihen, daß sich dabei »neun Gruppen« von ähnlichen Eigenschaften ergaben. Die gesamte Chemie lag plötzlich wie die Welt einer großen Einheit vor mir, voll von Beziehungen, und ich gewann nun den Überblick über das Meer von Daten, den ich früher gesucht hatte.

Das war der erste praktische Gewinn. Aber der weitere bestand darin, daß mir das »System« eine Ahnung vom Entstehen unserer Erde vermittelte. War es nicht eine Urmaterie, ähnlich dem Wasserstoff, die sich durch stete Verdichtung von Atomen zu neuen Variationen gruppierte und damit entscheidend für die Grundgestalt des jeweils neuen Elementes wurde? So sehr sich Chlor und Schwefel, Silicium und Barium voneinander unterschieden, so schienen sie doch in einem gemeinsamen mütterlichen Stoff zu wurzeln.

Die Tabelle ließ sich auch in eine Spirale auflösen, wo es zwar keine Rückkehr zum Ausgangspunkt gibt wie beim Kreis, aber zu einem entsprechenden Punkt oberhalb, der mit anderen korrespondiert, zu Gruppen mit ähnlichen Eigenschaften sich vereinigt. Sah ich nicht durch eben diese Spiralform in eine rhythmische Wellenbewegung und das Regelmaß von Urzeiten hinein, in etwas wie einen der Schöpfungstage, von dem die Genesis spricht?

Ich erhielt noch weiteren Anlaß zu Vermutungen. Die Elemente, die Gruppen von ähnlichen Eigenschaften bilden, verteilen sich auf Mendelejews Tabelle so, daß sich links die Bildner der Basen, rechts die der Säuren als Antagonisten entgegenstehen. Es gibt zwar keine genaue Regel, aber im großen verhält sich das Gleichgewicht so, daß sich die beiden Extreme weit voneinander an die äußersten Enden verteilen und die Mitte der Tabelle als Spannungsfeld sichtbar wird.

Im Bereich der anorganischen Natur fand ich also denselben Gegensatz wirksam, den ich schon als positive und negative Elektrizität, als »männlich« und »weiblich« in der organischen Natur kannte. Es war wunderbar, hier die Spannung, die zu polarem Verhalten führt, mit dem Gesetz des Rhythmus vereinigt zu sehen. Sie schien ein Wesenszug unserer gesamten Natur zu sein. Es mußte anscheinend überall zur Konstituierung von Zweiheit, von Nordpol und Südpol, kommen. Sie ging durch unser ganzes Universum!

Zugleich aber wurde mir begreiflich, daß »Entspannung« etwas ist, was zu diesem ewigen Gegensatz gehört, da es das Gefälle darstellt. Der Ausgleich, die Versöhnung sind eine notwendige Folge und Voraussetzung der beiden Pole. Sie beherrschen das Feld zwischen den Extremen und bilden damit — »das Dritte«, das jede Polarität ergänzt. Zwischen Mann und Frau steht das Kind, das erst das Verhältnis vollendet. Wohin ich auch in der Natur blickte, trat mir »Dreiheit« als Grundzahl des Geschehens entgegen.

Durch die chemischen Studien gewann ich — so schien es mir — Einblick in die Werkstatt der Elemente, konnte aber auch erfahren, welche Rollen Zahlen, besonders die Drei, dabei spielen. Die Frage lag nahe, ob das Gesetz der Spannung, das über die Zone des Ausgleichs zur Bildung polarer Gegensätze führt, also deutlich *drei* Phasen erkennen läßt, nicht als ein fernes Schattenbild des dreieinigen Gottes aufgefaßt werden könne. Und wenn sich dies so verhielt — warum sollte ich nicht an die Heilige Dreifaltigkeit glauben?

5

Religion studieren heißt nicht Religion leben. Es war deshalb eine gute Gelegenheit für mich, der die Wirklichkeit suchte, daß wir am Ende der zwanziger Jahre unseren Landaufenthalt bei gläubigen Katholiken verbrachten.

Wenn sich die große Familie Seyr in St. Nikola an der Donau mit ihren Knechten und Mägden zur Mahlzeit versammelte, sprach man im Chor wie seit Jahrhunderten ein ziemlich langes Tischgebet. Alle saßen mit gefalteten Händen vor den rauchenden Schüsseln. Sie kamen von anstrengender Arbeit auf dem Feld, die am frühesten Morgen begonnen hatte, und hatten draußen nur einen Imbiß zu sich genommen. Doch wurde kein Löffel in die Suppe getaucht, bevor der Dank für das Essen nicht gebracht war. Die vielen Daumen beendeten ihn mit dem Kreuzzeichen über Stirne, Mund und Brust.

Das ausführliche Tischgebet konnte man dreimal am Tag in der Stube hören. Es war jedoch kein strenger, bigotter Geist, der es bestimmte. Sie sprachen es ernst, von je daran gewöhnt, aber mit einem kindlichen Eifer. Ich weiß nicht, ob und inwiefern sie sich des Sinns der Worte bewußt waren, aber ich zweifle nicht daran, daß diese Pause nach der Arbeit und in Erwartung des Essens eine Minute der Besinnung bedeutete, die ein rein mechanisches Dasein nicht bieten kann. Für mich, der so viele Familienessen im Haus der Eltern oft mit Unfrieden oder Gleichgültigkeit für die Tischgemeinschaft erlebt hatte, war diese Erfahrung von großem Wert. *Es war das, was ich suchte.* Das moderne Leben zerschlug uns ja alle zu Atomen. Hier aber sah ich, daß sich diese Atome in der geistigen Gemeinschaft des Glaubens vereinigen ließen.

Die Familie schloß sich mit diesem Brauch nicht privat für sich ab. Sehr oft saßen im Vorraum Bettler und Landstreicher bei einem eigenen Mittagsmahl versammelt, worum sie gebeten hatten.

Am Sonntagvormittag war das Haus leer, bis auf eine einzige Person, die es bewachte. Alles ging zur Messe in die hochgelegene Kirche, auch die Sommergäste. Es spielte keine Rolle, ob sie katholisch waren oder nicht.

In einem Verschlag wohnte ein zurückgebliebenes Männlein, das eigentlich in eine Heilanstalt gehörte, der »Hoansl«. Aber in diesen Haushalt ging er als dazugehörig ein und schien sich nicht übel zu fühlen. Seine Aufgabe war, Holz zu spalten und die Scheite zu sammeln, bis die Magd ihren Teil für den Ofen holte. Er herrschte zwar tyrannisch über das Aufgestapelte, so daß es für sie nicht immer leicht war, den Korb damit zu füllen. Wenn sie sich aber im äußersten Notfall auf den Hausherrn berief, dann gab der »Hoansl« alles her, was sie wünschte.

Er war ein sonderbares Männlein, als stammte er aus dem Rest einer vertriebenen Urbevölkerung. Hatte er zu dem Fremden Vertrauen gefaßt, erzählte er ihm vom »giftigen Wasser der Donau« und anderem Unterirdischen. Aber an der Sonntagsmesse nahm er teil wie der hagere schweigsame Stallknecht, der Sepp, der die Stunden seiner Arbeit nicht zählte. Der Hoansl erschien dann in seinem einzigen Festgewand, in einem für ihn zugeschnittenen Jäckchen und Westchen — wer hatte es wohl verfertigt? —, an dem die dicke Uhrkette in zwei Girlanden hing — wie bei einem Großbauern. Da zog er öfters die Uhr heraus, blieb stehen und hielt sie ans Ohr.

Doch hier, beim Gang zur Messe, war er ebenso in seinem Menschenwert anerkannt wie jeder andere, der die vielen Stufen zur gotischen Kirche von St. Nikola hinaufstieg. In ihrem Innern hingen Votivtafeln, die Kaiser Maximilian I. vor vier Jahrhunderten zum Dank für seine Rettung aus den Gefahren des nahen Donaustrudels gestiftet hatte. Auch andere Spenden gab es. Denn St. Nikola lag an der gefürchtetsten Stelle des langen Flußlaufes. Das Tal verengte sich hier so, daß sich seine Wasser zwischen die nahen Ufer und herausragende Felsen zwängen mußten, voll von Wirbeln und Untiefen.

Frau Seyr war unermüdlich tätig, aber durch ihre ruhige, kluge Art merkte man es kaum. Sie leitete in Wirklichkeit die Haus- und Feldarbeit wie eine Großbäuerin, sorgte für Mann, Kinder und Enkel. An Vormittagen saß sie als Beamtin beim Schalter der Post, die in ihrem Haus untergebracht war, und außerdem hatte sie einen Bierbetrieb zu betreuen, der das Land mit einem Lastauto versorgte. Trotzdem fand sie Zeit, täglich zur frühesten Morgenmesse zu gehen. Wenn sie nach dem Abendessen vor Müdigkeit auf ihre Arme fiel und einschlief, entschuldigte sie sich beim Erwachen. Es war merkwürdig, wie sie mitten im Alltag die Dinge aus einer Distanz behandelte, die wohl in ihrem Glaubensleben verwurzelt war. Als der Nazismus mehr und mehr Österreich bedrohte, hatte sie längst die Gefahr erkannt und suchte in ihrer Familie in diesem Sinn zu wirken. Sie wußte wie viele andere, daß sich katholische Kirche und Hitler nie vereinigen ließen.

Es war natürlich konservativer Geist, der hier herrschte, und ein kritisch-scharfer Blick hätte manches an der Frommheit und dem täglichen Gang des Hauses aussetzen können. War es nicht einer vergangenen Zeit zugehörig? War nicht Bigotterie da und dort zu entdecken? War es nicht Aberglaube, noch dazu heidnischer, wenn die Köchin Nani beim heranziehenden Gewitter mit einem schnellen Kreuzzeichen ein zu Ostern geweihtes Palmzweiglein in die Flamme des Herdes warf — zur Abwehr des Blitzes?

Auf mich machte diese Gemeinschaft, wo die christlichen Mysterien so selbstverständlich lebten, einen entscheidenden Eindruck. Die uralte Tradition zeigte sich mir im Alltag tief verwurzelt; eine lebendige Einheit, ohne Unterschied der Person und Bildung, das beobachtete ich hier. Ein Sohn des Hauses, Student an der Wiener Universität, kam am Ende der Woche auf seinem Rad nach Hause und verrichtete dann nötige Arbeiten, strich etwa die barocken Fenstergitter mit schwarzer Farbe. Wie hätten bei allen Personen innerhalb der Familie und bei den Leuten des Hauses die Bereitschaft und der gute Wille das Tägliche so leisten können, wenn sie nicht aus dem Übernatürlichen stammten?

Das waren wertvolle Erfahrungen für mich, der bisher das Christentum nur studiert, auf seine Echtheit geprüft, sich aber von einem eigenen verbindlichen Schritt ferngehalten hatte. Wie mich der Chor des Tischgebetes ergriff, so auch die Messe der Bauern. Sie kamen vom drüberen, dunklen Donauufer in ihren Sonntagstrachten herübergerudert, und ich spürte die Andacht, die von diesen in ständiger Arbeit lebenden Menschen ausging, von den Gesängen, dem Tönen der Orgel im Hintergrund. Wenn ich am 8. September, zu Mariä Geburt, den Meßtext hörte, der an diesem Tag in der Ablesung des Geschlechtsregisters von Josef besteht — es werden hebräische Namen, wie Booz, Abias, Salmon, Rahab, Roboam, Ezechias, Manasse, in dem entlegenen Bauernland Österreich genannt —, sah ich wie in einen Abgrund der Zeiten. In Millionen Kirchen der Welt, in Kathedralen und Domen ebenso wie in dieser Landkirche, wurde derselbe Text gesprochen, der in die jüdische Urzeit wies und zeigte, wie universal verbreitet dieser Kult war. Es fiel mir deshalb aufs Gewissen, daß ich noch immer den oft überlegten Schritt nicht vollzogen hatte, sondern mich mit meinem Zögern weiter befriedigte. Niemand in der Familie legte ihn mir jedoch mit einem einzigen Wort nahe. Ich wünschte ihn selbst seit langem. Es stand meiner freien Entscheidung nichts im Wege. Trotzdem wartete ich.

Es war also am Ende des Unglücksjahres 1933, als ich den Franziskanerpater Cyrill Fischer aufsuchte. Seine Gegnerschaft zum Nationalsozialismus, in Wien bereits bekannt, gab mir das Vertrauen, daß mein Anliegen bei ihm Verständnis finden würde. Überhaupt konnte ich mich jetzt leichter an die Kirche wenden als früher, da ich nicht mehr die Scheu des Fremden zu überwinden hatte. Das Haus in St. Nikola hatte mich von den Vorbehalten befreit, die ein nicht in ihr Geborener oft empfindet. Dazu kam, daß Frau Seyr bei Abendgesprächen in der Stube ähnlich wie wir über die jetzt so beunruhigende Politik dachte. Sie verwarf weiter den Nationalsozialismus. Dasselbe hatte Bischof Johannes Gföllner verlauten lassen. Es sprach da ein unbedingter Geist, den es damals im Landvolk Österreichs gab. Aus ihm sollte später der Kleinbauer von St. Radegund — nicht weit von St. Nikola entfernt —, *Franz Jägerstätter*, das wahrhaft Unerhörte wagen, Hitler den Kriegs- und sogar Sanitätsdienst zu verweigern. Er sah in ihm etwas ähnlich Böses wie die ersten Christen im Cäsar-Tyrannen und folgte dieser Überzeugung bis zum letzten. Ein Kriegsgericht verurteilte ihn zum Tode, und in Berlin-Tegel wurde er 1943 enthauptet. Jägerstätter war einer von den Einsamen, die sich, unbemerkt von der Welt, gegen das Dritte Reich erhoben. Im österreichischen Landvolk war diese Haltung ausgebreiteter, als man es glaubte.

Als ich Pater Cyrill das erstemal besuchte, führte er mich über die Wendeltreppe des alten Klosters zwei Stockwerke hinauf. Ich folgte einem Mönch in seiner braunen Kutte, deren dicker Stoff beim Stiegensteigen hörbar um seine Füße schlug, dann zwischen vielen Türen durch einen Korridor. In der Zelle mußte er erst Platz auf dem zweiten Stuhl für mich schaffen, da ein hoher Stoß von Zeitungen darauf lag. Er wußte im Augenblick nicht, wo ihn ablegen. Der Schreibtisch, das Fensterbrett, jede verfügliche Fläche waren besetzt von ähnlichen Stößen.

»Sie sehen: kein Platz«, sagte er. »Die Nazi invadieren mich.«
Er erklärte mir, daß er als Chefredakteur eines kirchlichen Blattes das viele Gedruckte aus dem Nachbarland lesen müsse, um es mit entsprechenden Kommentaren zu versehen. Dieser Wiener Priester bot einen kräftigen Widerstand.

Er klagte freilich, daß er ertrinke in dem Meer. Und doch ahnte er vielleicht nicht, welche Prüfungen ihm auf seinem Weg noch bevorstanden. Sein Name war schon zu sehr bekannt, als daß er die Ankunft Hitlers in Österreich 1938 hätte abwarten können. Er wäre rettungslos in ein Konzentrationslager verschleppt worden, die Klostermauern hätten ihn vor der Verhaftung nicht geschützt. In der Nacht zum 13. März verschwand er über die Schweizer Grenze, um von dort weiter nach Amerika zu gelangen.

In Kalifornien sollte er *Franz Werfel* begegnen, den er schon in Europa getroffen hatte. Ich besitze Briefe von ihm, wo er mir von dort über Gespräche mit dem Dichter erzählt, der ja dem Übertritt seit seinem »Bernadette«-Roman sehr nahe stand. Pater Cyrill, der Sohn eines oberösterreichischen Bauern, konnte wohl in seiner Geradheit den intellektuellen Ansprüchen Werfels nicht gerecht werden. Denn er schrieb mir enttäuscht von diesen Unterredungen.

Der Taufunterricht, den er mir gab, beschränkte sich auf die wichtigsten Punkte des Katechismus. Ich sollte »Vater unser«, das »Credo«, »Ave Maria« auswendig lernen. Die Verehrung der Mutter Gottes war mir noch wenig vertraut. Ich hatte mich während der Jahre allein zu Christus hingesucht, nicht zu seiner Mutter, und es schien mir sogar, daß ihre Verehrung den Sohn verdränge. Aber St. Nikola hatte mir auch hier zu einem Verstehen verholfen. Wenn ich Frau Seyr an jedem Wochenende die verwelkten Blumen unter dem Madonnenbild der Hauskapelle, die an der Straße lag, durch frische aus dem Garten ersetzen sah, begann es mir einzuleuchten, wie unendlich viel Liebe seit Jahrhunderten an diesem Kult beteiligt war. Die Kritiker der Kirche mochten ihn für ein geschicktes Werben um die Frauen halten — man konnte ihr Niedriges ansinnen, wenn man ihr bloß politische Motive unterlegte. Dann galt auch das Missionieren, womit Christus die Jünger betreut hatte, als nichts anderes als ein Geschäft.

Erst viel später begriff ich, daß es darauf ankam, ob man Christus als göttliche Person erkannte oder nicht. Das war keine leichte Entscheidung, sie hatte der Menschheit blutige Kriege von Jahrhunderten gekostet. Sah man in ihm bloß ein überragendes Genie, was aufgeklärte Zeiten empfahlen — auf religiösem Gebiet etwa vergleichbar mit Goethe —, dann verdiente seine Mutter zwar das Interesse der Nachwelt, aber keinen Kult. Entschloß man sich aber dazu, das Mysterium der Dreifaltigkeit und dabei den Sohn als die zweite Person in der Gottheit zu verehren, dann erschien auch die Jungfrau in einer Gestalt der Einzigkeit, wie sie in der Geschichte keiner anderen Frau zukommt. Unter den Milliarden von Müttern von Anfang bis zum Ende der Welt gibt es nur *sie,* die dazu bestimmt war, »Gottesgebärerin« zu sein — »Theotokos«, wie die orthodoxe Kirche sie nennt. Die christlichen Mystiker hatten mich auf die Jungfrau vorbereitet, von der auch die Apokalypse spricht.

Ich hatte hier also keine Schwierigkeit beim Unterricht. Im Gegenteil folgte ich gern dem neuen Gruß des »Ave Maria«. Doch entstanden unerwartete Bedenken bei anderen Gelegenheiten. Pater Cyrill erklärte mir biblische Geheimnisse auf eine eigentümlich nüchterne Weise. So sagte er, daß das Paradies wahrscheinlich zwischen Euphrat und Tigris gelegen sei und sich die Gelehrten noch nicht darüber geeinigt hätten, welcher Gattung die Schlange angehöre, die Eva verführt hat. Als ich fragte, ob man solche Dinge wissenschaftlich behandeln könne, blieb er unbedingt dabei. Der Glaube sollte auf exakten Begriffen ruhen. Nun war mir durch die Lektüre der christlichen Mystiker geläufig, das Paradies überhaupt nicht als einen geographisch bestimmbaren Ort, sondern als einen Zustand der geistlichen Seligkeit anzunehmen. Auch sträubte ich mich, die Schlange der Bibel, die mit Eva auf Menschenart sprechend dargestellt wird, zoologisch bestimmt zu sehen. Pater Fischer lehnte jedoch jede Symbolik als Erklärung der Bibelworte ab und forderte um der redlichen Sauberkeit willen, die ihm vor allem am Herzen lag, Buchstäblichkeit bei der Auslegung des Textes.

Ich fügte mich. Denn ich hatte ihn um Taufunterricht gebeten und nicht um Diskussionen, wozu ein so vielbeschäftigter Mönch keine Zeit hatte. Auch konnte ich durch einen Widerspruch riskieren, daß er sich weigerte, mich weiter vorzubereiten. Ich sollte die Lehre empfangen, wie sie geboten war. In dem Zustand des unfertigen Adepten, in dem ich mich befand, gebührte mir wohl Bescheidenheit — umso mehr, als ich merkte, wie väterlich sich Pater Cyrill um mich bemühte.

*

Es war nicht der Katechismus, der mich zur Taufe drängte. Ich hatte seine Punkte noch gar nicht richtig begriffen und verlegte sein Studium auf die Zukunft. Aber ich folgte der Notwendigkeit, der Kirche anzugehören, aus anderen Gründen. Ich ahnte, daß ich mein Schicksal, wie es sich mir in den ersten dreißig Jahren meines Lebens darbot, ohne sie weder würde anerkennen noch leisten können. Ich mußte es auf einen größeren Zusammenhang beziehen, nicht allein auf mich. Bei früheren Krisen war es die Nacht im Wienerwald gewesen, für die ich meine Sicherheit hingab, um zu erfahren, was mir gemäß war. Ich hatte dabei gelernt, mir von dem Richterspruch der Sterne sagen zu lassen: »Das bist du« oder »Nimm es doch an!« oder »Das hast du zu tun«. Das betraf nicht bloß meinen Verstand, sondern meine ganze Person.

Etwas Ähnliches erwartete ich von der Kirche. Sie stellte den Menschen mit ihrem »Dein Wille geschehe« ebenso vor eine Unterordnung. Es ist nicht leicht, dieses Gebot zu erfüllen. Man pflegt den neuen Christen mit einem »Jetzt hat er in den Hafen gefunden« zu quittieren und meint damit eine Art bürgerliche Einordnung. Aber für einen, der das »Vater unser« oder die »Bergpredigt« ernst nimmt, gibt es keinen »Hafen«. Er bewegt sich ständig auf einem unruhigen Meer. Nur eines hat er, was ihn stützt. Das ist der Anker des Ich, den er in Christus auswirft.

Gerade dies suchte ich. Die Familie in St. Nikola hatte mir die Vorstellung eingegeben, daß es möglich ist, mitten in der Wirklichkeit des Lebens in der Übernatur verwurzelt zu sein. Das konnte mir freilich die bloße Lektüre der Evangelien oder das Studium ihrer Bekenntnisschriften nicht mehr geben. Ich mußte mich zur Zugehörigkeit verpflichten, bedurfte der wirklichen Gemeinschaft, um das Wort und die Leiden Christi für mich selbst verbindlich zu machen — wenn auch auf fragwürdige Weise. Ich bedurfte der Taufe.

7

Seit St. Nikola gingen meine kleine Tochter und ich gemeinsam in die Kirche von Sievering zur Sonntagsmesse. Als »Konfessionsloser« hatte ich zwar kein Recht, mich am Kult zu beteiligen. Die Kirche, die den Namen St. Severinus trägt — er war der Apostel der römischen Provinz Noricum während der Völkerwanderung — wurde seit Jahrhunderten von Weinbauern unterhalten, und das Erntefest stand im Zeichen der Trauben. Durch unser langes Wohnen und fast tägliches Vorübergehen war mir jedoch der alte Bau mit seinem gotischen Tor, Turm und mächtigem Schindeldach vertraut, und ich fühlte mich zwischen seinen Wänden zu Hause.

Im Bewußtsein, daß ich trotzdem hier nur Gast war, standen wir beide ganz hinten im äußersten Winkel der alten Mauer. Vorne in den Bänken saßen die Eingesessenen, und hinter ihnen und im Mittelgang drängten sich die zu spät Gekommenen. Freilich leistete uns Letzten oft einer der angesehenen Weinbauern,

Franz Rath, Gesellschaft. Er hielt sich in unserer Nähe auf. Als Besitzer eines Weinberges und einer ausgedehnten Gärtnerei hätte er sich wohl einen Sitzplatz gestatten können. Aber der große Mann mit dem hängenden Schnurrbart, der leicht fliehenden Stirn, dem kurzgeschnittenen Haar, der wie der treue Knecht vom Weinberg selber aussah, war so bescheiden, daß er bei der Messe nicht sitzen wollte.

Links von uns hing ein barockes Kruzifix von ergreifender Innigkeit. Wenn die Glocke zum Knien rief und das Kind neben mir niederfiel und dabei klein wurde wie ein Häufchen, tat ich das gleiche. Hier konnte mich ja niemand beobachten. Läutete es zur Kommunion, verließ es mich und ging mit raschen Schritten zum Altar nach vorne. Beim Ausgang trafen wir uns dann wieder und traten gemeinsam den Heimweg an.

Nach dem Unterricht bei Pater Cyrill erwartete ich, daß ich in der Franziskanerkirche getauft würde. Er teilte mir jedoch mit, daß die Aufnahme am Ort des Wohnsitzes, also in der Kirche von Sievering, stattfinden müsse. Ich hatte gehofft, unbemerkt von meiner täglichen Umgebung in das neue Leben einzugehen. Es war aber nicht möglich. Ich stellte mich also dem Pfarrer vor, den ich schon von seinen Predigten her kannte, und dieser kam meinem Wunsch entgegen, die Angelegenheit ohne viel Aufhebens durchzuführen.

Mein Fall mochte einzig in der Geschichte des Orts gewesen sein. Aber ich dachte trotzdem nicht an die Wellenkreise, die er ziehen könne, und daß man vielleicht in den Häuschen der Winzer, an denen ich täglich vorbeiging, die Sache besprechen werde. Ich wurde zwar durch meine Taufe zum neuen Mitglied der Gemeinde, die zum größten Teil aus Weinbauern bestand, doch strebte ich allein dem Ziel zu, das ich einsam seit Jahren gesucht hatte.

Gewiß lag es nahe, den Schritt als eine Art Fahnenflucht zu verdächtigen, und das Wort »Renegat« sollte mir später nicht selten zu Ohren kommen. Auch das andere Wort »Tarnung«

begegnete mir, von den Skeptikern der Gegenseite ausgesprochen. Die politische Not hatte mir wohl den entscheidenden Anstoß dazu gegeben — das will ich nicht leugnen. Aber von Fahnenflucht kann nicht die Rede sein, weil mir die Welt der Vorfahren nie eine Fahne war, zu der ich stehen wollte. In meiner Jugend erschien mir die jüdische Religion als etwas Abgelebtes, und sämtliche Lehrer taten das Ihrige, um mich darin zu bestärken. Mein Vater verhielt sich fremd zu ihr, und seine Haltung war auf mich übergegangen. Als ich die Größe der jüdischen Heilsbotschaft in der Welt entdeckte, das Alte Testament in seiner Gewalt und den Irrtum meiner törichten Unterschätzung begriff, war es Jahrzehnte später. Ich konnte aber nicht mehr zur alten Religion zurückkehren. Dann hätte ich Christus preisgeben müssen, und ein solcher Verlust wäre unerträglich gewesen.

Ich erhielt das Sakrament der Taufe in der Sakristei durch den Pfarrer. Nur meine Frau war anwesend. Denn auch unsere Heirat, vor neun Jahren bürgerlich geschlossen, wurde kirchlich bestätigt — alles ohne Feier und eher im Amtsstil: durch Vermerke und Stempel auf den Dokumenten.

Die Messe der Apostel Petrus und Paulus schloß sich daran, und jetzt sollte ich wohl der einzigen Gelegenheit Genüge leisten, mich der Gemeinde vorzustellen. Vor aller Augen sollte ich zum erstenmal zur Kommunion gehen. Auch das erleichterte mir der Pfarrer. Er hatte Herrn Rath den Auftrag gegeben, mich aufmerksam zu machen, wenn der Augenblick für mich gekommen sei, damit ich ihn nicht versäume. Natürlich ist er jedem, der in der katholischen Religion aufwächst, schon von der Kindheit her vertraut. Doch ich war bisher nur Zuschauer der liturgischen Vorgänge, nicht selber an ihnen beteiligt, und jetzt stand ich zwar nahe dem Altar, aber umgeben von Stehenden und konnte die Handlung weder überblicken noch hatte ich Erfahrung.

Da berührte jemand meinen Rücken, und als ich mich umwendete, bedeutete mir ein Junge, der wohl aus einer Familie

von Weinbauern stammte, daß es Zeit für mich sei. Ein paar
Schritte hinter ihm stand Herr Rath, der durch seine Größe die
anderen überragte, und nickte mir zu. Ich ging also zum Altar
vor, wohin auch schon andere strebten, und reihte mich unter
die Knieenden.

Vor dem Stalltor frage ich Sepp, den Knecht, nach dem Wetter: ich wolle ins Gebirge gehen. Er ist gerade damit beschäftigt, den Tieren Futter in die Raufen zu legen, und deshalb weiß er im Augenblick keine Antwort. Was sollte ihn auch der Regen jetzt noch kümmern? Die Roggenmandeln hinterm Haus, die wie mit Pelzmützen ausgerüstete Soldaten eines Gespensterheeres auf dem Stoppelfeld Wache standen, sind längst verschwunden. Und ebenso die gewellten Reihen des geschnittenen Hafers, die auf den Hängen schimmerten. Die Kartoffeln und Rüben füllen die Keller, das Heu die Scheuer. Die Ernte des Jahres ist geborgen.

Von allen Bewohnern des Hauses bin ich jetzt der einzige, der sich noch um die Fortdauer der stillen Herbstwärme sorgt: ich möchte, daß die Bäume weiter ihre goldene Wipfellast behalten, daß ich sie unersättlich anschauen kann. Doch dies fordert gerade den anderen Knecht, der in seinem blauen Mechanikeranzug das Lastauto bedient, heraus, mir wieder einmal den sicheren Untergang des Nachsommers für die nächsten Tage zu prophezeien. Er wisse es genau vom Radio her, und überhaupt rieche er den Regen.

Da kommt Sepp in seinem schweren Gang aus dem Stall und ruft mir zu, daß es aus dem Osten wehe. Das wäre ein gutes Zeichen für die nächsten Stunden, die ich schon wegen der hoch zu krausen Schleiergebilden zerfransten Wolken für gefährdet hielt. Ich folge ihm also und steige, die verkrümmten, mumienbraun und schwarz getupften Nußblätter durchraschelnd, den Hohlweg hinauf.

Noch nie habe ich das Land so unter herbstlichen Schleiern leuchten gesehen wie an diesem Föhntag. Die schwarzen Hänge der gegenüberliegenden Ufer, die sonst mit ihrer rauhen Wälderfinsternis vom glänzenden Stromlauf aufragen, scheinen durch die braune Verfärbung der Wipfel niedriger geworden, und die dunklen Strecken der Fichten, die sich im Gipfel schräghin über das obere Stück der Bergflanke ziehen, kommen kaum gegen diese Verringerung der Berggestalt auf. Ungemessener Winterraum meldet sich schon mit erster Kahlheit und weiteren Durchblicken hinter der letzten Fülle. Das Meer der Leere wartet, darin das einzelne ertrinkt.

Am Rande des lilagrauen Schollenackers steht eine dünne Pflanzung. Sie umschließt einen Granitstein. Die Bäume reihen sich dort so eng aneinander, entlang der geschweiften Begrenzung, wie Leute, die im Spalier die Ankunft eines Großen erwarten und dabei streng die gebotene Linie einhalten. Der neue Herrscher ist wohl schon gemeldet. Er kommt aus den Himmelsgründen, die man hinter den fernsten Gebirgszügen glimmen sieht, aus dem silbernen Hervorquellen hinter den Bastionen im Osten. Das altgelbe Laub der Pappel flimmert davon geheimnisvoll erregt, und die benachbarte Buche breitet empfangsbereit ihr Blattwerk wie eine Fahne aus, mit diesem satten Tiefbraun des oberen Wipfels, das zum Goldorange des unteren übergeht. Und dazwischen mengt sich das Rot der Brombeergebüsche, das Lichtgelb des Ahorns.

Noch umweht die Bäume dieses Ackerrandes milde Luft. Aber sie wittern den Ansturm des Regenwindes, der sie wieder zum bloßen Holz, zur Stamm- und Zweiggestalt des nackten Baumes zurückführt. Wollen sie es, dieses Schicksal? Jedenfalls scheinen sich die Fichten, die nichts einbüßen, am leichtesten damit abgefunden zu haben. Denn ihre grauen, geraden Stämme schimmern so ruhig-weise aus den dunklen Räumen, die ihre Nadeldraperien bilden, als ob sie alle Zukunft schon wüßten. Aber die Laubwipfel scheinen noch etwas erfüllen zu wollen. Es ist, als ob sie sich beeilten im Hervortreiben der ungeheuren Vielfalt letzter Abschiedsfarben.

Das ist es, was diese Föhnluft so unruhig macht: es ist alles trotz der Weisheit der Stämme fieberhaft davon erfüllt, sich noch einmal ins Besondere abzuwandeln, noch ein letztes Vergessenes aus sich herauszutreiben und zum Leuchten zu bringen. Von den Blättern, die jetzt, ohne daß ein Wind sie berührte, wie ein unaufhörlicher Flockenfall zu Boden schweben, gleicht kaum eines dem anderen. Die Bauernkinder können sich nicht genug daran tun, diese bunten Dinger einzusammeln und gegeneinander wie Kostbarkeiten auszuspielen, bis sie, ermüdet, von der nicht bewältigten Fülle ablassen.

Als suchten Land und Firmament diese Entfaltung zu erleichtern, haben sie, beginnend mit Freiheiten, die Grenzen des räumlichen Abstandes aufgehoben. Die Landschaft, die sonst so fern liegt, scheint heute, wenn auch hinter Schleiern, bis ins Äußerste geklärt und uns gleich dem Glast einer Lufterscheinung nahe gerückt: es ist, wie wenn ein Fürst vor seiner Abdankung alle Beschränkung aufgehoben hätte. Felder, Äcker, Waldstriche, sonst im leichtgebuckelten Stromland wie im Nebel gebettet und kaum erkennbar, treten nun aus dem mattblauen und zyklamenfarbenen Relief leuchtend hervor. Und dabei sind sie oft so meilenweit entfernt, daß die sie umschließenden Gebirge sich nur da und dort durch den gewaltsamen Umriß einer hochthronenden Bastion von den darüber lagernden weichen Wolken unterscheiden.

Auch die Nähe drängt vielbedeutend hervor. Wie hat sich doch die gegenüberliegende Waldkuppe, die ich sonst als matten Hintergrund der Ackerbäume kenne, heute verwandelt! Erfüllt von einem kobaltblauen Feuer umwallt sie die leuchtenden Wipfel, als mahnte auch sie, das Letzte, das schon nicht mehr Wachstum, sondern äußerste Hingabe an die eigene Bezeugung ist, aus sich herauszuholen. Fast drohend umflammt sie die Bäume.

Wo der Acker zu einer weich geschweiften Mulde sich senkt, steht, mir abgekehrt, ein Mann. Unbewegt hält er sein Gewehr in Anschlag, er wendet den Kopf nicht, obgleich er meinen Schritt auf dem Weg gehört haben mag. Manchmal donnert im unteren Wald ein Schuß von der wandernden Jagd. Ein anderer Mann kommt eben aus dem gelben Laubgang, der zwei Ackerstreifen scheidet und schiebt einen Karren vor sich her. Auf dunklem Tannenreisig liegt ein eben erlegter Hase, die Läufe hochgebunden. Kaum verrät ein Fleck verklebten Blutes im Fell den Einschuß. Die offenen gelben Augen des toten Tieres scheinen noch den Tag zu spiegeln, als ob er nur gefesselt wäre und stumm vor sich hinblickte, und doch zeigt etwas Glasiges den gebrochenen Blick an. Da liegt er nun in seinem wildbraunen Fell, am Bauch kühl schneeig. Die Schnurrbarthaare stehen starr von der breiten Nagerlefze weg. Ganz in seiner geprägten Form liegt er da: unbedingt im Umriß seines besonderen Artlebens.

In der Landschaft: das heiße Ringen um letzte Bezeugung vor dem drohenden Ende. Und hier: der schwere Ballast geprägten Stoffes, den das Leben verlassen hat. Nüchtern erweist das tote Tier das Rätsel des Einzelseins.

Schon ist der Westhimmel fahl geworden unter dem fetzigen Dach einer lang hinziehenden Horizontwolke. Das Land ist im Erlöschen und mein Weg zurück ins Tal noch weit. So steige ich, in der frühen Dämmerung mich zurechtsuchend, zur kleinen Landstadt nieder, die am Fuß der Berge und an der glänzenden Strombeuge liegt: nur wenige verteilte Lichter um die Schatten von Burg und Turm deuten sie an.

Es ist schon Abend, als ich auf den Platz komme, wo die Brunnenfigur des spitzbärtigen Feldmarschalls aus dem Dreißigjährigen Krieg über zwei seitlich fallenden Wasserstrahlen Wache hält. Im nahen Café ist nur ein einziger Tisch beleuchtet. Die täglichen Kartenspieler sitzen dort: der Pensionist im grünen Jägerrock, der Doktor, der Cafétier, die Frau Direktor vom Sägewerk, der krumme Regierungsrat. Eben sagt, während die Kellnerin Licht für meinen Tisch einschaltet — sie saß wie gewöhnlich zwischen den beiden Kunstblumensträußen der Kasse —,

der Cafétier mit dem Pferdegesicht in wohlgelauntem Karten-
welsch: »Und Sie werden mich doch nicht umbringen, meine
Herren; zum Umbringen bin nämlich *ich* da!« Und er zieht mit
seiner mächtigen Hand eine Karte aus dem ängstlich vor sich hin-
gehaltenen Fächer und knallt sie zum Trumpf auf den Tisch.

Auf dem kleinen Platz stehen die Fenster wegen der abendlichen Wärme offen, und so sehe ich in viele erhellte Räume. Die
Krämerin bedient gerade einen Kunden, und über ihr leuchtet
das Stück einer rot gerundeten Käsekugel durch das Glas. Im
Wohnzimmer, zu welchem hinter der Budel eine Tür führt, liegt
behaglich ein Mann und läßt sich von der gleichmäßig dunklen
Lautsprecherstimme etwas vom kommenden Regen erzählen, der
als Schnee und Sturm schon von fernen Bergstationen gemeldet
wird. Und nebenan im Postgebäude sitzen Beamter und Beamtin
Rücken an Rücken im trüben Licht des grünen Lampenschirms.

Auf diesem Platz wissen sie gar nichts von dem heißen bedrohten Leben des Herbsttages im Gebirge, der um seine letzten
Stunden kämpft. Vielleicht ahnt es die Spitze des Kirchturms, die
sich im abendlichen Nebel verliert. Aber sonst kümmert sich
niemand darum im Kreis des kleinen Geschäfts und Glücks. Und
so verstehe ich, daß mir die gedrungene Brunnenfigur des Feldmarschalls, die wie ein Gott des Alltags dasteht, einfach den Rük-
ken kehrt. Unter ihm, zu beiden Seiten der Standsäule, fließen
die nämlichen dünnen Wasserstrahlen. Diese zu bewachen, scheint
sein Amt und ihm genug; er wünscht keine Störung in der Enge
seiner bescheidenen Landstadt. Und wenn es regnet, so wird man
sich eben der dauerhaften Schirme und Mäntel dieser tüchtigen
Zeit bedienen ...

Nachts stürmt und rüttelt es an den Fenstern, und als ich morgens öffne, finde ich die Bergspitzen bis tief hinab wie einge-
schimmelt, und ein großes, schräg gepeitschtes Regenwandern
bringt die Dachrinne zum regelmäßigen Klingen, schluchzt und
plätschert über dem Haus.

Dahin der goldene Schmuck des Jahres!

Das Jahr der Auswanderung

I

1

Im März 1938 glich Wien einem Ameisenhaufen, auf den jemand
mit einem Stock geschlagen hatte. Die Vorbereitungen zur »Volksbefragung« — vom Kanzler Dr. Kurt Schuschnigg in Bewegung
gesetzt, um die Unabhängigkeit Österreichs zu sichern — waren
im vollen Gang und beherrschten die Straße. Aufschriften zogen
sich über die Fahrbahn, Plakate besetzten die Wände, man ging
auf Flugblättern oder auch ausgestanzten Hakenkreuzen, die
Kolporteure der Blätter suchten einander zu überschreien. Da
brachte die Morgensendung des Radios am 11. März eine völlig
unerwartete Nachricht. Es hieß, Bundeskanzler Schuschnigg werde
am Abend eine wichtige Mitteilung machen. Was sollte sie mitten
in der »Volksbefragung« bedeuten?

Nach seiner Berchtesgadener Reise konnten wir diese Nachricht nur höchst unruhig aufnehmen. Es hieß, Schuschnigg sei
gebrochen von der Begegnung mit Hitler zurückgekehrt. Daß
er freilich überhaupt wieder nach Wien zurückgekommen war,
ließ sich auch als günstiges Zeichen auffassen. Der Kanzler hatte
vielleicht Österreichs Freiheit mit Erfolg behaupten können?
Und es kam nach den langen Kampfjahren mit dem Nationalsozialismus doch zu einem Ausgleich? Schuschnigg vertrat ja die
Mehrheit des Volkes.

Meine Frau und ich saßen in unserer Ungeduld schon lange
vor der angesagten Zeit auf dem Sofa meines Arbeitskabinetts und
hielten die Hörer umgeschnallt. Die eiserne Klammer, die sich

um den Kopf legte, preßte bei längerem Gebrauch die Ohren unangenehm zusammen, und man mußte sie deshalb öfter lüften. Da hörte ich, wie jemand Schuschniggs Radiorede für eine halbe Stunde später ansagte. Inzwischen sollte Schuberts »Unvollendete« gespielt werden.

Schuberts »Unvollendete«? Das ließ ja wieder auf nichts Gutes schließen. Die beginnenden Töne verstärkten in ihrer feierlichen Dramatik die düstere Ahnung. Sie ließen Tod und Untergang wie transparent erscheinen. Angst befiel mich.

Als die Musik verklungen war, meldete der Ansager — man hörte dazwischen andere Stimmen, es mochten sich mehrere Leute im Studio befinden —, daß Kanzler Schuschnigg jetzt sprechen werde. Es war nun wirklich seine ruhig männliche Stimme, die begann. Aber was sagte er! Schon nach den ersten Worten wurde uns der Schrecken seiner Botschaft beklemmend klar. Der Kanzler habe alles versucht... Es habe sich aber keine Möglichkeit einer Einigung ergeben... Da wolle er sein geliebtes Vaterland nicht dem Unglück eines Krieges aussetzen... Er trete ab... Gott schütze Österreich!...

Schuschnigg tritt ab! Jetzt hatten wir also die »wichtige Mitteilung« gehört! Jetzt kannten wir sie! Es wurden wieder Stimmen laut, darunter aufgeregte, wie es schien. Aber dann setzte der — Donauwalzer und damit eine Aufforderung zu fröhlicher Stimmung ein. Nach dieser tristen Vorbereitung sollten die Österreicher in die neuen, glücklicheren Zeiten hineintanzen. Wie eh und je.

Wir nahmen die Hörer ab und blickten einander an. Um Gottes willen, was war geschehen? Ich fragte meine Frau, wußte aber gleichzeitig, daß diese Frage sinnlos war. Schuschnigg hatte ja selber seine Demission vor der ganzen Welt bekanntgegeben. Wir standen also vor einer historischen Tatsache. Ich wollte das Schicksal aber um keinen Preis wahrhaben. Es bedeutete ja, daß Österreich ausgeliefert wurde, daß Hitler hierher kam! Das war unfaßbar! Das durfte nicht sein!

In der folgenden Nacht lag ich wach oder fuhr mit heftigem Herzklopfen auf, wenn ich kurz eingeschlafen war. Stimmte es, daß uns Schuschnigg vor ein paar Stunden diese Mitteilung gemacht hatte? War sie nicht vielleicht ein Traum? Verzweifelt fragte ich mich und fühlte, wie mir unter neuem Herzklopfen der Schweiß ausbrach. Nein, es war Wahrheit!

Ich hatte mich nie politisch betätigt, auch nie etwas gegen Nazisten unternommen. Aber ich war ihr geborener Todfeind, ob ich es wollte oder nicht, weil ich, wie es hieß, Nicht-Arier war. Aus meiner Haut konnte ich ja nicht heraus. Ich mußte bleiben, der ich war. Aber das bedeutete den Untergang für mich, und dieses Drohende trat mir in der ersten Nacht mit seinem ganzen Schrecken entgegen. Ich war 42 Jahre alt, aber noch nicht befreit vom Militärdienst. Man würde mich also im Kriegsfall — ich war überzeugt davon, daß es bald dazu kommen müsse — einberufen und dann dort einsetzen, wo der Feind Minen ausgelegt hatte. Auf irgendeine Weise würden sie mich und meinesgleichen so verwenden, daß wir zugrunde gingen. Meine Furcht war, wie sich später herausstellte, übertrieben. Sie wendeten ihre Todfeinde beim Militär nicht an — dazu waren diese nicht würdig. Daß ich aber ihren unbedingten Vernichtungswillen in den wilden Schreckensphantasien dieser Nacht richtig geahnt hatte, das sollten die späteren Jahre reichlich bestätigen.

Wir hatten in Österreich lange genug die Ereignisse im Dritten Reich verfolgt und sie im eigenen Land heranschleichen sehen, um zu wissen, daß sie mit »der Nacht der langen Messer« blutig Ernst machten, wenn die Stunde gekommen sei. Daß es freilich Konzentrationslager wie Auschwitz und Buchenwald mit ihren Nackenschüssen und Gaskammern geben werde — zu solchen Grauen reichte nicht einmal die aufgehetzte Phantasie dieser Nacht aus.

Am nächsten Morgen gab es keinen Zweifel mehr, daß es mit der grausamen Wahrheit ernst war. Geschwader von Flugzeugen donnerten über unserem Haus. Am Gang lehnte sich die

Hausbesorgerin weit über das Fensterbrett und rief uns begeistert zu, daß ganze Massen über den Himmel flogen. So schöne habe sie noch nie in ihrem Leben gesehen, und in solchen Formationen! Immer neue tauchten mit dem deutschen Hoheitszeichen auf. Sie könne die Hakenkreuze mit freiem Auge ganz deutlich wahrnehmen.

Als erstes besuchte ich meine Schwester, die mit ihrem Mann und ihrer achtzehnjährigen Tochter in der Nähe wohnte. Schon meine Schritte in unserem Stiegenhaus und dann auf der Straße erfüllten mich mit einer Art Platzangst. Ich fürchtete die Blicke von begegnenden Bekannten, eine Ansprache, ein Gespräch. Es näherte sich mir jedoch niemand auf diesen paar hundert Schritten, die ich wie ein Spießrutenlaufen zwischen versteckten Blicken empfand.

Als ich zu meiner Schwester kam, fand ich alle noch in ihren Betten. Sie hatten es offenbar, wie gelähmt, noch nicht vermocht, sich zu erheben, obwohl es schon Vormittag war. In den hohlen Augen meines Schwagers und seinem völligen Schweigen — er war Philosoph und Schriftsteller und sonst ein eifriger Sprecher — wohnte reine Verzweiflung, im Gesicht meiner Schwester Angst und Entsetzen. Wir kamen nicht viel über ein gegenseitiges »Was sagst du?« oder »Ist es nicht furchtbar?« hinaus. Als ich dann meinte, es sei seit gestern ein für allemal Schluß mit jeder Lebensfreude, sah ich, wie zwei Rinnsale von Tränen aus den Augen meiner Nichte liefen. Da begriff ich, daß ich mich zu hemmungslos der eigenen Verzweiflung hingegeben hatte. Das junge Mädchen mußte ja meinen Appell, für immer Abschied von jedem Glück zu nehmen, wie eine schwarze Nacht über ihrem Leben empfinden. Ich begann deshalb von Plänen für die Zukunft zu sprechen.

»Wir müssen alle weg von diesem Land«, stimmte mein Schwager düster mit rauh gebrochener Stimme ein.

*

In der nächsten Nacht ein neuer Schrecken. Es wurde mir zum erstenmal klar bewußt, daß ich ja daran denken müsse, was ich bis jetzt nicht einmal als ferne Möglichkeit erwogen hatte: daß wir Österreich verlassen mußten, das Land, wo wir alle geboren waren, dessen Sprache uns im Herzen wohnte. Wir standen vor dem ebenso unfaßbaren wie unerbittlichen Zwang einer Auswanderung. Ich hatte keine Vorstellung, wie das überhaupt zugehen sollte, in einem fremden Land zu leben, abgesehen davon, daß ich nicht wußte, welches Land uns aufnehmen würde und welche Sprache es dann zu erlernen galt. Das ganze befiel mich wie ein Alptraum. Auf jeden Fall bedeutete es, mich mit dem Gedanken vertraut zu machen, in Zukunft ohne Heimat zu leben — ein gespenstischer Gedanke, vor dem ich am besten in den Schlaf flüchtete. Aber ich konnte nicht schlafen.

Seit wir in jedem Sommer in St. Nikola an der Donau wohnten, hatte ich mehr und mehr erfahren, was ein geborgenes Leben im eigenen Land bedeutet. Meine Frau und ich beschlossen deshalb, den Urlaub nicht mehr im Ausland zu verbringen, wie wir es früher getan hatten und Bekannte es immer noch taten, sondern in unserem Land zu bleiben, um nach allen Richtungen seine Schönheit und Kultur zu erleben. Wir hatten auf Fußwanderungen schon viel Unbekanntes an der böhmischen Grenze, in Enns, in Kefermarkt entdeckt. Unsere Tochter, damals acht Jahre, konnte mit ihrem kleinen Rucksack mit uns schon Schritt halten, und so wollten wir im nächsten Sommer 1938 den neuen Plan verwirklichen, zu dritt in die Ötschergräben zu wandern und erst dann uns in St. Nikola zum Ferienaufenthalt niederzulassen. Wir ahnten damals nicht, daß uns im Sommer 1938 ganz andere Reiseziele beschäftigen sollten.

Es war natürlich nicht so, daß man meine jüdische Herkunft in dem Vorort von Wien, dem Dorf Sievering, wo wir schon seit 1916 wohnten, vergessen hatte. Ich selbst fühlte mich so verwurzelt in dem Weinland am Fuß des Wienerwaldes, daß ich mir ein Leben ohne dieses Stück Erde kaum vorstellen konnte.

Doch ahnte ich nicht, daß ich von manchen als ein national Fremder angesehen wurde. Als ich 1920 dort das Mädchen kennenlernte, das später meine Frau werden sollte, hatte man unsere Gemeinschaft längst beobachtet und — nicht gebilligt. Eine anonyme Karte, die deswegen an ihre Eltern gerichtet war, vernichtete sie.

Ich hatte auch ohne mein geringstes Dazutun einen Feind, der bei keiner Begegnung auf der Straße versäumte, mich mit haßvollen Blicken herauszufordern. War er es, der die Karte geschrieben hatte? Als er mir einmal, offenbar aufgehetzt — es war nach einer nazistischen Demonstration in der Stadt —, mit seinen Eltern entgegenkam, hörte ich seinen Vater so laut, daß es mir nicht entgehen konnte, sagen: »Es kribbelt mir in den Händen.« Sein Blick war scharf auf mich gerichtet, als hielte er sich gewaltsam zurück, um nicht auf mich loszuschlagen. Indessen streifte mich der Sohn beim Vorübergehen so herausfordernd an der Schulter, daß ich fast einen Stoß erhielt, und rief: »Ho-Ruck nach Palästina!« »Ho-Ruck« erschallt, wenn Arbeiter eine schwere Last gemeinsam bewältigen sollen. Es war also mit dieser überdeutlichen Aufforderung gemeint, daß ich, der ihm lästige Fremde, endlich meine Koffer packen und nach dem Land verschwinden sollte, wohin ich, seiner Meinung nach, gehörte.

*

Daran dachte ich nun gar nicht.

1917 hatte ich meine Religionsgemeinschaft verlassen und war »konfessionslos« geworden, weil ich aus der mosaischen Religion nichts zu gewinnen glaubte. Einem bloßen Namen wollte ich nicht angehören, und ich stimmte also mit meinem Vater überein, der als Liberaler hier niemals Bindungen anerkannt hatte. Aber zwei Jahre später begannen mir die Größe des jüdischen Volkes, die Gegenwart der Vorfahren und das Blut-Ideal des Zionismus einzuleuchten. Ich lernte Hebräisch bei Dok-

tor Tartakower, dessen Traum Jerusalem war, und begriff zum
erstenmal die Sprache, die mir beim Religionsunterricht viel Mühe
bereitet hatte, in ihrer uralten Gewalt und Schönheit.

Es kam jedoch der Augenblick, wo ich mich vor die letzte
Konsequenz dieses neuen Patriotismus gestellt sah. Die Jugend,
der ich angehörte, lebte so, daß sie jederzeit ihre Heimat Österreich mit Palästina vertauschen konnte. Denn dort sollte sich ihre
Zukunft abspielen. An einem Nachmittag im Herbst 1919, wo wir
in einem sonst unbewohnten Zimmer des IX. Wiener Bezirkes
um einen Tisch, manche auf Fensterbrettern, dunkel abgezeich-
net vom dämmrigen Himmel, zusammensaßen, wurde mir plötzlich bewußt, daß ich hier doch nicht am richtigen Ort war. Ich
schrak vor ihrer ernsten Forderung zurück. Daß jüdisches Blut
als Einziges und Ausschließliches für mich gelten sollte, empfand
ich plötzlich als zu eng, als einen Zwang. Ich war in Österreich
geboren und hatte seine Welt erfahren, und wenn ich auch nur
eine nebulose Vorstellung von ihr besaß, so stimmte es doch nicht,
sie einfach zu verneinen, um ein dunkles Nationalgefühl allein in
meinem Leben herrschen zu lassen. Es mochte für meine Kameraden gelten, die zu allem entschlossen waren, aber nicht für
mich. Gewiß spürte ich ihre Verachtung und den Vorwurf, daß
ich dann wieder in die bürgerliche »Assimilation« zurückfiel,
ein Zustand, den sie längst durchschaut und erledigt hatten.
Aber von diesem Abend an brach ich mich los aus ihrem Kreis und
besuchte auch nicht mehr den hebräischen Sprachkurs des Dr. Tartakower. Ich floh vor der Lockung Palästina.

•

Zum erstenmal fand ich mich anfangs der dreißiger Jahre mit
meiner Familie eingeschlossen in der Gemeinschaft des österreichischen Volkes. Ich befand mich in einem Staat, mit dem ich
auch politisch übereinstimmte, verehrte den Kanzler Schuschnigg,
dessen persönlich wahrhaftiger Ton in seinem Kampf gegen das

Dritte Reich mich ansprach. Seiner Forderung nach Toleranz, Gerechtigkeit, Maß vertraute ich. Sie wurzelte in der Welt der katholischen Kirche, zu der er sich bekannte und der ich seit 1934 durch meine Konversion angehörte. In der »Vaterländischen Front« waren mein Vater und ich neben Hunderttausenden Österreichern eingeschrieben.

Doch jetzt war all dies zusammengebrochen, existierte plötzlich nicht mehr. Wir standen vor einer historischen Wende, vor der das Herz bebte. Es hieß nun mit dieser Wirklichkeit fertig werden. Aber wie?

*

In der peinvollen Nacht wurde mir auch bewußt, daß wir uns ja als erstes Pässe anschaffen mußten, um von hier wegzukommen. Zwar besaßen wir noch welche von früheren Italienreisen, aber ihre Zeit war abgelaufen. Außerdem gab es kein Österreich mehr, also auch keine Verlängerung ihrer Gültigkeit. Ich mußte mich um neue umsehen. Wie aber würde man mir auf dem Amt begegnen, wenn ich schon ein paar Tage nach dem Umbruch mit diesem Ansuchen erschiene? Würden die neuen nationalsozialistischen Beamten es nicht verdächtig finden, daß ich es damit so eilig hatte? Nein, es war noch zu früh, auf die Ämter zu laufen. Ich beschloß, die Zeit abzuwarten, bis solche Gänge allgemein würden und ich dann nicht weiter auffiele.

Hätte ich damals gleichwohl mit den Wegen für unsere Auswanderung begonnen, wäre ich besser daran gewesen. Als ich drei Monate später die ersten Schritte unternahm, hatten sich die Bedingungen, einen Paß zu bekommen, so erschwert, daß es unerhörter Anstrengungen bedurfte, um überhaupt noch vor dem drohenden Torschluß zurechtzukommen.

2

Am Vormittag von Hitlers Ankunft in Wien, am 13. März 1938
— sein Triumphzug hatte in Linz begonnen —, war ich auf dem
Weg zu meiner Mutter. Sie wohnte weiter unten an der Sieveringerstraße, und ich ging durch ein ausgestorbenes Dorf. Die
Geschäfte waren geschlossen, die meisten Bewohner in die Stadt
gefahren, um vor dem Hotel »Imperial« die historische Stunde der
Vereinigung Österreichs mit Groß-Deutschland mitzuerleben. Es
war mir recht, daß die Straße so leer war. Ich hatte da keine
Begegnungen zu befürchten.

Es war ein regennasser Tag, und der Sturm peitschte die
Hakenkreuzfahnen, die über fast jedem Dach hingen. Manche hatten sich durch sein Zerren in Stricke verwandelt, so daß die Figur nicht mehr erkannt werden konnte. Das war mir willkommen. In allen Auslagen und ebenerdigen Fenstern huldigten jedoch Bilder dem Helden des Tages mit der ständig wiederkehren-
den Devise »Ein Volk, ein Reich, ein Führer«, eine erstaunlich
einhellige Demonstration für den Mann, der noch vor kurzem so
umstritten war, daß wir Ahnungslosen mit einem Erfolg des
unabhängigen Österreich zu rechnen hofften.

Das Dorf war menschenleer, aber es mochten manche zu Hause
geblieben sein und sich um ihre Lautsprecher versammelt haben.
Um wohl den Nachbarn ihre Teilnahme zu beweisen, hielten sie
trotz der Kühle des März — die Fenster offen, und die Triumph-
reden der Radioübertragung schallten jetzt laut über die Straße,
auf der ich, als einziger Mensch, windgepeitscht ging.

Es sollte mir kein Wort davon entgehen. Was mir nämlich
aus dem einen Fenster, das ich gerade passierte, entgegenschrie,
setzte sich beim nächsten fort, und so weiter die lange Häuserzeile. Ein einziges Redner- und Beifallsgetobe erfüllte die Luft.
Die historische Stunde lebte sich in ihrer ganzen Gewalt aus, und
keine Macht der Welt schien imstande, sie daran zu hindern.
Freilich sollte ich später zu meinem Trost erfahren, daß ich nicht

10*   147

der einzige war, der mit Widerwillen den Lügensturm, die Regierung Schuschnigg habe das Deutschtum in Österreich unterdrückt, über sich ergehen lassen mußte. Viele Wiener fühlten ähnlich, und mein Freund Toni Melchart, der einst am Karl-Kraus-Kreis teilgenommen, nannte mir später den Tag von Schuschniggs Demission den schwärzesten seines Lebens. Er war in der Nacht nach dem 11. März weinend durch die Straßen gewandert.

*

Als ich zu meiner Mutter kam, schallte mir zu meinem Entsetzen das gleiche Lärmen schon in ihrem Vorhaus entgegen. Es gab sichtlich kein Entrinnen! Sie war mit der alten Tante und dem Dienstmädchen Mitzi vor dem Lautsprecher gesessen, weil man verlautbart hatte, daß arische Hausangestellte nicht am Zuhören nationaler Feiern oder Reden verhindert werden durften. Nun hatte sie den Schrecken lange genug angehört — besaß sie überhaupt noch das Kästchen, das die neue Propaganda so ausgiebig in Beschlag nahm? — und war mit der Ausrede in die Küche entwichen, daß sie das Mittagessen kochen wolle. Sie flüsterte mir nun im Vorraum weinend zu, daß sie das Schreien nicht länger aushalte und nicht wisse, wohin in ihrer Wohnung sie flüchten solle.

Ich ging ins Speisezimmer zu Mitzi, die aus Neu-Nagelberg im Waldviertel stammte und mit ihren zwanzig Jahren, erfüllt von dem Unfaßbaren, ihr kleines Österreich jetzt als »Groß-Deutschland« zu sehen, ihr nationales Fest mitfeiern wollte. Sie war ein treues Mädchen. In den nächsten Monaten blieb sie bei meiner Mutter, obwohl man ihr nahegelegt hatte, sie zu verlassen, und diente ihr bis zur Emigration nach England, die ein Jahr später erfolgen sollte.

Ich erklärte Mitzi nun, daß für die alte Mutter das Radio eine Pein sei und sie sicher verstehe, wie ganz anders wir zur Feier des Tages stünden als sie. Doch solle sie selber nicht am weiteren Zuhören behindert sein, und wenn es ihr passe, so würde ich den Lautsprecher in ihr Zimmer tragen. Sie ging auf den Vorschlag ein, und so konnten meine Mutter, die Tante und ich in dem wieder still gewordenen Raum in Ruhe zusammensitzen.

Was sprachen wir jetzt im Flüsterton miteinander? Komischerweise spielte die Figur des »roten Tischlers« eine überragende Rolle. Der untersetzte Mann, um dessen Stirn ein Künstlerschopf flammte, hatte früher Reparaturen von Möbeln bei der Mutter ausgeführt und war plötzlich, kurz nach dem »Anschluß«, erschienen, um ihr im Vertrauen mitzuteilen, daß sie ihn verständigen möge, wenn sie etwas benötige.

Meine Mutter, Witwe seit drei Jahren und nahe den 80, war gerührt über die unerwartete Freundschaft und setzte gleich große Hoffnungen auf den Mann. Ihre Angst war ja, daß sie ihrer Wohnung beraubt würde — was auch bald geschehen sollte. Da erwartete sie sich von dem »roten Tischler« fast unwahrscheinliche Hilfen. Sie ahnte nicht, daß er, der ihre Einrichtung genau kannte, sie schon jetzt als eine sehr erwünschte Beute ins Auge gefaßt hatte, bei der ihm niemand zuvorkommen sollte.

Sie trug wie gewohnt das Essen auf den sauberen Tisch, und ihre guten Speisen ließen uns für Augenblicke die grausam drohende Wirklichkeit vergessen.

Zufällig trat ich später an das Fenster des Speisezimmers. Da sah ich auf der Straße den »roten Tischler« lebhaft promenieren. Er schien außer Rand und Band geraten. Denn er begrüßte mit blitzartigem Handerheben und schallendem »Heil Hitler!« die eben von der großen Feier nach Sievering Zurückkehrenden. Das Erstaunen meiner Mutter war nicht gering, als sie ihren Freund so nachdrücklich mit dem neuen Regime kurtoisieren sah.

»Was sagst du, was der da unten treibt«, bemerkte sie lakonisch in ihrer Enttäuschung.

*

Indessen wanderte meine Frau mit unserer neunjährigen Tochter auf dem Weinberg hinter dem Haus. Ihr einziger Wunsch war, diesen Tag abseits von den Ereignissen, in der Stille des Weges, zu verbringen, der uns vertraut war. Er beginnt bei einem alten Kruzifix, verläuft schmal wie eine Rehspur zwischen einem Wald von Weinstöcken und endet bei der Quelle, wo Wasserspinnen über den klaren Spiegel eilen. Dann geht er in den grünen Wälderrücken des Dreimarksteins über. An solchen Vorfrühlingstagen hört man nichts als das Klopfen der Weinbauern, die ihre Stöcke in die Erde rammen oder mit Spitzhacken den Boden um die Weinwurzeln behauen. Vom Tal von Neustift schallen Hundegebell und das Krähen der Hähne heraus.

Unsere Tochter lief wie immer ein paar Schritte voraus, weil es galt, die ersten Blumen am Wegrand zu pflücken. Es gibt zu dieser Zeit Huflattich, aber auch schon duftende Veilchen, und wenn sie früher einen solchen versteckten Schatz gefunden hatte, pflegte sie zurückzueilen und ihn der Mutter entgegenzuhalten.

Aber heute gab es keine Blumen. Außerdem sollte meine Frau erfahren, daß sie der Wirklichkeit sogar an diesem entlegenen Ort nicht entfliehen konnte.

Kaum war sie ein paar Schritte gegangen, hörte sie vom Neustifter Tal her Unlaute heraufdringen — wie Gebrüll aus einem Zoo. Es war nicht schwer zu erraten, woher das Lärmen kam. Sie folgten wohl auch unten der Order des Radios, die Fenster für die Propaganda des Tages offen zu halten, um den Triumph, der ein paar Kilometer entfernt in Wien vor sich ging, auch hierher zu verpflanzen. Eine tobende Einzelstimme wechselte mit Applaushekatomben.

An dieser Bergflanke, von der Sonne beschienen, wächst seit undenklichen Zeiten der Wein von Sievering. Das gibt der Landschaft etwas wunderbar Stetiges und zugleich anspruchslos Dienendes. Die zahllosen Stöcke auf der gepflegten, bloßen Erde des Hanges, die Weingartenhütten und Pfirsichbäumchen — im Frühling rot überhaucht —, das dichte Schlehdorngebüsch, das vom Wald der Höhe hereingreift oder sich vor einer vorgetriebenen Pflanzung zurückzieht — das war ein Bild unerschöpflichen Behagens zu allen Jahreszeiten. Wer hier ging, gehörte sich und diesem Boden. Die wenigen, die den Weg kannten — während des Spätsommers bis zur Weinlese im Oktober war er geschlossen —, fühlten sich auf ihm zuhause wie nirgendwo.

Was aber geschah heute! Das schreckliche Toben veränderte alles, überschrie die Jahrhunderte. Meine Frau empfand plötzlich die gewaltige Macht, die dahinter stand und sie selber aus diesem Land und der Gemeinschaft ihres Volkes ausstieß. Verbunden mit mir, erlebte sie mein Schicksal. Sie hatte als Mädchen den Namen Wegscheider getragen, der aus dem österreichischen Alpenland stammt. Ihr Vater gehörte einer alten Wiener Familie an. Aber in diesem Augenblick fühlte sie es körperlich, wie ihr die Wurzeln der natürlichen Herkunft aus dem Herzen gerissen wurden.

Das Kind kam zurück, weil es weder eine Blume noch das weiße Veilchen gefunden hatte. Diesmal sah meine Frau es aber kaum und hörte auch nicht auf seine Enttäuschung, daß es vergeblich gesucht hatte. Sie spürte nur, daß ihr eigenes Heimatleben wie eine tote Weinbergwurzel auf dem Boden lag — von grausamer Hand gepackt und an den Wegrand geworfen.

3

Ich mußte mich erst daran gewöhnen, in dem Dorf, wo meine Familie seit über zwanzig Jahren gewohnt hatte und aufgenommen worden war, die Rolle eines Aussätzigen zu spielen. Mein »Aussatz« bestand darin, daß die Person, mit der ich auf der Straße sprach oder die ich besuchte, von Beobachtern leicht als »Judenfreund« verdächtigt werden konnte, und das fürchteten plötzlich fast alle wie die Pest. Ich begann zu verstehen und richtete mich danach. Manchmal freilich, wenn ich freundliche Blicke von Bekannten erhielt oder jemand so mutig war, sich trotz allem an meine Seite zu begeben und mich anzusprechen, war es schwer, sich reserviert zu verhalten. Ich wollte ja wissen, was die anderen von dem Unglück, das mich betroffen, dachten. So kam es, daß ich einem Mädchen, das früher gern mit mir gesprochen hatte, einmal auf ihrem langen Weg bis zur Endstation folgte. Sie hatte mich zur Begleitung eingeladen. Aber vor dem Einsteigen in die Straßenbahn entschied sie meine Frage, ob sie die Verfolgung von Unschuldigen gerecht finde, mit dem kühlen Urteil: »Die Amsel frißt den Wurm.«

Das war mein letztes Gespräch mit ihr, für immer. Die fünf Worte genügten jedoch, um mich Jahre danach, als wir längst im Ausland lebten, noch immer zu beunruhigen: Wie konnte ein Mensch von ihrer feinen Art diese Frage so entscheiden? Ihre Antwort fand indessen spät, wie durch einen geheimnisvollen Wink des Schicksals, ihre Lösung. 1944 nämlich, als Hitlers Macht rapid zu Ende ging, erhielten wir einen Brief von der jüngsten Schwester meiner Frau, die jetzt in unseren Sieveringer Zimmern wohnte. Nachrichten von ihrer Hand waren äußerst selten, sie schrieb nicht gern. Aber diesmal mußte sie uns unbedingt eine einzige Neuigkeit, ein Naturerlebnis mitteilen, das sich ihr beim Hinausschauen aus dem Fenster tief eingeprägt hatte. Ein Sperber vom drüberen Steinbruch her war auf eine Amsel, die in der Nähe des Hauses flog, gestoßen, hatte die Beute gepackt und in seinen Felsen zurückgetragen. Kaum hatte ich das in Schweden gelesen, begriff ich den Sinn, von dem die Schreiberin selber keine Ahnung hatte. Ich wußte plötzlich: »Die Amsel frißt den Wurm. Aber: Der Sperber frißt die Amsel«, und damit war nach sechs Jahren der Kreis geschlossen.

Bald nachher brach das Dritte Reich zusammen.

*

Aber jetzt, im April 1938, waren wir noch weit entfernt davon, und meine Rolle als Aussätziger der Gesellschaft hatte erst begonnen. Jeden Tag mußte ich sie auf der Straße auf mich nehmen. Ein älteres Beamtenpaar hatte mich bei Begegnungen nie weitergehen lassen, sondern war in offener Sympathie jedesmal zu einer kleinen Aussprache stehengeblieben. Als ich den beiden jetzt auf dem engen Gehsteig begegnete, der sich entlang dem Bach zog, mochten sie mich von weitem schon gesehen haben. Denn der Ingenieur und seine Frau blickten starr auf das drübere Bachufer, so daß mir nicht einmal ein flüchtiger Gruß im Vorbeigehen gestattet war.

Ein junges Mädchen, Tochter eines Freundes, die in unserem Haus eine Kameradin zu besuchen pflegte, begegnete oft auch mir dabei, und wir wechselten ein paar Worte. Jetzt aber verhielt sich das anders. Kaum hatte sie mich kommen sehen, begann sie zu laufen, als ob sie plötzlich entdeckt hätte, es höchst eilig zu haben. Sie galoppierte geradezu vorüber an mir — wie an einem Pestkranken.

Das waren die Bekannten. Sie trugen fast sämtlich Hakenkreuze und zeigten damit an, daß sie der neuen Oberklasse angehörten, der gegenüber ich tief unten, als der neue Paria, stand. Stieg ich in die Straßenbahn, war ich wohl der einzige, auf dessen Rockaufschlag das Zeichen fehlte. Die Blicke forschten in meinem Gesicht, wendeten sich dann wieder zur Seite. Ich war Luft, nicht mehr vorhanden.

*

Das Haus des alten Doktor v. Sch. war mir seit Jahren ein vertrautes. Es war geprägt von österreichischer Eigenart und Kultur, und ich hatte, wenn ich an einem Abend dort zu Gast war, den Genuß des anregendsten Beisammenseins. Er liebte die Kunst, das Leben, das Gespräch, und wenn seine Frau ohne Förmlichkeit das kleine Abendessen auftrug, gab es auch ein Glas Weißwein aus seinem Keller, Ertrag des eigenen Weinbergs. Manchmal las ich nachher etwas aus meinen Schriften vor, die den gemeinsamen Wohnort Sievering betrafen. Er war selber ein leidenschaftlicher

Liebhaber des Dorfes, hatte in vielen graphischen Blättern den Zauber der Weinlandschaft, der alten Häuser und Wege, der Kirche festgehalten. Obzwar Direktor einer Schweizer Versicherung, war er ein Meister der Nadel.

Doktor v. Sch. liebte das Leben mit dem Freiheitsbewußtsein des Künstlers. Da seine erste Ehe kinderlos geblieben war und er sich in die schöne jüngste Schwester der Frau verliebt hatte, entstand ein Verhältnis, wovon die Gattin viele Jahre lang nichts wußte. Er hatte schon drei Kinder mit der Geliebten, ohne daß seine Frau den geringsten Verdacht schöpfte. Sie nahm an, daß der Liebhaber ihrer Schwester für die Familie anonym bleiben wolle, und deshalb fragte sie nicht weiter nach ihm. Endlich aber kam der Tag, wo sie die ganze Wahrheit erfahren sollte. Der Doktor konnte manchmal von dieser furchtbarsten Zeit seines Lebens erzählen, die ihn dem Selbstmord nahe brachte. Die eigene Frau starb bald nachher. Er heiratete dann ihre Schwester.

Das Haus, wo ich verkehrte, stand also auf den Trümmern einer Tragödie, die mir wohl bewußt war. Aber ich wäre ein Pharisäer gewesen, wenn ich mich dabei kritisch aufgehalten hätte. Manchmal nur, nach einem angeregten Abend beim Wein, versuchte ich, mich in die Lage der unglücklichen ersten Frau zu versetzen, deren Herz die Grausamkeit des Lebens nicht hatte tragen können.

Doktor v. Sch. suchte noch im Alter das Abenteuer, und jetzt wurde es für die zweite Frau nicht leicht, sich mit dem Romantiker des Eros abzufinden. Er glich auch sonst dem Temperament nach einem Mann aus dem österreichischen Barock: weitherzig, gast- und festfreundlich, immer bedacht, Haus und Garten neu zu schmücken. Als unermüdlicher Sammler von alten Bildern, Skulpturen, Büchern, war er bei Antiquaren ein guter Kunde. Da hatte er einmal ein Aquarell aus dem Beginn des 19. Jahrhunderts entdeckt, das eine junge Frau in der Pose ekstatischer Hingabe darstellte. Ein Meister, vielleicht aus der Schule Fügers, mochte es geschaffen haben. Das Modell mit dem reichlich fließenden kastanienbraunen Haar und in Biedermeierkleidung zeigte entblößte Brüste.

Dieses Bild wurde etwas wie ein Heiligtum für Doktor v. Sch. Es hing unter dem Geländer der Holztreppe, die in den oberen Stock führte, so an der Wand, daß er es als Gegenüber vom Sofa aus leicht überschauen konnte, und das tat er denn während der vielen Stunden seiner jetzt unbeschäftigten Tage. Die Lebensfreude der Jugend stellte sich dann bei ihm durch den Anblick des geliebten Bildes wieder ein.

Nun hatte er, der sonst mit seinem leichten, eleganten Schritt durch Sievering ging, einen Schlaganfall erlitten. Er schleifte den Fuß nach, und statt der breiten, ruhigen Schulter erschien die linke Seite tief gesenkt, der Arm hing leblos herab. Auch mußte er ein Taschentuch bereithalten, weil ihm der Speichel von der verzogenen Lippe rann. Es war ein Jammer, den Freund in dieser Verunstaltung zu begegnen.

Der Umsturz 1938 verstärkte sein Unglück. Eine seiner Töchter hatte als begeisterte Nationalsozialistin längst gegen den freizügigen, österreichisch denkenden Vater protestiert. Sie warf ihm seine erotische Romantik als Produkt einer dekadenten Zeit vor, bezeichnete ihn als Opfer der Verjudung und belehrte ihn über die Erneuerung deutschen Wesens, die angeblich mit Hitler begonnen habe. Die Anhängerschaft griff schließlich von den beiden verheirateten Töchtern auch auf Frau v. Sch. über, und so fand sich der vom Schlag berührte Mann seit dem Umsturz in der eigenen Familie tief vereinsamt.

Natürlich hätte ich mit ihm gern gesprochen wie einst, aber ich versagte mir jetzt jeden Besuch und zog also nicht mehr an dem altertümlichen Glockenstrang vor der Eingangstüre, der so festlich den Gast ankündigte. Als ich ihm aber auf der Straße zufällig begegnete, warf er mir vor, daß ich nicht mehr zu ihm käme, und forderte mich auf, das Versäumte so schnell wie möglich nachzuholen. Mit Empörung und ungeheuchelter Verachtung verurteilte er »die braunen Horden«, die Österreich ruinierten,

offen und laut auf der Straße, daß es jeder Vorbeigehende hören
konnte. »Die Weiber in ihrer elendigen Angst!« wütete er. Ich
entschloß mich also, um unserer Freundschaft willen seinen
Wunsch nach einem Besuch zu erfüllen, umso mehr, als ich mich
selber danach sehnte, in dieser furchtbaren Zeit mit einem ver-
stehenden Menschen zu sprechen.

Er begrüßte mich voll Freude auf seinem Sofa, lud mich zum
Sitzen daneben ein und teilte mir gleich sein Unglück mit, daß
er noch diese abscheulichen Tage erleben müsse. »Meine jüdischen Freunde, diese Edelmenschen«, sagte er in einer rühren-
den Teilnahme. »Was machen sie denn alle?«

Wir hatten nicht lange miteinander geplaudert, da erschien
seine Frau, die mich aufforderte, das Sofa zu verlassen, da jetzt
die Stunde sei, wo er von seiner Tochter massiert werde. Ich
erhob mich sogleich und stellte mich seitwärts vor die alte Kom-
mode. Der Doktor meinte, die Prozedur sei gleich vorüber. Da
trat die Tochter ein, die mich weder grüßte noch überhaupt von
mir Notiz nahm. Sie ergriff die vom Schlag berührte Hand des
Vaters und strich darüber hin, wie sie es offenbar gewohnt war.
Da er kein Wort mehr an mich richtete und sich die Behandlung
in die Länge zog, fand ich meine Anwesenheit überflüssig und
ging in die Küche zu Frau v. Sch., die gerade das Essen bereitete.
Ich erklärte ihr, daß es nicht meine Absicht gewesen sei, ihr Haus
zu betreten, daß mich aber die inständige, wiederholte Aufforderung des Doktors dazu bewogen habe. Um ihn nicht zu verletzen,
habe ich seiner Einladung Folge geleistet.

»Was er da zu Ihnen gesagt hat, ist ganz gleichgültig«, erwiderte sie verärgert. »Sie können das nicht ernst nehmen. Er ist
schon ganz senil geworden.«

»Da wird es am besten sein, ich komme nicht mehr«,
erwiderte ich.

»Ja, das ist das beste«, bekräftigte sie meinen Vorschlag. »Die
Leute beobachten uns und sprechen davon, daß wir mit Juden
verkehren. Da kommen wir in einen unangenehmen Ruf.«

»Vielleicht soll ich gleich gehen?« meinte ich.

Sie bat mich entschieden darum. Und zwar sollte ich nicht mehr den Eingang von der Straße benützen, durch den ich gekommen war, sondern sie wolle mich beim hinteren Gartentor hinauslassen, das auf den Weinberg gehe. Dort könne ich in der Dunkelheit gut verschwinden.

Ich nahm Abschied von dem Doktor, der mich um jeden Preis noch zum Abendessen behalten wollte. Allein diese Zumutung erweckte in der Tochter sichtbar einen solchen Widerwillen, daß sie ihm mit deutlich jähen Rucken beim Massieren Ausdruck gab. Sie hatte auch kein »Adieu« für mich übrig, als ich mich von ihr empfahl.

Das war mein letzter Besuch bei dem alten Freund. Es half nichts. Der »Aussatz« sollte jetzt in tausend Formen auf mich zukommen.

4

Es war kein Wunder, daß auch die Anhänger des Dritten Reiches vor dem Grauen zu beben begannen. Sie erfuhren es jetzt schon in Sievering aus der Nähe. Hier gab es einen Sprachlehrer namens Strakosch, der sich, wie es hieß, allzu frei über Hitler geäußert hatte. Er wurde angezeigt und zur Strafe dafür ins Konzentrationslager Dachau transportiert. Schon nach wenigen Wochen ging die Schreckensnachricht durch den Ort, Strakosch' Asche sei in einer Urne seiner Frau zugestellt worden. Wir sahen von nun an die schmächtige Schwarzgekleidete durch die Sieveringerstraße geistern — wie eine stumme Anklage des Mordes. Es hatte also ganz nahe eingeschlagen, und die Beschwichtigungen, mit denen wir getröstet wurden — es sei jetzt wie bei einem Glas Wasser, das Beimengungen enthielt, beim Schütteln komme »das Unterste zuoberst«, aber der Satz lege sich schnell wieder, der »Führer« meine es gut mit seinem Volk —, waren ahnungslose Phrasen.

Denn die Verfolgungen waren in vollem Gang. »Das Unterste«, das zuoberst schwamm, dachte gar nicht daran, sich wieder zu »legen«, sondern ließ sich im Gegenteil gern von denen, die »ganz zuoberst« standen, oben halten. Der tägliche Pogrom wütete in dem jüdischen Viertel der Leopoldstadt, wo die Glassplitter der zertrümmerten Geschäftsauslagen so dicht auf den Gehsteigen lagen, daß man stellenweise durch sie watete. Die ausgeplünderten Läden zeigten ihre kahle Leere, die blutig geschlagenen Besitzer suchten sich in den Wohnungen zu verstecken. Das Rothschildspital, das einzige, das für Juden noch offenstand, war so überfüllt von unmenschlich Schwerverletzten, daß die Chirurgen ihrer Samariterarbeit kaum nachkommen konnten oder schlecht operierten. Im angrenzenden Prater spielten sich unbeschreibliche Szenen mit den auf den Straßen Zusammengefangenen ab. Die »Arisierung«, der gesetzliche Raub von Geschäften und Fabriken, hatte begonnen und ging unerbittlich weiter. Ich hatte eine Rede von Göring gehört, in der er mit beleidigter Stimme seine Eindrücke von einem Gang durch Wien schilderte. Er fühle sich erdrückt von der Dominanz jüdischer Geschäfte in dieser »grunddeutschen Stadt«, und es sei ihm klar, daß damit ein entscheidendes Ende gemacht werden müsse. Die Straßenhorden, die das Dritte Reich jetzt emporwirbelte, brauchten nur den Empfehlungen dieses Mannes oder ihres Gauleiters zu folgen, und der tägliche Pogrom war eine von oben gedeckte Handlung. Aber auch die übrigen jüdischen Geschäfte der Stadt befanden sich in Auflösung. Vor den Eingängen standen SA-Leute, die »Ariern« den Einkauf verboten. Trat ich ein, weil mir dies ja gestattet war, so traf ich in dem fast leeren Lokal einen vor Nervosität zitternden Besitzer.

Inzwischen zogen viele geplagte Menschen der unendlichen Mühe, ein Asyl in irgendeinem neuen Land zu finden, die sicherere Emigration in den Tod vor. Regierungsrat Schlag in der Direktion der Eisenbahnen, der, Vorstand der Presseabteilung, mir früher ermäßigte oder freie Fahrkarten nach Salzburg verschafft hatte, weil ich über die Stadt schrieb, ein gütiger Mann, in dessen Gesicht die Anständigkeit geschrieben stand, hatte sich im Garten seiner Villa erhängt. Sein Neffe, für dessen Fremdenverkehrswerbung ich gearbeitet hatte, teilte es mir mit. Er wohnte am drüberen Donaukai, und von seinen Fenstern konnte ich das Hotel »Metropol« sehen, in dessen fünftem Stock Kurt Schuschnigg jetzt eingekerkert war.

»Dort oben sitzt unser Kanzler«, sagte er und zeigte mit ausgestrecktem Arm auf das Gebäude jenseits des Kanals, wo die Gestapo ihren Sitz aufgeschlagen hatte. »Es heißt, daß sie ihn peinigen nach allen möglichen Methoden.«

5

Nicht weit von unserem Haus entfernt wohnte Professor G. Er war einer von den viel älteren Personen des Ortes, die ich gern aufsuchte. Sein schmales Gesicht mit den durch die Brille geklärten Kinderaugen und dem Spitzbart im Stil Napoleons III. erinnerte an einen französischen Gelehrten. Freilich lebte er in einer Welt, die nicht die meine war: in Sigmund Freuds Psychoanalyse. Seine Frau Jelka war die Schwester des bekannten Doktor Tauss, der zu Freuds innerem Kreis gehört und dessen Selbstmord vor dem Ersten Weltkrieg Aufsehen in Wien erregt hatte. Es schien, als ob die Dame, als der stärkere Wille, über ihren Mann bestimmte, aber auch über dessen Zwillingsbruder, der mit ihnen zusammen wohnte, den Finanzsekretär, der wie ein Clown aussah. Der Professor verehrte seinen toten Schwager Dr. Tauss wie ein Idol. »Sie hätten diesen Mann einmal erleben sollen«, sagte er zu mir. »Er war das einzige Genie, dem ich je begegnet bin.«

In der Psychoanalyse fanden sich die drei wie in einer gemeinsamen Religion. Da ich aber nie dort heimisch geworden war — wohl hatte ich Freud in der Wiener Klinik über Neurosen sprechen hören —, konnten wir uns kaum jemals einigen. Der Professor bezog alles leidenschaftlich auf dieses System, was mir fremd, oft geradezu übereilt und im Grunde verfehlt vorkam. Er suchte mich nicht zu bekehren, sondern lachte nur gutmütig mit seinem Napoleon-Spitzbart, den er gerne strich, über meine Ablehnung. Sie mußte ihm schon sehr kraß vorkommen, wenn er, was ab und zu geschah, die Geduld verlor und über meine Verstocktheit in Jähzorn ausbrach. Da wurde er streng, wie er wohl einst als Gymnasialprofessor gegen einen unbelehrbaren Schüler gewesen.

Mit seinem Pelzhund Rolf machte er im Rabenschritt, die Hände auf dem Rücken, Promenaden in den nahen Wienerwald. Wenn der Begleiter merkte, daß sein Herr sich in die unendlichen Weiten der Gedanken verlor, entwischte er auf eigenen Wegen, war also verschwunden, wenn dieser sich plötzlich seiner erinnerte. Da hörte man den Professor weithin Rufe nach Rolf ausstoßen, bis dieser von völlig unerwarteter Seite dahergetrappt kam und dann ohne Vorwürfe an das feste Halsband gekoppelt wurde. Professor G. benahm sich immer als Humanist und Gentleman und hatte Nachsehen mit dem Leben.

Seine wohlwollende Art färbte auch sein Urteil über Freud. Er erklärte, daß dieser von mir falsch aufgefaßt werde, da dessen einzige Absicht sei, den Menschen zur »Vaterschaft« zu erziehen. Wahrhaft Vater sein, darauf komme es an!

Professor G. hatte keine Kinder, und vielleicht entsprach diese Idealisierung seiner eigenen Sehnsucht. Vielleicht auch hatte er sie von seiner Frau übernommen, die ihn zu dieser Rolle erziehen wollte. Für mich war Freud, im Gegensatz zu ihm, einer der großen Freidenker-Rebellen der Zeit wie Marx und Lenin, trotz seiner irdischen Väterlichkeit ein Anti-Vater, mit dem Ödipuskomplex gegen Gott. Aber da konnten wir beide nicht zusammenstimmen.

Es war ganz klar, daß Frau Jelka, einmal eine Schönheit, den Zwillingsbrüdern, echten Kavalieren, auch im Erfassen der unerbittlichen Realität überlegen war. Sie hatte es längst erkannt, daß die drei in der Welt des Dritten Reiches nicht leben konnten. Gewiß wußten sie 1938 noch nicht, daß ihnen, wenn sie dablieben, Verjagung aus ihrem Eigentum, Deportation, schließlich Konzentrationslager und Vergasung drohten. Aber der Wille zur unerbittlichen Ausrottung konnte ihnen nicht verborgen bleiben, wie auch keinem anderen unbefangenen Zeitungsleser.

»Wenn Herr Hitler kommt, dann mache ich Piff-Paff«, erklärte der Sekretär mit seinem gutmütigen Clowngesicht schon 1934 und hielt die Rechte, mit dem Zeigefinger zum Revolver geformt, an seine Schläfe. »Nein, zu seinem Stiefelputzer bekommt er mich nicht«, lachte er heiser, »*der* nicht!« Mir wurde bang beim Anhören dieses beinahe kindischen Eigenwillens. Ich ahnte, daß er Ernst machen könne.

Die Frau Professor hatte eine Tochter aus erster Ehe, die mit einem Engländer verheiratet war. Die Beziehung zum Schwiegersohn dürfte nicht die beste gewesen sein, aber der Gedanke lag nahe, jetzt, bei der Bedrohung durch den »Anschluß«, diese Hilfe in Anspruch zu nehmen. Sie konnten ja leichter nach England gelangen, wenn sie einen Verwandten dort hatten. Ich besuchte sie, etwa vierzehn Tage nach dem 13. März. Denn ich hatte Professor G. in tiefen Gedanken im Kirchenpark auf und ab gehen sehen, und es schien mir an seinem Schritt, als schließe er seine Rechnung mit dem Leben ab.

So brachte ich die Rede auf die Tochter im Ausland, und ob sich nicht ein Versuch lohnen würde, durch sie ein Permit für die Familie zu erhalten.

Frau Jelka, die zum Kaffee aufgedeckt hatte, übernahm gleich die Antwort für alle drei Beteiligten. In ihrem etwas gebrochenem Deutsch — sie kam aus Kroatien — erklärte sie. »Das wäre ja möglich. Aber wir wollen es nicht. Wir lehnen es ab.«

Zu meiner Freude widersprach ihr jetzt der Sekretär mit so ernster, selbständiger Miene, wie ich es bei ihm nicht für möglich gehalten hätte.

»Warum? Ich möchte schon!« rief er aus, wie wenn er sich gewaltsam von einer Umklammerung losmachen wolle. »Wenn es eine Möglichkeit in England gibt — warum sollen wir sie denn nicht ergreifen?« Es sah aus, als ob dieses Thema nicht zum erstenmal zwischen ihnen besprochen wurde. Aber heute erhoffte er sich vielleicht eine günstigere Wendung, weil es in Gegenwart eines Gastes zur Sprache kam. Die Opposition glückte ihm jedoch nicht, obzwar ich ihn zu stützen suchte.

»Camillo«, rief Frau Jelka energisch aus. »Was sprichst du da? Wir sind alle drei alte und kranke Menschen... Ja, ja, du auch!«... (Sie gab ihm dabei ein Leiden zu bedenken, mit dem er behaftet war.) »Und wie willst du unter ganz neuen Bedingungen leben?«

»Aber in England«, meinte er kleinlaut, »kann manches anders werden.«

»Ja, ja, es würde sicher anders werden. Aber wie willst du dort als alter Mann ganz neu anfangen, ein neues Leben beginnen?... Denke doch ein bißchen real über die Dinge nach! Das können Menschen, die fünfzig Jahre jünger sind. Die können hausieren oder betteln gehen. Aber du — noch dazu in einem fremden Land, angewiesen auf meine Tochter und ihren Mann!«

Der Sekretär verstummte. Der Zwillingsbruder hielt schweigend zu seiner Frau Jelka. Ich hatte den Eindruck, daß sie die Dinge allzu einseitig beurteilte und die Hoffnung, die jede Zukunft bietet, für die Ihrigen einfach ausschloß. Aber wie sollte ich es wagen, mich hier mehr, als ich es schon getan, einzumischen?

Als ich nach einer schweren Regennacht ein paar Tage darauf in dem Geschäft, das der Villa gegenüber lag, den Morgeneinkauf besorgen wollte, sah ich einen Auflauf vor dem Haustor. Die Nachbarn der Umgebung hatten sich dort versammelt. Ich ahnte die Ursache, und als ich hinzutrat, erhielt ich gleich die Bestätigung.

»Alle drei tot«, erklärte man mir. »Der Professor hat den

Gasschlauch sitzend in der Hand gehalten. Die Frau ist auf einem Bett gelegen, der Sekretär am Boden.«

Das Ganze kam nicht unerwartet, war aber grausam genug, um es voll zu erfassen. Während ich noch in meiner Verwirrung dastand, kam Doktor v. Sch. im Eilschritt heran, soweit es sein Hinken zuließ. Das Gerücht hatte sich schon herumgesprochen und auch ihn erreicht.

»Ist es wirklich wahr?« fragte er außer Atem. »Sind diese Edelmenschen nicht mehr am Leben?«

»G'schiecht den Reichen scho recht. Jetzt ham's ihre Strafe«, sagte eine Frau hinter uns geradezu als Antwort darauf. Es war die alte Böhmin, die der Villa gegenüber wohnte und jahrelang gehofft hatte, bei Frau Professor G. Bedienerin zu werden – eine Stelle, die jedoch ihre Nachbarin fest in Händen hatte.

»Kommen Sie, gehen wir«, sagte Doktor v. Sch. »Dieses Weib weiß nicht, was es spricht.«

Wir trennten uns schnell. Ich mußte den Einkauf besorgen. Aber ich fürchtete mich vor dem Eintreten in den Kleinwarenhandel. Was würde die Krämerin heute sagen, die mich immer tröstete: »Herr Doktor, unser Führer ist gut. Er will nur Ordnung.«

6

Das Jahr 1938, das so unglücklich begonnen hatte, wollte nicht aufhören mit Erschütterungen. Schon eine Woche nach dem 11. März brachten sämtliche Zeitungen groß aufgemacht den Aufruf der österreichischen Bischöfe an das katholische Volk, bei der Wahl am 10. April dem neuen Regime sein Jawort zu geben. Das Dokument erschien genau in der Maschinschrift seiner amtlichen Fassung und mit sämtlichen Unterschriften in Faksimile abgedruckt, damit ja kein Zweifel über seine Echtheit aufkomme. Es war die beste Propaganda, die sich der Nationalsozialismus wünschen konnte. Das mir völlig Unbegreifliche aber war, daß Kardinal-Erzbischof Innitzer die Erklärung in eigener Handschrift »Mit Heil Hitler!« signiert hatte.

Ich war zerschmettert. Gewiß begriff ich, daß sich die Bischöfe bei dieser Entscheidung unter schwerem politischen Druck befunden hatten, und hätte es auch verstanden, wenn sie, um in dieser nationalen Schicksalsstunde loyal gegen den früher befeindeten Nazismus zu sein, dem einzelnen Katholiken freie Hand bei der Wahl gelassen hätten. Jeder sollte nach eigenem Gewissen seine Stimme abgeben und sich nicht mehr an frühere Warnungen, daß Kreuz und Hakenkreuz unvereinbar seien, gebunden fühlen. Irgendwie — so stellte ich's mir als Laie vor — hätte man trotzdem einen Wink geben können, daß sich die österreichische Kirche an die Enzyklika »Mit brennender Sorge« halte, in der der regierende Papst Pius XI. 1937 den heidnischen Rassenwahn klar verurteilt hatte. Statt dessen *empfahl* man diesen jetzt, da man eine vollkommene Wendung zum Gegner von früher vollzogen hatte, ja sich ihm unterwarf.

Daß ich die Dinge so sah, lag in meiner Entwicklung begründet. Es war gerade Hitlers »Machtergreifung« in Deutschland 1933, die mir den letzten, entscheidenden Anstoß zu der lange verzögerten Konversion gegeben hatte. Denn das Ereignis überzeugte mich davon, daß die Kirche die einzige Macht auf Erden war, die Hitler geistig zu schlagen vermochte. Sie war von Christus, den Aposteln und Märtyrern ausgegangen, von Männern und Frauen, die sich gegen den Cäsar-Tyrannen gestellt und die furchtbaren Folgen dieses Entschlusses auf sich genommen hatten. Millionen hatten während der ersten drei Jahrhunderte der Verfolgung ihr Leben geopfert. Sie bildeten als die Erz-Heiligen der Nachfolge Christi das Fundament für alle Zeiten. Was war der neuheidnische Hitler nun anderes als ein wiedergekehrter Cäsar? Was geschah in Deutschland seit 1933 anderes als eine Wiederholung der alten grausamen Verfolgung während der Antike? Damals gegen Christen? Heute gegen Juden? Morgen vielleicht wieder gegen Christen?

Ich hatte seit 1933 darauf gewartet, daß diese Einsicht auch in Deutschland und überhaupt in der Welt erwachen werde, und war glücklich, wenn sie sich da und dort wirklich meldete. Die erste Bestätigung kam von den Münchner Adventpredigten Kardinal Faulhabers, der die Bedeutung des Alten Testaments für die Kirche hervorhob und mutig genug war, schweigend auf den Menschenwert des jüdischen Volkes hinzuweisen. In der Enzyklika von Papst Pius XI. 1937 »Mit brennender Sorge« — sie wurde in der Wiener »Reichspost« abgedruckt — hatte ich in voller Klarheit von oberster Stelle der Kirche den heidnisch-cäsarischen Rassenwahn verurteilt gefunden. Der Papst ließ die gesamte Welt wissen, daß Christi Botschaft und der Nationalsozialismus, wie er jetzt praktiziert wurde, sich nie vereinigen ließen.

So schmerzlich ich von dem Aufruf der österreichischen Bischöfe getroffen war, so wäre es mir doch nicht eingefallen, mich im heimlichen Protest von der katholischen Kirche zu trennen, die mich 1934 aufgenommen hatte. Zu viele Zeichen ihres Widerstandes waren mir bekannt geworden, und wie groß mochte ihr stummes Leiden sein! Außer von Kardinal Faulhaber hatte ich von der mutigen Haltung der Bischöfe Freising und Graf Galen, aber auch von katholischen Priestern gehört, die wegen ihrer Treue zum Glauben ins Konzentrationslager verschleppt wurden. Ich gehörte kurz auch dem katholischen Kreis des aus München geflohenen Professors Dietrich von Hildebrand an, wo man sich zu diesen ersten Märtyrern unserer Zeit bekannte. Aus nächster Nähe hatte ich Ähnliches erfahren. Der Wiener Franziskanerpater Cyrill Fischer, der mich für die Taufe vorbereitet hatte, mußte es bezahlen, daß er seit 1933 den Nazismus in Österreich bekämpft hatte. Er flüchtete vor dem 11. März in die Schweiz und sollte seine Heimat nie mehr wiedersehen. Schwer nierenkrank kam er nach Kalifornien, wo er im Untergangsmonat des Dritten Reiches, Mai 1945, starb. Er liegt dort begraben.

Im ersten Augenblick wirkte der Aufruf vom 18. März für mich jedoch wie eine Katastrophe von unabsehbarer Tragweite.

Die so empfohlene Wahl verschaffte Hitler einen unerhörten Sieg, der mit seinen »fast 100 Prozent« die Welt glauben machte, man habe in Österreich wirklich nichts anderes gewünscht als allein sein Regime, seine »neue Ordnung«, sein »tausendjähriges Reich«, seine »Freiheit«, sein »Großdeutschland«.

Als der Paria, der ich geworden war, besaß ich natürlich kein Stimmrecht mehr. Aber meine Frau war als sogenannte »Arierin« dazu verpflichtet — zu ihrer Qual. Denn nun fragten wir uns, ob sie überhaupt davon Gebrauch machen sollte. Da wurde ihr von verschiedenen Seiten, auch von einem Besucher aus Deutschland, dringend geraten, durch Enthaltung der Stimme die Wahlleitung ihres Wohnorts nicht zu brüskieren. Es könnten sich schwere Folgen für ihren Vater, der Staatspensionist war, aber auch für mich ergeben. Mit dem Odium, meine Frau aufgehetzt zu haben, könnte ich als offener Feind des Regimes verhaftet und ins Konzentrationslager gesteckt werden. Aber auch ein klares »Nein« war wenig ratsam, weil man ja nicht wußte, mit welchen Methoden sie die Stimmzettel kontrollierten. Es blieb nur übrig, daß sie mit ihrem »Ja« unseren Todfeind wählte.

Ihr Gang zum Wahllokal — das Schulgebäude unserer Tochter — war eine Pein. Als sie vor die Kommission trat, deren meiste Gesichter sie ja kannte, mußte sie als Folge ihres Entschlusses die Hand zum Hitlergruß erheben und dabei die verhaßten Worte aussprechen — zum ersten- und letztenmal in ihrem Leben. Es geschah freilich sehr leise, so daß sie kaum gehört wurden. Aber sie bemerkte, daß ein Mitglied, ein seit Jahren bekannter Nazist von üblem Ruf, ihr zugrinste, als sie ihm den Wahlzettel überreichte. Er legte ihn fein säuberlich auf den Stoß der anderen, als ob er damit andeuten wolle, daß er ihm eine besonders sorgsame Behandlung bei der späteren Kontrolle widmen werde.

Als meine Frau das Lokal verließ, hatte sie vor aller Augen eine unwahre Handlung begangen — sie sollte mit der Reue darüber noch lange nicht fertig werden. Aber sie hatte das Opfer aus reiner Sorge für ihren Vater und mich gebracht.

Es war in der Familie meiner Frau üblich, zu Ostern einen Ausflug in den Wienerwald zu machen, und diese Gelegenheit wollte sie auch im Frühjahr 1938 nicht versäumen. Sie und unsere Tochter trafen sich also am Ostermontag mit ihrer älteren Schwester und deren Mann und wanderten gemeinsam zu dem beliebten Ziel der Wiener, zur Sophienalpe. Ich fuhr indessen in die Stadt zur Messe. Mit meinen Promenaden im Freien war es ja ebenso zu Ende wie mit dem Besuch von Kaffeehäusern, dem Betreten öffentlicher Gärten, dem Schlendern durch Straßen.

Die Schwestern wollten sich also nach alter Gewohnheit treffen, dabei über die Ereignisse sprechen, das Kind in die Mitte nehmen, um so, wenigstens für Stunden, über das Elend der Zeit hinwegzukommen. Das Wandern durch den noch kühlen, aber vom ersten Grün schon behauchten Frühlingswald sollte die Schrecken der jüngsten Vergangenheit vergessen machen. Mein Schicksal traf ja unerbittlich auch die nächsten Angehörigen.

Freilich hieß es jetzt, sich auf den reichlich von Fußgängern bewanderten Wegen möglichst unauffällig benehmen. Das Gespräch zu zweit mußte leise vor sich gehen. Man wußte ja nicht, ob sich nicht Lauscher unter den Feiertagstouristen befanden, die vielleicht die Ohren spitzten, wenn ein unvorsichtiges Wort über das neue Regime fiel. Es gab überall Angeber.

Da wollte es der Zufall — oder war es keiner? —, daß meine Frau ihrer früheren Kollegin von der Bank, Frau S., und deren Mann, dem akademischen Maler, begegnete, die seit Jahren Ausflugsfreunde von uns waren. Sie pflegten mit ihrem Söhnchen an Sonntagen ebenso in die Donauauen zu wandern wie wir, und unsere Kinder hatten dort mit Sand gespielt wie Bruder und Schwester.

Es war diesmal ein ebenso unerwartetes wie peinliches Zusammentreffen. Meine Frau ahnte, daß bei den Freunden inzwischen eine Änderung stattgefunden hatte. Der Riß der Zeit ging ja durch alle alten Bekanntschaften, überall bei Begegnungen setzte ein Rätselraten ein, wo sich die Betreffenden jetzt befanden und ob man nicht auf der Wacht sein mußte mit unvorsichtigen Äußerungen.

Auf beiden Seiten zögerte man also, sich zu nähern. Da tat jemand den ersten Schritt (vielleicht mein Schwager), und man traf sich auf halbem Weg, begrüßte einander. Das Paar S. schloß sich in gewohnter Weise an.

Als gute Bürobekannte gesellten sich meine Frau und Frau S. zueinander, während meine Schwägerin und ihr Mann sich um Herrn S. gruppierten und die Kinder vorausliefen. Die Begegnung schien jedoch die alte Vertrautheit nicht wieder aufkommen zu lassen. Während es früher bei den beiden durchaus keines Entschlusses bedurfte, um ins Gespräch zu kommen, hielt sie jetzt ein betroffenes Schweigen voneinander in Abstand. Sie hatten schon mehrere Schritte auf dem Waldweg gemacht, während von den umgebenden Touristen Unterhaltung herüberschallte — man befand sich ja an einem Feiertag im Wienerwald —, da hörte meine Frau, wie die Kollegin plötzlich erklärte:

»Ja, Frau Braun, wir sind Nationalsozialisten.«

Meiner Frau verschlug es die Rede. Sie hatte erwartet, daß nicht alles so glatt vorbeigehen werde, aber nicht ein so schroffes Bekenntnis. Während der langen Bürogemeinschaft, wo sie täglich an benachbarten Schreibtischen gesessen waren, hatte sie Frau S. kein einziges Wort der Sympathie über die heute regierende Partei äußern hören.

»Ja, das sind wir«, bekräftigte Frau S. ihre Erklärung. »Sehen Sie, so hat es nicht weitergehen können mit dem Verfall Österreichs, mit diesen Massen von Arbeitslosen. Ein solcher Wasserkopf von Hauptstadt, mit so vielen amputierten Gliedern! Im großdeutschen Reich sind wir jetzt ganz anders aufgehoben, und in Zukunft wird alles besser werden. Wir sind ja alle Deutsche, nicht wahr? . . . Mein Mann war auch außer sich vor

Freude am 11. März. Denken Sie sich, er ist um den Tisch herumgetanzt«, lachte sie.

Meine Frau erschrak. Wie war das möglich? Sie kannte ja die beiden schon seit so vielen Jahren! Und da war Herr S. über dieselbe Nachricht in einen Freudentaumel ausgebrochen, die uns geradezu in einen Abgrund der Verzweiflung gestürzt hatte! Wie hatte er sich denn dabei benommen? Er pflegte gern Anekdoten, besonders jüdische Witze zu erzählen, die er in seinem Künstlerkreis oder bei dem reichen Seidenfabrikanten, seinem Mäzen, hörte. Da hatte er wohl kurze Spaß-Schritte um den Tisch des Speisezimmers gemacht — zu den Klängen des Straußwalzers? Erhob er dabei die Arme? Klatschte er in die Hände? Wir kannten die Ecke, wo dieser Tisch stand. Ja, und Frau S., die in ihrer Leibesfülle weniger beweglich war, mochte im Fauteuil gelehnt und ihrem Mann lachend und mit tiefer Stimme sekundiert haben.

Dies alles sollte indessen meine Frau auf dem Frühlings-Waldweg, in dem Strom von Fußgängern und bei dem ununterbrochenen Monolog der Dame erst langsam begreifen lernen — es war ein bißchen viel. Auf jeden Fall fehlte ihr jede Gelegenheit, auch nur ein einziges Wort hervorzubringen.

Die beiden Kolleginnen hatten einander seit länger als einem Jahrzehnt manches anvertraut. Frau S. war immer eine gewandte Sprecherin. Wenn aber meine Frau jetzt in alter Weise den Augenblick einer Pause benützt hätte, um ihre Partnerin leise zur Besinnung zu rufen — welche unabsehbare Folgerung wäre da eingetreten! Sie befanden sich ja in einem Strom von Fußgängern. Frau S. wäre vielleicht stehengeblieben und hätte ziemlich laut erwidert: »Liebe Frau Braun, Sie können das Rad der Geschichte nicht zurückdrehen«, oder etwas Ähnliches, so daß Vorübergehende aufhorchten. Die Kollegin ließ aber gar keine Pause eintreten, sondern sprach weiter. Die Worte entkollerten in eigentümlicher Tonlosigkeit ihrem Mund, in einem undurchdringlichen Redeschwall. Fürchtete sie vielleicht diese Pause?

Frau S. entstammte einer alten Familie, und dort schien es Brauch zu sein, in eleganter Nonchalance, unbekümmert um den Partner, sich so zu benehmen. Sie wollte gewiß an diesem Ostermontag meiner Frau, die sie schätzte, nichts Böses zufügen, sondern schien ihrerseits froh, in dem etwas blökenden Plauderton über ihr schlechtes Gewissen hinwegzureden. Die größte Neuigkeit war eben das für sie glückliche Ereignis, daß Hitler den Kanzler Schuschnigg verjagt, verhaftet und Österreich befreit hatte. Es kam ihr deshalb die naheliegende Frage, auf die meine Frau wie auf ein Stichwort wartete, überhaupt nicht zu Bewußtsein: »Sagen Sie, Frau Braun, wie nimmt denn Ihr Mann das alles auf?« Sie kannte mich von unzähligen Begegnungen her, und wir hatten nicht wenige Gespräche miteinander geführt — meistens freilich von ihr bestritten. Aber sie redete weiter von der Stunde des Nationalsozialismus, als ob sie der »Völkische Beobachter« selber wäre. Als sie bemerkte, daß ihre ständig stumme Begleiterin zu ermüden begann, kam als neues Thema ihr zwölfjähriger Sohn an die Reihe, der mit unserer Tochter vorauswanderte. Der Junge sollte vielleicht einen gewissen Trost spenden. Denn sie erzählte, daß er sich nicht für die Politik seiner Eltern interessiere, sondern allein für Orgelspiel und Kirchenbesuche, wo ihn die Organisten gerne aufnähmen. Das fand natürlich ein anderes Gehör bei ihrer Kollegin.

Aber dann fiel es meiner Frau doch wieder schwer ins Bewußtsein, daß die Familie S. sich jetzt in den Reihen der Erzfeinde befand — das war eine vollzogene Tatsache. Eine alte Freundschaft brach zusammen. Wohl für immer.

*

Im Gasthaus der Sophienalpe saßen die sieben Personen dieser seltsamen Ostermontagspromenade um einen Tisch. Herr S., der auf dem Waldweg zwischen meiner Schwägerin und ihrem Mann gegangen war, befand sich offenbar durch politische Bemerkungen seiner Begleiter in peinlicher Verlegenheit. Denn auf die Frage, ob er die Ausschreitungen der letzten Tage in der Leopoldstadt, die Pogrome waren, für berechtigt halte, hatte er erwidert: »Sie und auch ich würden sich an solchen Dingen nicht beteiligen, das ist ganz klar. Aber man muß dem Volk in solchen Zeiten ein Ventil öffnen.«

Herr S. fühlte sich jetzt zur Oberklasse des Dritten Reiches gehörig, und deshalb ließ er ein ihm völlig schmerzfreies Ventil für unzählige unschuldig Verfolgte öffnen, die keinen Anwalt für ihre Leiden hatten. Er verdeckte seinen völligen Mangel an Mitgefühl mit machiavellistischen Phrasen. Vielleicht fühlte er dumpf sein menschliches Versagen. Denn er setzte sich nachher mit einem überlauten, für die ganze Umgebung hörbaren Ausruf nieder, der die Unsrigen nicht wenig erschreckte.

»Hitler ist tabu«, verkündete er, und das hieß wohl, daß er von nun an keine Diskussion über dieses Thema mehr wünsche. Hitler also sakrosankt, unangreifbar, erhöht über alle Zweifel!

Wenn ich in den letzten Wochen dessen tausendfältig dargebotenem Bild begegnete, entsetzte mich immer wieder die kalte Leere dieses Durchschnittsgesichtes mit dem häßlichen Schnurrbart und der herabhängenden Haifischlocke, während die Augen mich mit ihrem undurchdringbar fanatischen Blick anstarrten. Was konnten wir alle von diesem bleichen Schreckensmann, der so anders aussah wie die früheren Staatspräsidenten, erwarten als nur das Schlimmste? Hier gab es keinen Willen zur Gerechtigkeit, sondern nur Entschlossenheit zum Amoklauf. Dieser Fetisch, der von jetzt an unser aller oberster Herr über Tod und Leben sein sollte, galt nun als tabu!

Die Erklärung bedeutete wohl, daß Herr S. jetzt selber der Partei angehörte, ja wahrscheinlich ein prominenter Mann bei ihr geworden war, wovon auch das große Hakenkreuz auf seinem Rockaufschlag Zeugnis ablegte. Es schien also geboten, die Zunge im Zaum zu halten.

Auf dem Rückweg fiel ihm die Rolle zu, meine Frau zu begleiten, und damit wurde sie zum zweiten Mal das Opfer eines ihr unbegreiflichen Fanatismus. Es war nicht mehr der tonlose Redeschwall seiner Gattin, der sie bedrängte, sondern jetzt hatte sie sehr bestimmte und überlaute Belehrungen über sich ergehen zu lassen, im Strom der Ostermontagswanderer.

»Das hat doch die Wahl vom 10. April hundertprozentig bewiesen, daß Österreich endlich für unseren Führer reif geworden ist«, verkündete er. »Da gibt es doch keinen geringsten Zweifel.«

Herr S. war von Natur aus kein Propagandist, sondern ein ruhiger, jovialer Mann, der es immer verstanden hatte, uns mit seinen Heiterkeiten zu unterhalten. Mit Freuden hatten wir ihn jüdische Witze erzählen hören, die er ausgezeichnet pointierte. Und jetzt sprach er von »unserem Führer«! Was war denn in ihn hineingefahren? Die schreckliche Wahl, bei der eine unsichtbare Peitsche 98 Prozent Ja-Stimmen zustande gebracht hatte — 100 Prozent durften es nicht sein —, sollte die überwältigende Mehrheit Österreichs für Hitler beweisen!

Meine Frau wußte es anders — aus eigener Erfahrung. Es gab für sie deshalb gegenüber Herrn S. »keinen geringsten Zweifel«, daß die Wahl zum größten Teil erzwungen und erschwindelt war. Denn nicht allein sie hatte die falsche Ja-Stimme abgegeben, sondern auch ihre Eltern und Geschwister, Verwandten, Freunde, Bekannten — Tausende, Hunderttausende — aus Angst. Der Erfolg war überwältigend, ein Triumph, der über die ganze Welt ging. Aber er beruhte auf einer Lüge, auf einer Gewalttat.

Wie sollte sie Herrn S. dies mitteilen? Er befand sich ja mitten in seiner Propagandarolle, und da hätte es leicht zu einem Kurzschluß kommen können. Er wäre vielleicht stehengeblieben und hätte, ähnlich wie im Gasthaus, mit Stentorstimme widersprochen, ja mit dem sofortigen Bruch gedroht. Vorübergehende wären auf die Szene aufmerksam geworden.

Da ließ sie Herrn S. weiterreden. Ein aufsteigendes Weinen schnürte ihr die Kehle zusammen.

*

Mein Schwager, von Beruf Vertreter, ein praktischer Mann, der die Welt kannte, fühlte sich beunruhigt durch diese Begegnung. Er konnte sich plötzlich des Verdachtes nicht erwehren, daß der früher so gemütliche Ausflugsfreund, Sozialist, Frauenfreund und akademische Maler, jetzt vielleicht über Machtmittel verfügte, von denen wir uns nichts träumen ließen. Wenn er der obersten Leitung angehörte, konnte das auch unangenehme Folgen für uns alle haben. Wie von Panik ergriffen flüsterte er also meiner Frau beim Abschied von Familie S. aufgeregt ins Ohr: »Sag ›Heil Hitler‹!« Aber diese zwei Worte hatte sie nur ein einziges Mal über die Lippen gebracht, und niemand hätte sie so leicht zu einer Wiederholung des Meineids bringen können.

Sie hatte also für Herrn und Frau S. nur den alten Gruß »Auf Wiedersehen!« übrig.

Es sollte niemals mehr dazu kommen.

8

Als ich an einem der aufgeregten Tage meine Mutter besuchte, hielt sie mir schon im Vorhaus eine amtliche Mitteilung entgegen, die sie eben erhalten hatte. Ich ahnte, daß das leichte Blatt, das den Aufdruck des Hakenkreuzes und der nationalsozialistischen Parteileitung trug, schwerer wog, als es beim ersten Blick aussah. Als Motto stand zuoberst: »Alle unnötige Höflichkeit wird vermieden« und darunter eine einzige Zeile in Maschinenschrift. Sie enthielt nichts Geringeres als die Order, daß meine Mutter innerhalb weniger Tage ihre Wohnung zu räumen habe.

»Was sagst du?« sagte sie. Wir gingen ins Speisezimmer. Dort stand weinend meine alte Tante.

Wir befanden uns 1938 erst am Anfang des Dritten Reiches und hatten noch keine Ahnung von den grausamen Umsiedlungen, Zusammenziehungen von Alten und Familien auf wenige Quadratmeter, Deportierungen in Konzentrationslager, die Monate später – zur billigen Lösung der Wohnungsfrage – erfolgen sollten. Deshalb waren wir noch so naiv, zu glauben, daß wir der Maschinenschriftzeile ebenso mit unserem guten Recht begegnen könnten wie einst. Mein Vater hatte den Prozeß ja gewonnen. Ich tröstete also die Mutter, daß wir wie damals zu dem Amt gehen könnten, das Mietstreitigkeiten ordnete und uns gut beraten hatte.

Die Mutter steckte den Kündigungsbrief in ihr Handtäschchen, und wir machten uns auf den Weg. Sie war 78 Jahre. Nach der Straßenbahnfahrt hängte sie sich in mich ein und ging mit mühsamen Schritten an meinem Arm.

Als wir zu dem Lokal kamen, sah es dort anders aus als vor Jahren. 1934 war es vollgepfropft von Parteien, so daß wir stundenlang warten mußten. Heute standen die Stühle leer. Wir waren die einzigen Besucher.

Der Beamte empfing uns ebenso freundlich wie früher und meinte gleich aufmunternd, da er uns erkannte und unseren Fall nicht vergessen hatte, daß die Mietergesetze heute ebenso wie vor dem Anschluß gälten. Als die Mutter aber das Blatt aus dem Handtäschchen gezogen und ihm übergeben hatte, wurde er ernst.

»Ja, sind Sie denn Nicht-Arier?«

Die Mutter bejahte es.

Da hob er die Arme und zog die Schultern bedauernd hoch.

»Leider, liebe Frau«, sagte er. »Sie wissen doch: der Brief kommt von der Parteileitung. Nichts zu machen!«

»Gar nichts?« fragte sie voll Entsetzen. Sie begann zu begreifen.

»Leider«, wiederholte er. »Die Partei ist absolut.«

»Aber die Mietergesetze gelten doch, haben Sie gesagt«, stammelte sie.

»Sie gelten. Aber nicht für Nicht-Arier. Vielleicht läßt sich die Übersiedlung noch etwas hinausschieben«.

»Welche Übersiedlung?« Meine Mutter begriff plötzlich nichts mehr.

Er zuckte die Achseln. »Versuchen Sie es bei der Parteileitung. Gehen Sie mit dem Brief hin«, meinte der Mann. –

Es war keine Zeit zu verlieren. Ich begann deshalb schon am nächsten Tag mit den nötigen Schritten.

Der nationalsozialistische Leiter von Sievering war der neue Oberlehrer der Volksschule, die meine Tochter besuchte. Ich kannte ihn vom Sehen. Er war kein Fanatiker, sondern glaubte, in deutsch-nationalen Ideen erzogen, daß die Rettung Österreichs allein im Anschluß an das Reich zu finden sei. Die Bewunderung für den »eisernen Kanzler« hatte ihn zum »Führer« gebracht.

Ich meldete mich bei ihm in der Sprechstunde und brachte mein Anliegen vor. Er hörte mit Teilnahme zu und schien wirklich davon berührt, daß eine so alte Frau sozusagen von einem Tag zum andern aus ihrer Wohnung vertrieben würde. »Ihrem Mutterl« – er wendete die Wiener Koseform an – »wird schon nichts geschehen«, meinte er.

Das hörte sich hoffnungsvoll an. Gleichzeitig teilte er mir jedoch mit, daß er persönlich in dieser Sache nichts unternehmen könne. Ich möge mich an das Hauptquartier der Partei wenden und mit dem Leiter sprechen, der sich im Rang unter ihm befand.

Auch diesen Mann kannte ich. Er war der Sohn eines tschechischen Anstreichers, der die deutsche Sprache immer noch so wenig erlernt hatte, daß er auf der Straße mit »Heil Hitle!« – ohne »r« am Ende – grüßte. Der Sohn aber fühlte sich schon zur vordersten Kampftruppe des Deutschtums berufen. Er hatte sich als »Illegaler« durch Sprengattentate hervorgetan und eine längere Gefängnisstrafe verbüßt. Das hatte ihm nach dem »Anschluß« die große Beförderung zum »zweiten Mann« des Dorfes eingebracht.

Wir waren trotzdem keine Feinde. Erst kürzlich hatte er — nach der Rückkehr aus der Haft — die Wände unserer Küche gestrichen und neu bemalt. Obzwar uns bekannt war, wie es politisch mit ihm stand, hatten wir ihm, um ihm einen Verdienst zu verschaffen, die Arbeit übergeben. Er hatte sich dabei allerdings merkwürdig benommen. Wir sahen ihn kettenrauchend auf der Leiter stehen, so daß er die ganze Küche vernebelte. Nach der Arbeit begriffen wir, warum dies notwendig für ihn gewesen war. Die Muster, die er als Fries auf die Küchenwände durch eine Schablone gefleckt hatte, hingen nämlich nicht zusammen, sondern bildeten in oft sehr gewagten Abständen eine auffallende Zickzacklinie. Er war als Trinker bekannt. Wahrscheinlich waren die Zigaretten das Mittel für ihn, um sich auf der Leiter im Gleichgewicht zu halten. Oder sollte ihn das Bewußtsein bestürzt haben, daß er ja in der Küche eines Nicht-Ariers Dienste leistete?

Dieser Mann war es nun, an den ich die Bitte wegen der Wohnung meiner Mutter zu richten hatte.

Als ich das Hauptquartier der Partei — die frühere, jetzt enteignete Villa eines christlichen Politikers während der Schuschnigg-Regierung — betrat, befanden sich etwa dreißig junge Männer dort. Ich kannte sie fast sämtlich vom Sehen her. Manche begrüßten mich mit einem ironischen Erstaunen, da ich es wagte, in die Höhle des Löwen zu kommen. Die meisten trugen die schwarze Uniform der SS und Hakenkreuzbinden, und einer von ihnen, ein Nachbar, nicht mit dem besten Ruf behaftet, fragte mich, was ich denn wünsche. Ich berief mich auf den Oberlehrer und brachte ihm mein Anliegen vor.

Es dauerte lange, bis der Leiter kam. Kaum hätte ich in dem forschen Parteioffizier unseren mißglückten Anstreicher von der Küche wiedererkannt. Er trug, der SS-Mode entsprechend, einen langen, schwarz-glänzenden Regenrock und elegante Stiefel von gleicher Farbe, schlug beim Eintritt die Haken zusammen und salutierte forsch mit Hitlergruß. Das taten die andern natürlich auch im einstimmigen Chor und meldeten sich dann nacheinander zum Rapport. Der Ruf »Heil Hitler!« erschallte in allen Stimmarten durch den Raum. Schließlich trat mein Nachbar vor und schien mitzuteilen, warum ich anwesend war. Sein Vorgesetzter antwortete, ohne einen Blick auf mich zu werfen, mit ein paar Worten, und die eben empfangene Order wurde mir dann von dem Nachbarn weitergeleitet. Meine Mutter möge die Dinge abwarten, hieß es. Das war eine delphische Auskunft. Immerhin berechtigte sie zur Hoffnung.

Es kam trotzdem so, wie es die Parteileitung bestimmt hatte. Meine Mutter, Tante, Schwester und das Dienstmädchen, das treu geblieben war, mußten in die kleine Souterrainwohnung ziehen, während die untere Partei die Wohnung im oberen Stock bezog: Sie hatte endlich den Prozeß gewonnen. Der einzige Vorteil war, daß die Übersiedlung nicht sofort geschehen mußte. Dadurch gewann meine Schwester etwas mehr Zeit für die Auflösung der Elternwohnung, wo die Mutter 22 Jahre gewohnt hatte. Es bedeutete, daß die vielen Dinge, die die Räume füllten, zu Schleuderpreisen angebracht oder einfach verschenkt wurden. Der echte Biedermeiersalon, den meine Mutter als Erbe für mich bestimmt hatte, kam auf diese Weise für einen Strohhut in den Besitz einer Sieveringer Modistin. Alte Zeichnungen, Gemälde, Ahnenbilder verschwanden, die Bibliothek meines Bruders mit kostbaren, gewidmeten Bänden, Briefen, Tagebüchern, Manuskripten ging für immer verloren.

*

Mitten in diesem Zusammenbruch aller Dinge sah sich meine Mutter vor noch eine quälende Frage gestellt, über die sie vorher kaum nachgedacht hatte: Sollte auch sie die christliche Religion annehmen wie ihre Kinder? Es ging eine Woge von Taufen über

Wien. Doch wollte sie davon nichts wissen. Sie hatte sich wegen des liberalen Geistes in ihrem Vaterhaus und dann später in ihrer Ehe nie religiös gebunden, aber ihrem Erbe verpflichtet gefühlt – eine Haltung, die sie »Pietät« nannte.

Mein Großvater ließ sie als Mädchen in die Klosterschule der Ursulinerinnen einschreiben, die in Wien den besten Ruf genoß. Doch erlaubte er ihr nicht, am Morgengebet des »Vater unser« teilzunehmen, zu dem sich die Schülerinnen täglich sammelten. Die Schwestern machten jedoch gern diese Ausnahme, ja öffneten noch bereiter ihre Gemeinschaft. Indessen war es vielleicht gerade dies, was sie veranlaßte, in Zukunft an ihrem Erbe festzuhalten, dem sie sonst nicht verpflichtet war. Wenn die Sprache auf die christliche Religion kam, sah sie ein bißchen ratlos vor sich hin und meinte: »Das ist ja etwas Schönes.«

Im Sturm der furchtbaren Ereignisse 1938 vereinsamte meine Mutter immer mehr. Ich wagte nicht, mit ihr über das Evangelium zu sprechen. Gerade damals beschäftigte mich aber ein Buch, das von den Märtyrerakten der ersten Christen handelte. Die Wirklichkeit der Gerichtsverhandlungen erinnerte mich nun an unsere Zeit. Wie man damals die Christen fanatisch wegen Verbrechen anklagte, die sie nie begangen hatten, so behauptete man heute, daß die Juden sich verschworen hätten, den Ersten Weltkrieg zustande zu bringen, daß sie Schuld an seinem unglücklichen Ausgang trügen und Deutschland und die Welt unterminierten, um selber unumschränkte Herren über alle zu werden. Dafür müßten sie jetzt ohne Erbarmen büßen. Wir konnten täglich in den Zeitungen von diesen ungeheuerlichen Anklagen lesen oder aus den Hetzreden der nazistischen Prominenten heraushören, die den Haß und die Rachelust »Judas«, des internationalen Judentums, endlich entlarvten.

An einem Frühlingstag 1938, da meine Mutter wieder trostlos in der linken Sofaecke saß und schweigend vor sich hinsah, fragte ich sie, ob ich ihr aus einem Buch, das ich mit mir hatte, etwas vorlesen dürfte. Es war das von den ersten Christen, und die Stelle handelte von der Apologie, die der Kirchenvater Tertullian 198 für die Verfolgten geschrieben hatte — also vor 1740 Jahren. Sie stimmte zu. Da setzte ich mich an das andere Ende des Sofas und las.

»Um ihren Haß zu rechtfertigen«, hieß es, »brauchen sie jenen unbegründeten Vorwand, der in ihrem Wahn besteht, von jedem öffentlichen Unglück, von jedem Unheil für das Volk seien die Christen in erster Linie die Ursache. Wenn der Tiber bis innerhalb der Stadtmauern steigt, wenn der Nil umgekehrt nicht die Feldfluren beströmen will, wenn die Witterung nicht günstig werden will, wenn Erdbeben ist, wenn eine Seuche kommt, immer wird gleich das Geschrei laut: ›Vor die Löwen mit den Christen!‹ «

Es war nicht schwer, denselben Ruf nach dem Sündenbock aus dem Lärmen des Tages, aus Demonstrationen und Drohungen von Radio und Presse herauszuhören. Plötzlich waren die Juden an allem schuld. Das antike Rom schien in seiner Grausamkeit zu neuem Leben in Großdeutschland wiedergeboren.

»Ist es nicht, als ob es heute wäre?«, fragte ich meine Mutter. »Es ist wirklich so«, gab sie zu.

Sie fand Trost darin, daß die Leiden der Christen sich jetzt bei den Juden wiederholten, und fühlte sich nicht länger dem Christentum so fremd wie einst.

Wenige Tage, nachdem ich Wien verlassen hatte, entschloß auch sie sich zur Taufe.

9

Trotz der neuen Verhältnisse beschloß ich, mit meiner Tochter weiter die Kirche von Sievering zu besuchen. Am Tor hing kein Verbot des Eintritts für mich wie an evangelischen Kirchen. Zwar belastete ich die Gemeinde mit meiner Gegenwart unter den neuen Umständen. Aber die Weinbauern und Villenbewohner, die den Großteil der Besucher bildeten, wußten längst, wie es um mich bestellt war, und schienen mich auch jetzt nicht zu verwerfen. Schon am ersten Sonntag nach dem »Anschluß« mußten die Katholiken beim Verlassen der Kirche ja erfahren, daß wir gemeinsame Widersacher hatten. Da zog »Hitlerjugend«, mit Hakenkreuzfahnen an der Tête, die Straße herauf und sang Trotzlieder. Als die Demonstranten am Kirchenportal vorüberzogen, erhoben sie die Stimmen und ließen uns bei stampfendem Marschtritt ihr

»Und wer sich uns entgegenstellt,
    den machen wir zunichte!«

hören.

Die Weinbauern sahen darüber weg, daß ich so gesunken war. Gewiß konnte ich die eine oder andere verlegene Miene bemerken, wenn Bekannte mit mir gemeinsam das Kirchenportal verließen und sie also fürchten mußten, daß es wie früher zu einer Begegnung auf der Straße, vor Zuschauern, kommen könne. Ich blieb deshalb mit meiner Tochter noch ein bißchen länger in der Kirche oder bremste den Schritt unter dem Torgang. Ein gewisses schweigendes Übereinkommen kam mir zur Hilfe.

Die neue Zeit war jedoch unerbittlich auch hier eingedrungen. Schon bald nach den Märztagen hörte ich den Katecheten von der Kanzel dasselbe predigen, was die alte Böhmin vor der Villa der drei Selbstmörder gesagt hatte: »Die Juden werden jetzt bestraft für ihre Taten.«

Der Pfarrer des Ortes, der mich getauft hatte, hätte freilich nie solche Worte gebraucht. Aber offenbar beeinflußt von seinem militanten Unterpriester, ließ er sich zu einer Handlung bewegen, die mir das Betreten der Kirche verleiden sollte. Er hatte eine Glocke gießen lassen, in deren Erz das Porträt des »Führers« ausgeprägt war. Mit einer entsprechenden Inschrift versehen und mit Tannenreisig festlich geschmückt stand die Neuerwerbung in der Mitte des Raumes gegenüber dem Altar, allen Eintretenden sichtbar. Der Pfarrer gab vor der Messe bekannt, daß er entschlossen sei, sie nicht früher in den Glockenstuhl hängen zu lassen, bis die große Summe, die sie gekostet, auf Heller und Pfennig bezahlt sei. Er berief sich also als Ehrenmann auf die Loyalität der Gemeinde und damit auf das Bündnis von Kreuz und Hakenkreuz, das er jetzt voraussetzte.

Daß die Hitlerglocke im Turm der Sieveringer Kirche hing, sollte mich besonders in den Tagen des Kriegsendes beunruhigen. Ich fürchtete nämlich, daß die einmarschierenden Russen sie entdecken und in ihrer Wut über das angetroffene Hitlergesicht vielleicht an der gotischen Kirche selbst Rache nehmen und Feuer an ihr kostbares Schindeldach legen könnten. Das Denkmal aus dem Mittelalter könnte zerstört werden.

Die Russen okkupierten 1945 wirklich die Kirche, verwandelten sie in einen Pferdestall, so daß sie nach ihrem Abzug neu eingeweiht werden mußte. Aber sonst geschah ihr nichts. Im Glockenstuhl konnten sie die Glocke nicht mehr finden, weil man sie schon während des Krieges zum Kanonenguß weggeschafft hatte.

Zu der Zeit aber, da sie noch mit Reisig bekränzt auf dem Kirchenboden stand, hinderte sie mich daran, an dieser Stelle weiter zur Messe zu gehen. Ich fuhr statt dessen in die Stadt, in die Hofkapelle, die ich schon besucht hatte, als ich noch nicht Katholik war. Dort kannte mich niemand, und ich konnte in dem dichten Gedränge des Eingangs oder Mittelgangs — alle Sitzplätze waren lange vor Beginn besetzt — verschwinden. Einmal geschah es dort, daß ich neben einem SA-Mann zu stehen kam, der das Hakenkreuz als Armbinde trug. Bei der Wandlung knieten wir also gemeinsam nebeneinander.

*

Es predigte dort Pater Anselm Weißenhofer, der als Professor der Kunstgeschichte bekannt war. Als ob er wüßte, in welchem Elend sich seine Zuhörerschaft befand — es waren meist Aristokraten des alten Wien, die sich hier versammelten —, kam er an

mehreren Sonntagen auf das »Vater unser« zu sprechen und hielt
sich lange bei »Dein Wille geschehe!« auf. Ich entdeckte da zum
erstenmal, was es bedeutete, dieses Gebet, das ich täglich betete,
wirklich ernst zu nehmen. Die Zeit forderte von mir einen neuen
Einsatz von Geduld und Disziplin — ich sollte mich durch ihre
Schrecken nicht in Panik treiben lassen — und gleichzeitig auch
eine Selbständigkeit, die mich nicht dem Fatalismus verfallen ließ.
Es schwindelte mir vor dem Gottvertrauen, das ich erst erlernen
mußte, vor der Forderung, es ständig zu üben.

Ich fand mich also, wenn ich die Hofkapelle verließ, die von
der Musik Mozarts oder Haydns, von den Chören der Sänger-
knaben und dem Wohllaut der Instrumente erfüllt war, durch
Pater Weißenhofers Hinweis auf die wahre Haltung des Christen
tief erschüttert. Er brachte sie mir gegenüber dem Übermaß der
Prüfungen, die jetzt auf mich einstürmten, zum Bewußtsein. Es
wurde mir klar, daß ich viel zu ängstlich und wehleidig war, um
mich »Christ« nennen zu können. Ich sollte lernen, Leiden wie
ein Mann entgegenzunehmen, und nicht gleich, wenn ich einen
Schmerz erfuhr, auf seine Abwehr mich einrichten, ihn fliehen.

Auf der Rückfahrt in der Straßenbahn kamen dann die weiteren Folgen über mich, die sich aus Pater Weißenhofers Predigt
ergaben. Ich zweifelte daran, ob es überhaupt recht von mir
gedacht war, die Heimat zu verlassen. Wenn auch alle Verwandten und Freunde wie zu etwas Selbstverständlichem zu-
stimmten: War diese geplante Flucht nicht zugleich Flucht vor
einer auferlegten Aufgabe? Suchte ich durch die Auswanderung
im Grunde nicht dem Leiden zu entgehen, das Gott über mich
verhängt hatte? Sollte ich nicht in Österreich bleiben, es wenigstens *versuchen*, ob es ging?

Die Briefe, die ich jetzt wegen Verbindungen mit dem Ausland
schrieb, die praktischen Überlegungen wegen Paß, Visum, Permit,
die mich bis tief in die Nacht plagten — waren sie nicht ein Weg-
sehen, ein Umgehen von Gottes Willen? Und bedeuteten die
bisherigen Mißerfolge nicht einen Fingerzeig, daß ich das Gericht

auf mich nehmen sollte? Denn Gericht war es wohl, was mit mir vorging?

*

Ich konnte mich in den nächsten Tagen, mit der Predigt von Pater Weißenhofer im Herzen, in mein Schicksal ergeben, wenn ich durch die so veränderten Gassen Wiens ging. Beim Passieren von Caféhäusern, an deren Eingangstüren die Tafel »Juden ist der Eintritt verboten« hing, konnte ich ruhig darauf verzichten. Gut, dachte ich. Ich war einmal ein eifriger Caféhausgast gewesen, hatte meine Freiheit dort gefunden, wenn ich an der Scheibe saß und an einem Manuskript arbeitete. Es gelang mir leichter, an diesem fremden Marmortisch als zu Hause an meinem gewohnten Schreibtisch zu schreiben. Aber diese Zeit war vorüber. Ich machte einen Strich unter meine vergangene Caféhausfreiheit. Ich konnte ohne Wiener Caféhaus leben. Vorüber!

Ich hörte auch mit dem Briefschreiben ins Ausland auf. Es hatte zwar dieser tristen Zeit etwas wie einen neuen Lebensinhalt gegeben. Ich konnte mir, wenn ich die Post des Tages expediert hatte, sagen, daß er nicht ganz vergeblich vergangen war. Jetzt wendete ich mich anderen Arbeiten zu. Zu dem Roman, an dem ich vor dem Umsturz geschrieben hatte, fand ich zwar nicht mehr hin. Aber ich konnte anderes wenigstens skizzieren, was sich, wenn ich doch ins Ausland käme, dort verwenden ließe. In der Tat sollten die Gedanken, die ich damals unter dem Titel »Die Märtyrer und die Kultur« aufzeichnete, zum Thema des ersten Vortrages werden, den ich in Schweden — in Uppsala — hielt.

Ich hatte viele Jahre für das »Deutsche Nachrichtenbüro« in Berlin über Wiens Sehenswürdigkeiten und Altertümer geschrieben, und die Artikel waren dort gut aufgenommen und honoriert worden. Der Leiter des Ressorts, der Schriftsteller Gerhard Bohlmann, hatte mir sogar seinen jüngst erschienenen Roman über den Cäsar Diokletian gesendet. Es war zwar ausgeschlossen, daß ich persönlich die Verbindung aufrechterhalten konnte, doch kam ich auf den Gedanken, Beiträge jetzt unter dem Namen meines Freundes Toni Melchart dorthin zu senden. Seine arische Abkunft war nicht anzuzweifeln. Als ich ihm den Vorschlag machte, war er mit Freude einverstanden, fand auch für sich kein Risiko dabei. Er besorgte also meine Sendungen unter seinem Namen und hoffte, das Honorar, das pünktlich einzutreffen pflegte, bald für mich zu empfangen.

Als ich eines Vormittags an das Fenster meines Kabinetts trat, sah ich Toni unten auf der Straße gehen. Er winkte mir lebhaft entgegen, und als er zu unserer Freude bei uns eintrat, war es kein Zweifel, daß er wichtige Nachrichten zu überbringen hatte. Das Geld aus Deutschland war gekommen! Er holte es gleich aus der Brieftasche hervor und zählte uns einen blauen 10-Mark-Schein nach dem anderen auf den Tisch — das Honorar für zwei Beiträge. Soviel Banknoten hatte ich schon lange nicht gesehen. Wir waren für einige Zeit gerettet. Auch Toni, der selbst in Armut lebte, konnte an dem Gewinn teilhaben.

Ich erinnere mich jedoch nicht, daß wir diesen Versuch fortsetzten. Es blieb bei dem einzigen Mal. Auf die Dauer falsch zu manipulieren, nahm uns die Lust zu weiteren Unternehmungen. Damit fiel aber auch die letzte Aussicht weg, zu einem Verdienst zu gelangen. Und wovon leben, wenn ich in Wien blieb?

10

Trotz meiner bescheidenen Existenz als Schriftsteller war ich vernichtet. Ich konnte schon seit 1933 nicht mehr in Deutschland publizieren. Wenn ich ein Manuskript an eine Zeitung oder den Rundfunk von Köln, Königsberg, München, Breslau gesendet hatte, wo ich seit Jahren willkommen war, forderte man, den beiliegenden Bogen der »Kulturkammer« auszufüllen. Das Formular enthielt als wichtigste Rubrik Beweise für meine arische

Abkunft. Da ich diese aber nicht geben konnte, erübrigte sich jede Antwort. Mein Name wurde also nicht in die Liste der deutschen Autoren aufgenommen, und damit war von nun an jede Mitarbeit im Dritten Reich ausgeschlossen. Es blieben nur die Schweiz und Österreich übrig. Das helvetische Alpenland hatte jedoch viel weniger Bedarf an ausländischen Skribenten als Deutschland, und in meiner Heimat wurden Beiträge meiner Art schon zu Schuschniggs Zeit sehr eingeschränkt. »Sie haben leider keine arische Großmutter«, bemerkte 1935 ein Direktor des Wiener Rundfunks, der mir wohlgesinnt und durchaus nicht nazistisch war. In Graz konnte noch 1937 ein Buch von mir erscheinen, aber pseudonym. Indessen gelang es einem mir bekannten Schriftsteller jüdischer Abkunft zur gleichen Zeit, mitten im Dritten Reich nicht weniger als zwei Bücher unter vollem Namen herauszubringen — ein wahres Wunder. Es geschah freilich um den Preis eines literarischen Akrobaten-Kunststückes. Er verherrlichte die neue Ära als Erneuerung des deutschen Wesens.

Nach dem 13. März 1938 gab es natürlich auch in Österreich für mich keine Möglichkeit mehr, und da der Anteil der Schweiz kaum ins Gewicht fiel, hatte ich keine Einkünfte. Es blieb nur das Schreiben für die Lade übrig. Das tat ich denn auch, in der Hoffnung auf bessere Zeiten. Damit war eine jahrelange Bemühung, als Schriftsteller zu leben, an ihr Ende gekommen.

*

Ich hatte ursprünglich Naturwissenschaft studiert und nach meinem Doktorat als Chemiker in Wiener Industrien gearbeitet. Aber es wurde mir nach einigen Dienstjahren klar, daß mich der mechanische Laboratoriumsbetrieb meiner Brotfabrik auf die Dauer nicht befriedigen konnte: Jeder ankommende Wagen Mehl mußte geprüft und neue Getreidesiebe gefunden werden, ad infinitum. Ich verlor dabei den ganzen Tag von 6 Uhr früh bis 7 Uhr abends, da die Industrie am äußersten Stadtrand lag und ich ungefähr vier Stunden auf der Straßenbahn verfahren mußte. Zwar wollte ich meine Stelle, die zu dieser Zeit der zunehmenden Arbeitslosen eine Kostbarkeit war, nicht freiwillig aufgeben, doch kam mir die Fabrik zuvor. Sie entließ 1925 als Folge des wirtschaftlichen Niederganges Arbeiter und Angestellte in Massen, und die Nachricht überraschte mich, daß auch ich mich darunter befand. Als ich mich dann bei anderen Fabriken um Arbeit umsah, da ich heiraten wollte, fand ich an Gittern und Toren weithin sichtbare Anschläge, daß jede Neuaufnahme während des allgemeinen Abbaues gesperrt sei. Ich wurde also nicht einmal zur Vorstellung zugelassen.

Es half nichts: ich gehörte jetzt zu den »Arbeitslosen«. Da wurde es mir leichter, den Plan, den ich lange herumgetragen, zu verwirklichen. Ich wollte den Beruf des Chemikers aufgeben und mich als freier Schriftsteller versuchen. 1919 war mein erstes Gedichtbuch erschienen, es wurden weiter Verse und Prosa von mir gedruckt, und ich konnte nicht über Mangel an Einfällen klagen. Es galt, das Leben ganz neu anzufangen. Zu meinem Erstaunen gelang es. Meine Manuskripte erschienen in Österreich, aber auch in Deutschland und der Schweiz, meine Vorträge fanden für die Programme vieler Rundfunkstationen Anwendung. Mein Bruder Felix, über zehn Jahre älter als ich, half mir, mich in der Welt der Literatur zurechtzufinden. Zu dieser Zeit war er schon ein anerkannter Dichter, hatte Versbücher, Romane, Novellen, Essays und Stücke geschrieben. Sein klassisches Drama »Tantalos« war am Burgtheater aufgeführt worden. Er kannte Hugo von Hofmannsthal, Rainer Maria Rilke, Thomas und Heinrich Mann persönlich, und durch ihn lernte ich seine Freunde Stefan Zweig und Hans Carossa kennen.

11

Es lockte natürlich, an so weltoffenen Orten Gast zu sein wie in
der Grinzinger Villa des Romanciers Jakob Wassermann. In der
großen Halle und den Nebenräumen saßen an Abenden Künstler
und Schriftsteller, Tänzerinnen, Sängerinnen, Prominente aller
Art beisammen. Ich wurde Arthur Schnitzler vorgestellt und sah
ihn, der von untersetzter Statur war, mit der Schauspielerin
Annie Rosar Walzer tanzen — freilich anders als die übrigen. Er
schwang sich nicht im Kreis des Rhythmus herum, sondern trip-
pelte mit seiner Partnerin in der Runde, hob und senkte sich
dabei im Takt, was eher einen nervös-gnomischen als einen frei
beschwingten Eindruck machte.

Es gelang mir jedoch nie, über den äußeren Ring der Bekanntschaft hinauszukommen. Die Art, wie Jakob Wassermann
als Hausherr uns begrüßte, erleichterte es uns nicht, sich ihm zu
nähern. Er drückte dem Gast kaum die Hand, öffnete dann seine
Finger so schnell und weit, fast demonstrativ, daß sie wie ge-
spreizt wegstanden, und wendete sich dem nächsten zu. Nach dieser Zeremonie, die eher befremdete, verschwand er mit seinen
Bevorzugten, meistens Damen, durch die Tür, von der man
wußte, daß sie zur Treppe des Arbeitszimmers im Turm der
Villa führte. Ich hatte also nie Gelegenheit, mit ihm ein einziges
Wort zu wechseln. Er blieb der Stern des Hauses, der berühmte
Dichter, der den Roman »Caspar Hauser« geschrieben hatte, ein
Meisterwerk der Erzählungskunst, das ich bewunderte — aber
unerreichbar.

Natürlich verstand ich, daß sich ein Mann von seinem Rang
nicht mit den vielen Zufallsgästen einlassen konnte, die seine
Frau Julie einlud. In der Begrüßung lag auch etwas wie ein Protest gegen die Gesellschaft, die sein Haus ständig füllte. Vielleicht
war das Arrangement gut von ihr gemeint. Vielleicht wollte sie
ihm Bekanntschaften mit dem Leben, reiches Material für seine
Bücher verschaffen? Sein dunkler Röntgenblick schien jedoch zu

erfassen, daß es hier von Kultursnobs und Literaten wimmelte, eine Sorte, für die er nicht viel übrig hatte und zu der er offenbar auch mich zählte.

Erst später erfuhr ich, daß er sich in diesem Jahr 1919 in einer Krise befunden hatte. Er sollte sich bald von Frau Julie scheiden, seine vier Kinder und die Villa verlassen und sich in Alt-Aussee mit einer anderen Frau niederlassen. Das Leben in Wien war für ihn zu Ende. Er ertrug weder die Stadt nach dem Sturz der Monarchie länger, noch auch den Zustand, in den sein Heim während der Jahre geraten war. Die Stille der Alpennatur, wohin er sich jetzt, fern aller Literatur, zurückzog, erschien ihm wohl als einzige Rettung für sein weiteres Schaffen.

Die junge Generation, der ich dort begegnete, war sicher nicht nach Jakob Wassermanns Geschmack, dem eine in gewissem Sinn deutsche Lebenshaltung vorschwebte. Es waren Bohemiens, die sich mit den neuesten Büchern wichtig machten. Mit geflügelten Ausdrücken wie »Gottvoll«, »Unerhört« und dem entwaffnenden »Das haben Sie noch nicht gelesen? Das müssen Sie noch heute nacht nachholen« setzten sie mir das Messer an die Brust oder vernichteten andere mit dem verächtlichen Urteil: »Der ist eine Null.« Bekam ich dann das Buch des Favoriten, hatte ich es oft nicht leicht damit. Ich konnte, sosehr ich's versuchte, in den artifiziell anmutenden Ton nicht einstimmen. Die Verse wirkten im Rausch hervorgebracht oder affektiert in der Sucht nach Sensation oder als kaltes Wort-Experiment geschrieben. Wohl verrieten sie Talent. Hätte ich mich aber in ähnlichen Bahnen bewegt, wäre ich nicht weit damit gekommen. Der innere Vorwurf, unwahr zu sein, hätte das Ganze schnell in Frage gestellt. Es wäre mir schließlich nichts anderes übrig geblieben, als meinen Versuch zu zerreißen und in den Ofen zu stecken und mir zu geloben, mich nicht wieder zu so etwas verführen zu lassen.

Es konnte trotzdem geschehen, daß ich, obzwar Zuschauer, hier plötzlich in den Wirbel des Hauses geriet. Eines Tages erhielt ich die dringende Aufforderung einer mir unbekannten Hausfrau, die seit langem fällige Miete meines Zimmers zu bezahlen, von dem ich überhaupt nichts wußte. Es kam heraus, daß einer in der Gesellschaft mit der Frau eines Literaten, der dort verkehrte, sich auf meinen Namen ein Absteigquartier verschafft hatte, um selber unbekannt zu bleiben.

Der einzige, der mir in diesem Kreis nahe blieb, war Jakob Wassermanns ältester Sohn Albert. Er zeigte mir in seinem Zimmer den gerade damals erschienenen Roman seines Vaters »Christian Wahnschaffe« (in zwei Bänden) und dessen Widmung auf dem Vorsatzpapier. Die Art, wie er, hilflos lächelnd, darin blätterte, ließ mich ahnen, wie erdrückt er sich von diesem Werk fühlen mochte. Empfand er Forderungen darin, denen er nicht gewachsen war? Der Schatten des Vaters fiel auch über die drei anderen Geschwister, zwei dunkeläugige Töchter und den hellen jüngeren Sohn.

Frau Julie schien nach dem Exodus ihres Gatten noch verwirrter, als man es von der im Grunde gütigen Frau gewohnt war. Sie entstammte dem reichen Haus Speyer, hatte wohl durch ihr Vermögen dem Schriftsteller zu einem angemessenen Dasein verholfen, mit ihm lange Jahre der Ehe geteilt, und jetzt sollte sie sich mit einem Schicksal abfinden, das sie noch immer nicht begriff. So erzählte sie ihren Freunden von den bitteren, oft grotesken Einzelheiten, die sich durch ihre Weltfremdheit ergaben.

Ich besuchte das Haus, das sichtbar zerfiel, seltener, obzwar sich ein Rest von Gästen weiter zu literarischen Zirkeln dort zusammenfand. Sie schienen Beziehungen zu suchen, um ihre Bücher zum Druck zu befördern. Ich hatte keinen Ehrgeiz dieser Art, und die Bekanntschaften mit den Prominenten bedrückten mich. So hielt ich mich fern von dieser Welt, auch von den Wiener Literatencafés und ihrer Vortragsgeselligkeit — eine Flucht, die ich heute bedaure, da ich dadurch viel vom Leben der Zeit versäumt habe. Aber mein Weg war mir vorgeschrieben. Ich vertraute mich lieber der dunklen Nacht des Wienerwaldes an,

der nicht weit hinter der Villa Wassermann und ihren angrenzenden Weinbergen beginnt.

12

Einen ähnlichen Verlauf nahm meine Bekanntschaft mit Stefan
Zweig. Wenn sich bei Aufenthalten in Salzburg während der
zwanziger Jahre Gelegenheit für mich ergab, den Dichter in
seinem Heim auf dem Kapuzinerberg zu besuchen, führte mich
der Weg über Holzstufen an den barocken Figurengruppen von
Christi Leidensstationen vorbei. Es ist ein alter Büßerweg mit
den Szenen der Geißelung, Dornenkrönung, des Kreuztragens,
die in den hohen drei Kreuzen des Kalvarienberges ihren Abschluß finden. Indessen war der Klosterberg ein längst säkulari-
siertes Gebiet, wo sich Privatleute angesiedelt hatten, und der
Weg galt der musealen Bewahrung einer Salzburger Rarität und
nicht der Gelegenheit von religiösen Übungen. In einem Haus,
das noch in kaiserlichem Gelb gehalten war, einem früheren Jagd-
schlößchen, wohnte Stefan Zweig.

Beim Läuten öffnete ein Diener. Es konnte sein, daß er seinen Herrn entschuldigen ließ, da dieser die telefonische Vereinbarung nicht genau einhalten konnte. Statt dessen empfing mich
dann seine Frau Fridrike, die mir die Ursache der Verhinderung
erklärte. Ihr Gatte sei mit den letzten Korrekturen seines Buches
beschäftigt oder habe eine Berühmtheit der literarischen Welt zu
Besuch. Sie führte mich zu einem Gartentisch, wo sich ein großer
Hund zu unseren Füßen legte. Ein Mädchen tischte »die Jause«
auf, und im Gespräch über meine Geschwister und Wiener
Freunde verging das Warten auf den Hausherrn. Endlich erschien Stefan Zweig in kurzen Sporthosen, die Pfeife im Mund,
und holte uns ins Haus. Es war keine Spur an ihm zu merken,
daß er der damals berühmteste Schriftsteller Österreichs war,
dessen Bücher sich in allen Weltsprachen fanden. Sein Profil mit
der elegant geschwungenen Nase und dem bis zu den Flügeln

190

reichenden dunklen Schnurrbart schien noch seiner Arbeit zugewendet, während er sich auf den Besuch umstellte. Er lebte in
einer Welt, von der ich mir im Grunde keine Vorstellung machen
konnte, aber auch nicht zu machen brauchte. Denn Zweig kam
durch sein bescheidenes Wesen dem Besucher so entgegen, als
wollte er sich eigentlich mit ihm entspannen.

Ich erfuhr jedoch bald, wie exklusiv er in seinem Denken war.
Neben den Worten, wo der Mensch das Maß der Dinge bedeutet,
ließ er kaum anderes gelten. Es ergaben sich zwar von diesem
Zentrum aus Verzweigungen in die Gebiete des Psychologischen,
Tragischen, Abgründigen, Kuriosen, der Freudschen Psychoanalyse oder auch des heroisch Christlichen — ich denke an seine
Essays über Tolstoi oder Dostojewskij —, doch Zweig blieb gebunden an die menschliche Größe und ihre Macht, sich durchzusetzen. Das Originelle, Einmalige faszinierte ihn so, daß er es
immer wieder von neuer Seite beleuchtete. Und dies vermochte er
wie nur wenige.

Es war kurz nach Hugo von Hofmannsthals Tod (1929), als
ich ihn besuchte. Er hatte anscheinend erst jetzt die Gedichte des
Gymnasiasten Hofmannsthal entdeckt, die dieser mit dem Pseudonym »Loris« gezeichnet hatte. Sie übertrafen seiner Meinung
nach alle moderne Lyrik. Es schien ihm »phantastisch«, was
dieser Dichter mit 16 Jahren hatte schaffen können, eine Höhe,
die weder von ihm selber noch von anderen erreicht worden sei.
Zur Bekräftigung las er mir einige Verse vor, mit einer Hingabe
und Betonung der ästhetischen Form, daß mir seine Begeisterung
einleuchtete. Es verhielt sich wohl so, wie er sagte.

Als er geendet hatte, lag die Wehmut eines Abschiedes über
ihm. Die Gedichte, erklärte er, seien letzte Zeugnisse dichterischer
Sprachkraft, die es in dem europäischen Untergang von heute
nicht mehr gäbe. Die Gestaltung nehme katastrophal ab. Wir
stürzten in ein Wellental literarischer Armut und Barbarei, woraus
es kein Erheben mehr gäbe. Ich habe später oft an diese Prophe-
zeiung gedacht. Zweig besaß einen untrüglichen Sinn für die

Zeichen der Zeit. Ich konnte jedoch seinem Kulturpessimismus nicht völlig zustimmen. Seine Schwärze ließ keine Hoffnung zu. Warum sollte außer Loris' Gedichten, so herrlich sie sein mochten, soviel anderes in den Schatten gestellt sein? Die Exklusivität so strenger Maßstäbe entwertete ja Dinge, die immerhin auch Beachtung verdienten. Wie stand es etwa mit Georg Trakls Dichtung? Das war nicht Hofmannsthalsche Klassik. Aber eine verzweifelte Seele kam dort zu hohem künstlerischen Durchbruch.

Es war jedoch unmöglich für mich, einer Opposition solcher Art Gehör zu verschaffen — gewiß nicht seine Schuld. Wenn aber Stefan Zweig von einem Gedanken erfüllt war, befand er sich wie in einer magischen Glocke, die undurchdringlich schien. Ich verstummte. Auch sonst empfand ich Widerspruch gegen eine so geprägte Welt. Wenn er plötzlich Schriftsteller angriff, weil sie nicht praktisch seien und ihre Bücher ohne die nötige Rücksicht auf das Publikum verfaßten, schien er mir nicht im Recht. Zweig kam von einer Industriellenfamilie, wo einem sozusagen das Gespür für Qualität und Erfolg im Blute liegt. An sich war nichts gegen eine solche kommerzielle Rücksicht einzuwenden. Wie aber konnte er den von der Welt abgewendeten Künstlern und Denkern gerecht werden, die in Armut und Einsamkeit leben, um ihre geistige Botschaft zu erfüllen? Genügte es, sie mit dem Begriff »weltfremd« oder »Schöngeist« zu erledigen? Wie hätte sich Stefan Zweig etwa zur Gestalt des Volksschullehrers von Gablitz, Ferdinand Ebner, verhalten, der allein um sein Wort rang? Sein Erfolg war gleich Null. Er hatte es bei Lebzeiten zum Druck eines einzigen Buches gebracht. Mag sein, daß ich hier eine zu scharfe Scheidung treffe, Stefan Zweig Unrecht tue. Vielleicht hätte er, wenn er Gelegenheit gehabt hätte, in den verborgenen Winkel der Ebnerschen Existenz zu gelangen wie Ludwig von Ficker, diesen herrlichen Geist ebenso entdeckt wie die Gedichte von »Loris«. Denn er anerkannte neidlos fremdes Verdienst. Aber angesichts seiner strahlenden Essays überkam mich oft die Frage, ob er mit der Gebundenheit an das »Inter-

essante« nicht doch an tieferen Werten vorüberging. Es kommt
ja vom lateinischen »Interesse«, das heißt: »dazwischensein«, her.
Aber letzten Endes handelt es sich um das »esse«, das Sein, das
Entweder-Oder der geistigen Existenz, das die moralische Entscheidung in sich schließt. An dieses Unbedingte schien mir Zweig
weniger gebunden, da ihn das »Interessante« allzusehr fesselte.

Ich konnte mich freilich in diesem Sinn nie offen aussprechen,
da mir der Einwand nicht genügend klar war und ich den Takt
zu verletzen glaubte, der mir zukam. Das bereitete mir hinterher
Selbstvorwürfe. War ich nicht unaufrichtig gegen einen so freundlich und offen gesinnten Partner? Doch konnte ich nichts ändern an diesem einseitigen Gesprächsverhältnis. Ich hätte älter
und meiner Sache sicherer sein müssen.

Auch auf das »esse« der Religon ging Zweig nicht ein. Er
mochte sich hier einem Meer gegenüber fühlen, vor dem ihm
schwindelte, wenn es nicht mit psychologischen Begriffen zu
durchsteuern war. Was hätte er gesagt, wenn ich ihm bekannt
hätte, daß mir die Leidensstationen Christi, an denen ich auf dem
Weg zu seinem Haus vorbeiging, keineswegs nur die ästhetische
Pracht barocker Werkstätten bedeuteten?

*

Die politische Umwälzung der Zeit brachte auch hier früher nicht
denkbare Verschiebungen hervor. Es war 1933 oder anfangs 1934,
also bald nach Hitlers »Machtergreifung«, da ich Stefan Zweig
wieder begegnete. Er wußte bereits besser als die meisten in
Österreich, wie unabwendbar das Unheil herannahte. Längst trug
er sich mit der Absicht, den Salzburger Haushalt aufzulösen, die
Stadt, die so nahe der deutschen Grenze liegt, zu verlassen und ins
Ausland zu gehen. 1934 war der Entschluß gereift. Er emigrierte
nach England.

Die Stimmung gegen die Schloßherrschaft auf dem Kapuzinerberg mochte sich inzwischen immer mehr in Kühle und Aversion

verwandelt haben, die ihm das Leben dort oben erschwerte. Ich bekam tatsächlich einen kleinen Einblick, wie es damit stand, als ich sein Haus nach meinem letzten Besuch — mit ihm als Begleiter — verließ.

In der Garderobe hatte er mir plötzlich vorgeschlagen, auf dem Weg in die Stadt mit mir zu gehen. Das war noch nie geschehen. Er besuchte in der Getreidegasse ein kleines Café, wo er Schach zu spielen pflegte. So wanderten wir an den Leidensstationen in entgegengesetzter Richtung vorüber. Rührend einfach, mit der Pfeife in der Hand, ging er neben mir und erleichterte sein Herz von dem Druck der drohenden politischen Lage. Er gehörte ja zu den Autoren, deren Bücher nach Goebbels' Propaganda öffentlich in Berlin verbrannt worden waren, und diese Kränkung schien er nicht verwinden zu können. Er sah das Schlimmste voraus und sprach darüber, ohne seine Umgebung zu beachten, mit ziemlich lauter Stimme und weiten Gebärden auf dem Weg der Leidensstationen.

Da bemerkte ich, wie ein in Alpentracht gekleideter Bursche, der mit seinen weißen Strümpfen die damals verbotene Parteizugehörigkeit zum Nationalsozialismus kundgab, von einer Bank dem Vorübergehenden nachsah. Er schien ihn gut zu kennen. Denn sein Blick war voll von Haß und Hohn. Vorher hatte ich erfahren, daß anonyme Schmähbriefe im Hause Zweig keine Seltenheit mehr waren. Saß also der junge Mann hier, um ihm mit stummer Verachtung aufzulauern, wenn Zweig zu gewohnter — und ihm wohl bekannter — Zeit sein Café aufsuchte? Es gab ja keinen anderen Weg, um von seinem Haus auf dem Kapuzinerberg in die Stadt zu gelangen.

Ich ahnte nicht, daß dieser gemeinsame Gang von der Höhe unser letzter sein sollte. Das Schicksal machte uns für den Augenblick zu Freunden, und der große Unterschied des geistigen und sozialen Ranges, der sonst unsichtbar da war, aber auch die Spannung zwischen den Lebensanschauungen waren verschwunden. Merkwürdig war immerhin, daß wir die Leidensstationen in umgekehrter Richtung passierten. Wir beachteten, beide unglücklich über die Entwicklung der Dinge in Deutschland, das Symbol nicht, das uns überschattete. Wir kamen ja *vom* Kalvarienberg, von seinen drei hohen Kreuzen, und das erinnerte mich an den Tag der Kreuzigung, wo das zurückströmende Volk davonfloh von Golgatha, um so rasch als möglich hinter den Schutz der Tore von Jerusalem zu kommen.

*

Ich befand mich im letzten der drei überaus strengen Winter während des Zweiten Weltkrieges als Emigrant in Schweden, hatte aber im Februar 1942 zum erstenmal nach einer Reihe von Asylen Gelegenheit gefunden, eine eigene Wohnung zu mieten. Ein Nomadendasein von vier Jahren war also zu Ende. Jetzt sollte ich, wenn auch im fremden Land, wieder Boden unter den Füßen spüren. Das Ganze war ohne mein Dazutun, ja ohne meine Absicht geschehen, als wäre es uns endlich vergönnt worden.

Die beiden Zimmer hatten freilich nur Holzwände zu ebener Erde, ohne Unterkellerung, und ließen deshalb die grausamste Kälte — 30 Minusgrade — fast ungehindert durch, als wären sie von Papier. Mit Mühe gelang es mir, durch ständiges Einheizen im Kachelofen eine erträgliche Temperatur zu erreichen. Als einziges Brennmaterial stand nur teures Kleinholz zur Verfügung — unsere Reserven waren für die Anschaffung des kleinen Hügels aufgegangen —, das von Nässe geradezu zischte.

Ich versuchte wieder einmal, diese Scheite zum Brennen zu bringen, und hielt für den Augenblick, da sie schnell wieder in rauchiges Schwelen übergehen sollten, eine der Zeitungen zum Unterzünden bereit, die der frühere Mieter zurückgelassen hatte. Es war ein Stockholmer Abendblatt älteren Datums, das mir dabei in die Hände fiel. Als ich eben die Titelseite überflog, entdeckte ich zu meinem Erstaunen an ihrem unteren Rand ein Jugendbild von Stefan Zweig. Von einer Sekunde zur andern hatte ich die Überschrift gelesen, die seinen Tod meldete. Er war in Petropolis, nahe Rio de Janeiro, mit seiner Frau freiwillig aus dem Leben gegangen. Die Nachricht stammte vom 22. Februar, dem Datum unseres Umzugs, lag also ein paar Tage zurück. Sie stand in der letzten Zeitung, die der frühere Mieter hier gelesen hatte.

Das Ganze war zunächst unfaßbar. Von Stefan Zweig hatte ich seit langem nichts mehr gehört. Das Aufbruchsjahr 1938 hatte mich noch in kurze briefliche Verbindung mit ihm gebracht, dann aber hatte ich jeden Kontakt verloren. Es schien mir sicher, daß sich der Dichter, der sich gerade mit einem Buch über Brasilien neuen Ruhm erworben hatte, jenseits des Atlantiks in einer weit besseren Lage befand als wir in Schweden, wo wir noch immer jederzeit mit einer Invasion und Okkupation zu rechnen hatten. Wie ließ er sich mit seiner Frau, die ich als ruhige, besonnene Dame kannte, fern von unserem so gefährdeten Europa zu einer solchen Verzweiflungstat bewegen?

Erst allmählich begann ich die Zusammenhänge zu verstehen. Ich erfuhr, daß Stefan Zweig geschieden war und es sich um die Frau aus der zweiten Ehe handelte. »Die Welt von gestern«, ein Buch, das noch im gleichen Jahr in einem geflüchteten deutschen Verlag Stockholms erschien, ließ die Hintergründe zu diesem Entschluß klarer hervortreten. Er konnte, als der europäische Humanist, der er gewesen, die Verwüstung der Kultur, die er lange vorausgesehen und jetzt von einem fremden Kontinent aus in beunruhigendem Tempo anwachsen sah, nicht länger ertragen. In der ersten Hälfte des Jahres 1942 schien das Dritte Reich in einer unabsehbaren Zunahme seiner Macht begriffen und in der ganzen Welt ein Umsturz bevorzustehen, der Hitler etwas wie eine Weltherrschaft in Europa sicherte. Die Phantasie reichte nicht aus, um sich die schrecklichen Folgen vorzustellen, und Stefan Zweig fand also in seinem »unseligen Pessimismus«, wie er ihn nannte, seine schwärzesten Vermutungen bestätigt. Er hatte sich während eines ganzen Lebens der Welt verschworen, die er jetzt zusammenbrechen sah. Da war es für ihn eine Ehrensache und zugleich ersehntester Wunsch, diesem Elend zuvorzukommen.

13

Seit den zwanziger Jahren wirkte mein Bruder als Professor der deutschen Literatur an der Universität Palermo, später in Padua, und verließ Italien erst nach dem Umsturz in Österreich 1938, da er auch dort nicht länger bleiben konnte. Er berührte aber seine Heimat auf unsere Bitten nicht, sondern fuhr in die Schweiz und von dort nach England, um für meine Mutter, Schwester und sich ein Asyl vorzubereiten.

Während der Jahre seines italienischen Aufenthaltes war der Kreis von Dichtern, Philosophen, Künstlern, Intellektuellen, der sich früher um ihn und meine Schwester versammelt hatte, auf sie und meinen Schwager, Dr. Hans Prager, übergegangen. Es gab dort immer Diskussionen über neue Bücher und Themen, und fast jedesmal las jemand aus einem gerade vollendeten Manuskript etwas vor. Zu den vielen, die in der kleinen, oft dicht gefüllten Wohnung daran teilnahmen, gehörten die beiden Jugendfreunde Otto Weiningers, die Philosophen Emil Lucka und Oskar Ewald, der westfälische Lyriker Hans Leifhelm, der schon 1932 vor den »Bluthunden Deutschlands«, wie er sie nannte, geflohen war, obwohl man ihn dort mit dem Preis »Dichter der Nation« zu sein, locken wollte. Er lebte seither in Graz. Unter den Gästen befand sich oft auch der Lyriker Ernst Lissauer, berühmt durch seinen »Haßgesang gegen England«, während des Ersten Weltkrieges geschrieben, der aus Berlin geflüchtet war, ferner die Übersetzerin der Selma Lagerlöf, Marie Franzos, die Dichterinnen Alma Johanna König, Erika Mitterer, Alma Holgersen, der Biograph Stefan Zweigs und Herausgeber der »Europäischen Revue« Erwin Rieger und unser aller Liebling, der Bibliothekar der Wiener Universität Hofrat Eugen Antoine, der für Unterhaltung sorgte. Andere als Kunsthistoriker, Bildhauer, Maler bekannte Personen nahmen teil. Das intellektuelle Leben Wiens spiegelte sich auf seine Weise in diesem Kreis des geistreichen Übermuts und Humors, der sich oft in ungewöhnlichen Gedanken und düsteren Ahnungen erging, als ob man wüßte, daß die Mehrzahl derer, die dichtgedrängt um diesen Tisch und auf dem Sofa saßen, das Jahr 1938 nicht lange überleben würden.

Die Gespräche kreisten natürlich um politische Ereignisse, besonders seit 1933. Hatte früher das Buch Oswald Spenglers »Der Untergang des Abendlandes«, das sein Rassebewußtsein nicht verleugnen konnte, einen Schatten über uns geworfen, so war es jetzt Alfred Rosenbergs »Mythus des XX. Jahrhunderts«, das uns noch mehr erschreckte und unsere verzweifelte Kritik herausforderte. Gewiß nahm man die oft unverständlichen Thesen seines halb primitiv-engen, halb snobistisch-anmaßenden Antisemitismus nicht ernst. Aber sie beunruhigten, weil wir ja Zeugen ihrer Auswirkungen im Dritten Reich waren. Mein Schwager ironisierte pathetische Ausdrücke, wie »Schopenhauer ist unser«, da man sich ja vorstellen konnte, wie grimmig der weltweite Philosoph auf eine solche Ehre reagiert hätte. Oder er zerpflückte die Argumente für den unglücklichen Blut-Nationalismus, der bei Rosenberg die Stelle der Religion einnahm. Ja, wir lachten überlegen, im Gefühl unseres Rechthabens − sonst ließ sich dieses Unerträgliche ja nicht ertragen −, bis uns allerdings nach Hitlers Worten »das Lachen gründlich vergehen sollte«.

Es kamen auch Schriftsteller aus dem Reich zu Besuch. Unter ihnen ein Lyriker, an dessen Buch »Die Gandhirevolution« − er war sein Herausgeber − ich mit einem Essay teilgenommen hatte. Da er sich weiter als Apostel der Gewaltlosigkeit gab und schwungvolle Verse verfaßte, schien er unser Vertrauen zu verdienen. Wir rechneten es ihm auch als Zeichen von Solidarität an, als er der versammelten Tafelrunde »die neueste Probe nazistischer Geister« vorlegte − frisch aus Berlin mitgebracht − und nun von Hand zu Hand gehen ließ. Es war ein kleines, walzen-

förmiges Bonbon, das statt der roten Fruchtfülle ein schwarzes
Hakenkreuz im weißen Zuckermantel trug. »So sieht es also mit
der Kultur des Dritten Reiches aus«, teilte er uns zwinkernd mit.
Wir applaudierten zu seiner Sensation und glaubten, daß wir
einen alten Freund in ihm hatten, bis wir eines Tages — er war
lange Zeit ausgeblieben — erfuhren, daß der »Gewaltlose« in das
Kulturreferat von Dr. Joseph Goebbels' Propagandaministerium
hinübergewechselt war. In welchem Zusammenhang mit dem
neuen Beruf standen wohl seine vielen früheren Wien-Besuche?
Mein Schwager und meine Schwester suchten dem wachsenden
Schatten durch Lesungen aus Büchern der Weltliteratur zu begegnen. Zuerst waren es Dostojewskijs Romane — er hatte selbst
ein vielbeachtetes Buch über den russischen Dichter geschrieben —,
die uns von der ständigen Drohung des Tages ablenkten. Und
dann, als richtige Antwort auf Rosenberg, kamen in Zyklen lange
Stellen aus Platons »Staat« daran. Man las eine Stelle und sprach
dann darüber. Es war schön, den Traum des griechischen Philosophen weiterzuträumen, der die Gemeinschaft durch Weise re-
gieren läßt — anders wie in der Wirklichkeit von heute.

14

Das Jahr 1938 versetzte mich auf Schritt und Tritt in diese neue
Wirklichkeit. Schon allein das Lesen der Zeitung war eine Pein.
Es war am besten, sie überhaupt nicht aufzuschlagen. Die Spalten
der liberalen »Neuen Freien Presse« standen jetzt so gut wie ausschließlich Hitler und seinen Größen zur Verfügung. Seine Reden
in Linz und Wien, vom Ringstraßen-Hotel »Imperial« aus, auf
dem Heldenplatz und, nach seiner triumphalen Rückkehr in Berlin, von »Dr. Goebbels und der alten Garde« gefeiert, die Aus-
lassungen seiner Paladine, von Göring in Wien, der schon mehrmals das Kunstmuseum wegen seiner bestimmten Interessen inspi-
ziert hatte, des neuen Gauleiters Bürckel, der doch bald »Bierleiter

Gaukel« heißen sollte, von Baldur von Schirach bei den Jugend-
verbänden, von Reichsminister Schacht an anderen Orten — das
alles wurde uns ständig als kostbarster Lesestoff angeboten. Was
dem Hörer vom Rundfunk her eingehämmert wurde — wie sehr
Österreichs Volk in seiner Deutschheit durch die untermensch-
liche Clique Schuschniggs unterdrückt gewesen —, das sollte er
weiter bis ins Kleinste täglich gedruckt vorfinden. Die Luft war
zum Ersticken.

Die Verdüsterungen erreichten uns jedoch aus nächster Nähe.
Unsere kleine Tochter, die die dritte Klasse der Volksschule
besuchte, kam weinend nach Hause. Sie hatte in der Zeichenstunde
das Hakenkreuz nicht mitzeichnen dürfen, sondern unterdessen
mit einem Kind mosaischer Religion untätig in der Bank sitzen
müssen — eine Art Strafe. Um sie zu trösten, setzte ich mich mit
ihr an den Tisch, sie holte aus der Schultasche Malheft und Stifte
hervor, und so vollbrachten wir in gemeinsamer Anstrengung
den Umriß zu dem Ornament, das ihr verboten gewesen. Zum
erstenmal zog ich mit ihr die Linien der Swastika nach, die mir
in ihrer Spinnengestalt, ihrer magisch rotierenden Dämonie und
feindlichen Beziehung zu mir selber immer fremd und unheimlich
gewesen. Groß und schön gefärbt zog sie sich nun über das ganze
Papier. Dieser Urquell ungezählter Tränen stillte diesmal die
Tränen meines Töchterchens.

Die Schikane, der das Kind jetzt ausgesetzt war, bedeutete
jedoch nur den Anfang. Ihre Deklassierung in der Schule ging
weiter. Sie wurde aus einer der vorderen Reihen in die hinterste
versetzt, wo sich sonst die schlechten Schüler und Repetenten
aufzuhalten hatten. Das wäre an sich nicht schlimm gewesen. Aber
die Kameraden merkten, daß hier die Schande der Klasse saß. Sie
und die kleine Jüdin wurden dadurch in ihren Augen vogelfrei.
Man konnte mit ihnen machen, was man wollte. Die Folgen sollten sich bald einstellen.

Um sie gegen Überfälle zu schützen, begann meine Frau, sie
von der Schule abzuholen. An einem der nächsten Tage lief ihr

das Kind schon in der Mitte des Weges entgegen. Das heißt: Hilde lief nicht, sondern flog ihr in die Arme, atemlos, ein einziges Entsetzen. Die Kinder, mit denen sie sonst friedlich zu gehen pflegte, hatten sie plötzlich beschimpft, daß sie eine schmutzige Jüdin sei und nicht mehr in die Kirche gehen dürfe, hatten sie geschlagen und ihr, als sie flüchtete, Steine nachgeworfen. An der Straßenbiegung standen trotzig die Verfolger.

»Das ist doch nicht wahr, daß ich nicht in die Kirche gehen darf«, rief sie schluchzend. »Ich bin doch katholisch.«

Meine Frau nahm sie an der Hand und führte sie ins Haus.

Wir hatten nie mit ihr über Religion und Konfession, aber auch nicht über Rassen und politische Richtungen gesprochen, sondern die Fragen einem reiferen Alter vorbehalten. Sie wußte also nichts davon, sondern nur von ihrer eigenen Religion, für die sie, wie Tausende ihres Alters, eine gläubige Empfangsbereitschaft zeigte. Auch unsere Gedanken über den Nationalsozialismus teilten wir ihr nicht mit, weil Gefahr bestand, daß man sie aushorchte. In dieser Klemme, dem Kind nicht die ganze Wahrheit sagen zu können und doch bei der Wahrheit zu bleiben, suchte ihr meine Frau das Geschehene zu erklären.

»Dein Vater ist jüdisch.«

»Aber er ist doch katholisch«, beharrte sie.

Es war nicht möglich, ihr den Zusammenhang verständlich zu machen.

Die Aussicht, daß unser Kind auf die Dauer einem solchen Druck ausgesetzt sein sollte, war unerträglich. Wenigstens für *sie* mußte Hilfe geschaffen werden, wenn *wir* schon verurteilt sein sollten, in dieser Hölle weiterzuleben.

Ich schrieb einer Cousine, die Nonne und Schulschwester in der Schweiz war, einen Brief mit der Anfrage, ob unsere Tochter in ihr Züricher Internat kommen könne. Zu meinem Erstaunen erhielt ich umgehend eine Absage. »Leider muß ich Dir mitteilen, daß es *nicht* möglich ist, Hilde nach Zürich kommen zu lassen«, erwiderte sie. »Die betreffende Familie, die ich in Aussicht hatte, kann das Kind nicht nehmen. Und ich habe, gerade durch einen Fall, der kürzlich passierte, gesehen, daß es unter den heutigen Umständen doch gewagt ist, ein Kind in die Schweiz kommen zu lassen, wenn keine finanziellen Mittel vorhanden sind. Die Fremdenbestimmungen sind eben bei uns sehr streng jetzt, und mit Recht, denn wir hatten eine Menge von allerlei Fremden. Die sind bereits alle wieder abgeschoben worden ... Ich möchte Dir ja gerne helfen, aber ich bin nicht selbständig, und das Kloster kann auch nicht machen, wie es will; es muß sich auch den gesetzlichen Bestimmungen unterwerfen ...« Es war also nichts mit diesem Plan.

Wir versuchten es trotzdem auf andere Weise. Durch Freunde, die lange auf Java gelebt hatten, kamen wir mit einer holländisch-indonesischen Familie in Verbindung — »half-cast«, wie es hieß —, Katholiken mit einer großen Anzahl von Kindern. Sie wollten gern Hilde in Holland übernehmen, und wir konnten also mit dieser Zuflucht rechnen. Da fand sich wenigstens *ein* Ausweg, wenn die Verfolgung zunehmen sollte.

*

Eines Tages fragte mich meine Schwester Käthe mit steinernem Gesicht, ob ich schon »die Tafel« vor der Oper gesehen habe. Als ich erwiderte: »Welche Tafel?«, meinte sie: »Geh hin und schau sie dir an!«

Ich fuhr noch am selben Tag in die Stadt. An der rechten Seitenfassade der Oper sah ich Passanten stehen, die sich gegen den Ring zu stauten. Ein Polizist regelte den Verkehr auf dem Bürgersteig. Schnell fand ich mich in einer nach vorwärts drängenden Menge und, der Opernauffahrt nahegerückt, erblickte ich ein von zwei Stangen hochgehaltenes Transparent, das gegen den Ring gerichtet war. Ich konnte weiter vorne endlich seine Aufschrift lesen. Mit Riesenbuchstaben stand dort: »Judentum ist Verbrechertum.«

Der Boden begann mir unter den Füßen zu wanken, als ich in diese drei Worte hineinstarrte und doch nichts anderes aus ihnen herauslesen konnte als das, was sie triumphierend bekanntgaben. Ein Polizist forderte barsch auf, nicht stehenzubleiben.

»Weitergehen! Weitergehen!« schrie ein anderer, und es blieb mir und den Passanten, in die ich eingekeilt war, natürlich nichts übrig, als dem Vogtbefehl zu gehorchen. Das abscheuliche Hetzblatt Streichers »Der Stürmer« war mit diesem Transparent bis in das Herz von Wien vorgestoßen!

Ich überquerte mit Mühe den Ring, wo ich mich auf der anderen Seite vor der Buchhandlung des »Heinrichshofs« postierte. Ich mußte wieder auf die Stelle vor der Oper hinübersehen, wo die Aufschrift stand; wie gebannt starrte ich in ihre Dämonie. Nicht weit von dort, in ihrem Schatten, saßen Herren und Damen an den Tischchen des Ringcaféhauses und genossen, allen sichtbar, ihr Privileg, hier erwünschte Gäste zu sein. *Sie* waren keine »Verbrecher«! Eine elegante Dame versuchte mit Mühe, ihr Schoßhündchen mit der grünen Leine an einen Stuhl festzubinden, ein Kavalier vom Nebentisch sprang auf, um ihr dabei behilflich zu sein — zum fröhlichen Einverständnis der Nachbarn. Indessen liefen die Kellner in weißen Röcken, um zu bedienen.

Ein Polizist näherte sich. Damit ich nicht wieder von meinem Standort weggewiesen würde, wendete ich mich um und tat so, als ob mich die Neuerscheinungen der Auslage interessierten. Sie war voll von nationalsozialistischer Literatur, und die Propaganda stach mir in die Augen. Ich schloß sie also, blieb aber stehen, bis ich sicher war, daß meine Füße mich wieder trugen.

Wie sollte ich nur nach Hause kommen? Ich war wie festgenagelt. Einen solchen monumentalen Haß, eine solche schamlose Verleumdung hatte ich noch nie erfahren. Wenn alle Juden Verbrecher waren, dann war ja ihre öffentliche Vernichtung etwas Gesetzliches! Dann standen alle Schleusen zu einem riesigen Massaker in Wien ja offen! Dann erlebten wir vielleicht schon in den nächsten Tagen Unabsehbares!

Das Grauen trat nicht so schnell ein, wie ich es befürchtete. Es dauerte noch ein paar Monate bis zur »Kristallnacht«. Aber ich ahnte ihr Hereinbrechen, als ich mich jetzt entschlossen umwendete und, ohne einen Blick auf das Transparent zu werfen, den Ring hinunterging.

Die Füße trugen mich noch immer nicht recht. Meine Ohnmacht, schreiendes Unrecht nicht ruhig ertragen zu können, ließ mich schwanken. Die Sonntagspredigten von Pater Weißenhofer waren in diesem Augenblick wie in die Tiefen eines Abgrundes gestürzt. In mir lebte nur ein einziger stummer Aufruhr. Wie sollte ich in einer solchen Welt des bösesten Hasses, in einer solchen Stadt weiterleben? Die Verfolger standen an allen Ecken und Enden. Die Luft war voll von Mord. Wohin wir uns wendeten, erwartete uns der grausame Tod.

II

15

Nur weg aus diesem Land! war also mein einziges Verlangen.
Aber wohin? — das war die nächste Frage. In welches Land sollten wir fliehen? Wer nahm uns auf?

Ich kannte Italien von vielen Reisen her, verstand auch seine
Sprache. Doch würden uns Mussolinis Behörden dort einlassen?
Vielleicht erhielt ich ein Visum für die bloße Durchreise und
dadurch Gelegenheit zu einer weiteren Flucht nach Jugoslawien
oder Frankreich? Ich konnte auf jeden Fall einen ersten Versuch
wagen.

Die italienische Botschaft lag in Wiens Zentrum, auf der
Freyung. In einem eleganten Barockpalais untergebracht, mit
exklusivem, ovalem Wappenschild und einer schräg geneigten
Fahnenstange über dem Balkon versehen, sah sie wie ein Muster
internationaler Repräsentanz und geradezu zwischenstaatlicher
Humanität aus.

Als ich an einem Junitag 1938 ihr Vestibül betrat, um mein
Gesuch einzureichen, fand ich es bis zum Tor vollgepfropft mit
Menschen, die offenbar alle wegen des gleichen Anliegens hierhergekommen waren. Auch die breite Treppe, die bis zur schön
umrahmten Barocktür des ersten Stockwerks anstieg, war besetzt
von Bittstellern, die Formulare in Händen hielten. Ich sah mich
um, wo diese Bogen liegen mochten, konnte aber keinen Tisch
entdecken. Wahrscheinlich mußte man sich zunächst einmal anstellen, um hinzugelangen, schloß ich und blieb stehen.

Mein Blick wurde indessen wieder auf Treppe und Tür gelenkt, wohin alle hier Versammelten strebten. Denn jedesmal, wenn sie sich öffnete, um erledigte Ansucher wieder zu entlassen, entstanden erregte Dispute mit den zwei Bediensteten, die zu beiden Seiten Wache hielten. In ihrer gelben Livree, mit Kniestrümpfen wie Lakaien alter Zeit, hatten sie beide Hände voll zu tun, um die jeweils vorstürmende Treppenbesatzung zurückzudrängen. Sie bildeten mit den Armen eine einzige Abwehr, stießen im Notfall besonders Zudringliche weg, damit sie den Türflügel wieder schließen konnten. Es war für sie sicher nicht leicht, gegen diese Übermacht der Verzweiflung anzukämpfen, die unwiderstehlich nachrückte. Das Schauspiel mochte sich schon viele Male — seit drei, vier Stunden — wiederholt haben. Denn die aufgeregten Dispute drehten sich darum, wer als nächster darankommen sollte, und setzten sich nach jeder Öffnung und Schließung fort. Ich konnte jedoch nicht bemerken, daß sich das Publikum durch die jeweils Ent- und Eingelassenen im geringsten verminderte. Immer noch stand ich eingeklemmt nahe dem Eingang auf derselben Stelle.

Die beiden Livrierten mochten athletische Kräfte besitzen, um hier Ordnung zu schaffen. Vielleicht betrachteten sie ihre Arbeit als Sport, für den es sich lohnte, zu leben. Vielleicht befriedigte es sie, einmal persönlich Macht ausüben zu können, die ihnen noch dazu die Anerkennung ihres Herrn, des italienischen Gesandten, eintrug. Auf der chaotischen Treppe ging es auf jeden Fall wie in Dantes Fegefeuer zu. Eine elegante Dame schrie auf, als ob sie einen heftigen Stoß oder Schlag vor die Brust bekommen hätte. Die Aufregungen der Bittsteller, auch untereinander, nahmen kein Ende. Es spielten sich wahrhaft Szenen von Desperation da oben ab.

Als ich nach stundenlangem Warten noch nicht einmal die erste Stufe erreicht hatte, begann es mir klarzuwerden, daß ich nach drei weiteren Stunden vielleicht auf dem untersten Absatz landen, dann aber sicher nach Haus geschickt würde. Der Kampf auf der Treppe konnte ja nicht bis Mitternacht weiterdauern. Da machte ich kurz entschlossen in der langen Queue, die mich einschloß, kehrt, bat die hinter mir Stehenden um Entschuldigung und arbeitete mich bis zum Haustor langsam vor. Als kleiner Straßenpassant würde ich hier nie im Leben zu einem italienischen Visum kommen — das stand fest. Da müßte ich schon sehr hohe Beziehungen haben. Aber woher diese nehmen? Und wenn sie vorhanden wären: wer von den Leuten in solchen Stellungen würde das Risiko übernehmen, mich in Mussolinis Italien einzuschmuggeln? Die Chance der Einreichung konnte ich mir also schenken.

Ich atmete auf, als ich wieder auf den Platz der Freyung hinaustrat. Um eine Erfahrung war ich freilich reicher: Wir galten jetzt nicht allein im Dritten Reich als Parias, sondern wahrscheinlich auch in allen anderen Ländern.

*

Wie kam ich weg von hier, wenn es so aussah? Ja, wer die nötigen Mittel hatte, bei dem ging es ja leicht. Aber wir anderen, ohne Ersparnisse, ohne Beziehungen, ohne Bürgen im Ausland — wie sollte das möglich sein?

Als ich, belastet mit solchen Fragen, durch die Kärntnerstraße lief, hielt mich ein Passant auf. Er zog mich am Rockknopf zur Seite und strahlte vor Freude, als ob er gerade jemanden gesucht hätte, um sich ihm mitzuteilen. Es war der Rechtsanwalt, der oft im Kreis meiner Schwester mit Gattin und Sohn verkehrt hatte, einer der lebhaftesten bei allen Diskussionen.

»Ich komme soeben von der amerikanischen Gesandtschaft. Einen Augenblick! Ich muß Ihnen etwas zeigen«, sagte er und zog aus der Brusttasche seinen Paß hervor.

»Da! Sehen Sie!« Er schlug das Heft auf und wies mit einem nervös zitternden Finger auf eine Eintragung.

»Das ist unser Visum nach den Staaten.« Ich blickte auf elegant hingeworfene Schriftzüge, die offenbar die Bewilligung für ihn und seine Familie darstellten.

»In vierzehn Tagen reisen wir.«

»Gratuliere!«

»Das ist mir lieber als ein Haupttreffer«, versicherte er, und ich verstand ihn nur zu gut.

»Vielleicht treffen wir uns auf dem Broadway«, meinte er zum Abschied.

*

Sperrten sich vielleicht die Nationen heimlich — aus Humanitätsgründen durfte so etwas ja nicht öffentlich geschehen —, und wir drängten uns und stießen uns in unzähligen Vestibülen und auf Treppen, schrien und kämpften mit livrierten Dienern oder zivilen Wächtern der Ordnung an unzähligen Stellen und doch — vollkommen vergeblich? Die Länder öffneten sich nur, wenn entsprechende Summen von Pfunden oder Dollars bezahlt wurden. Der Gedanke an Amerika fiel deshalb im voraus weg. Ich war nicht der Mann, der hier mit Erfolg rechnen konnte wie der Rechtsanwalt, der sich wahrscheinlich schon in New York befand. Aus gleichen Gründen waren auch die Länder der Übersee unerreichbar.

Es blieb also wieder nur Europa übrig. Aber auch hier war ich ratlos. Wie sollte ich unbekannte Menschen auf uns aufmerksam machen? Ich konnte wohl in die vornehme englische Gesandtschaft in der Wallnerstraße gehen, wo es kein Gedränge gab und auf Empire-Tischen Stöße von Formularen lagen. Es war das reinste Vergnügen, sich so einen Bogen zu holen, ihn sorgfältig auszufüllen und schließlich an der Sammelstelle einem höflichen Mann zu übergeben. Ich tat dies mehrmals, aber — erhielt weder je einen Bescheid noch überhaupt eine Bestätigung meines Gesuches. Die Ursache war wohl, daß ich keinen Engländer kannte, der genügend Ansehen besaß, um für uns zu bürgen. Das war aber die Bedingung, und wurde sie nicht erfüllt, so fiel jede Aussicht, dort ein Asyl zu finden, weg, und alles sorgfältige Ausfüllen leicht erreichbarer Formulare konnte ich mir sparen.

Wir hatten in letzter Zeit jedoch ausländische Bekannte in der Schweiz gefunden. Es waren Freunde meines Bruders, die er, von Italien gekommen, besucht und auf uns aufmerksam gemacht hatte. Eine englische Dame, die in der Nähe von Basel wohnte, schien uns für ihre Hilfe entdeckt zu haben und schrieb wahrhaft rührende Briefe. Sie bemühte sich aufrichtig, mir weitere internationale Verbindungen zu verschaffen. Das war eine neue Hoffnung! Ich befand mich plötzlich in einer weitverzweigten Korrespondenz, wo ich unbekannten Menschenfreunden unsere Lage schilderte, Fotos beilegte, unsere Möglichkeiten erklärte. Es kamen auch bald Briefe voll Teilnahme. Die meisten schlossen jedoch trotz aller Sympathie mit einem »leider«. Die Gesetze hätten sich verschärft, und die Beträge, die für uns erlegt werden müßten, waren hoch und drohten zu verfallen, wenn wir nicht rechtzeitig — innerhalb einer Frist — das Land wieder verließen. Es war verständlich, daß völlig Fremde sich nicht allzusehr für Unbekannte engagieren wollten.

In die Schweiz, wo sich die gütige Miß Baker für uns sorgte, wären wir natürlich gern gekommen, da es dort mit der Sprache am leichtesten bestellt war. Aber sie konnte mir diese Aussicht als Engländerin nicht anbieten. Sie hatte jedoch einen Ausweg gefunden. »Die einzige Möglichkeit, in die Schweiz zu kommen«, schrieb sie, »ist ein Visum für ein *anderes* Land. Dann ist es leicht erhältlich, sonst nicht (sie meinte die Bewilligung für den Aufenthalt) oder nach langer Zeit, und Sie wollen sich ja nicht hier niederlassen. Die Durchreiseerlaubnis erlaubt einen Aufenthalt von drei Monaten, daher mehr, als Sie benötigen.« Die Dame erklärte sich sogar bereit, die ziemlich hohe Kaution für uns zu erlegen, wenn ich nur ein anderes Visum gesichert erhielte. Sollte ich nämlich die Schweiz nach der festgesetzten Zeit nicht verlassen, verfiel die Kaution.

Es kam daher alles auf das zweite Visum an. Die Dame setzte sich mit Energie dafür ein. Sie kannte die norwegische Schriftstellerin Ingeborg Möller, von der sie annehmen konnte, daß sie zu den höchsten Stellen ihres Landes Beziehungen hatte, und zog sie ins Vertrauen. Frau Möllers Vetter bekleidete die hohe Stelle eines Staatsrats und früheren Ministers, und auf dessen Einfluß baute sie ihren Plan. Ich sollte durch ihn ein norwegisches Visum und damit einen vorläufigen Aufenthalt in der Schweiz erhalten.

Diesmal schien sich alles glücklich zu ordnen. Es standen so mächtige Personen hinter mir, wie ich sie mir nur wünschen konnte.

Sogleich unternahm ich die ersten Schritte, die auf mein Los fielen: ich ging zum Wiener norwegischen Konsulat. Auf dieses Land im hohen Norden schien man hier vergessen zu haben. Denn ich war neben einem Pelzhändler der einzige Besucher. Die Sekretärin versprach mir, in spätestens vierzehn Tagen Bescheid zu geben. Sie sah die Chancen als günstig an.

Wir kämen also nach Norwegen! Zum erstenmal nach langer Zeit erwachten wieder Freude und Zuversicht in mir. Die Tage begannen in guter Stimmung, und das sonst so schwer Erträgliche ließ sich leichter tragen. Es dauerte wohl nicht mehr lange, und wir fuhren übers Meer und hatten das Grauen für immer hinter uns! Das ferne Land, das ich aus der Literatur, besonders aus Hamsuns Romanen, kannte, würde uns aufnehmen, und ich konnte mir vorstellen, daß es nicht allzu schwer war, sich dort einzugewöhnen. Die Sprache verwandt der deutschen, die Menschen noch ursprünglich in ihrer Natur und Rechtschaffenheit!

Es kamen Briefe und Karten von Ingeborg Möller, in denen sie in ihrer feinen Handschrift freundliche und zuversichtliche Worte an mich richtete. Sie handelten auch von ihrem Vetter, dem Staatsrat. Aus der Schweiz erreichten uns neue Ermunterungen. Die Engländerin konnte uns volle drei Monate sichern. Es hing nur weiter alles von dem norwegischen Visum ab.

Ich besuchte nach vierzehn Tagen wieder das Konsulat, erkundigte mich bei der Sekretärin, erfuhr aber, daß noch keine Erledigung vorliege. So wartete ich eine gleich lange Zeit ab, ging wieder ins Konsulat, erhielt aber zu meinem Erstaunen dieselbe Auskunft: In vierzehn Tagen! Ein ganzer Monat war schon vergangen! Während ich mit ihr sprach, ging ein blonder Hüne durch den Raum, der mich kurz musterte. Er war, wie ich erriet, der Konsul selber, ein sympathischer Germane. Er würde mir, dachte ich, bestimmt mein Ansuchen befürworten, da Sympathie meistens gegenseitig ist. Ich stellte mich also nach weiteren vierzehn Tagen wieder ein, mit der festen Hoffnung, daß sich jetzt, durch den Einfluß des Staatsrats, etwas Entscheidendes zu meinen Gunsten ereignet habe. Diesmal bekäme ich das ersehnte Visum!

Auf meine Anfrage erfuhr ich jedoch dasselbe wie früher: Bis jetzt keine Erledigung aus Oslo.

Dem Pelzhändler — ein ständiger Kunde — fiel es schon auf, daß ich meine Besuche so oft wiederholte. Er fragte mich erstaunt, ob ich denn immer noch keinen Bescheid erhalten habe. Es sei ja keine Schwierigkeit, in Norwegen einzureisen. Die Sekretärin, die zugehört hatte, stimmte ihm zu.

Ich kam nach vierzehn Tagen wieder ins Konsulat — zwei Monate nach der ersten Einreichung. Aber ich erhielt wieder die alte Auskunft, daß kein Akt vorliege. Da erriet ich die Absicht, die hinter diesem Hinhalten stand, und das wohl Zwecklose aller weiteren Bemühungen. Ich besuchte von nun an das norwegische Konsulat nicht wieder.

In der Tat erhielt ich einen Monat später, als Schweden für uns schon entschieden war, einen Brief von Ingeborg Möller, der meine Ahnungen bestätigte.

Er lautete in ihrem Deutsch:

»Heute habe ich leider keine guten Nachrichten für Sie. Soeben rief mich unser guter Lensmann an und las mir telefonisch folgendes Schreiben vor, das er heute vom Centralpaßkontor in

Oslo erhalten hatte ... ›Wie Sie sehen werden aus den vorliegenden Aufgaben (Angaben), ist das Gesuch Robert Brauns um Visum oder Aufenthaltserlaubnis in der Realität ein Gesuch, nach Norwegen einzuwandern. Denn Italien hat jetzt strenge Restriktionen gegen deutsche Juden ausgefertigt, und die Schweiz hat Einreiseverbot für deutsche Juden durchgeführt. In diesem Falle wird das Gesuch von Robert Braun oder Ingeborg Möller nicht genügen. Denn eine Einreiseerlaubnis wird in diesem Fall dasselbe wie eine Aufenthaltserlaubnis für unbestimmte Zeit in Norwegen. Wir müssen daher genaue Aufgaben (Angaben) bekommen, wie er sich eine Existenz verschaffen will, und es muß (müssen) Garantien gestellt werden, daß er nicht dem Öffentlichen zur Last fällt. Diese zwei Sachen müssen aufgeklärt sein, ehe wir uns zu einer Stellungnahme entschließen. Das Centralpaßkontor in Oslo.‹

Nach diesem Schreiben scheint mir die Sache ziemlich hoffnungslos! Denn Sie werden sich in unserem kleinen Lande (3 Millionen Menschen) als *deutscher* Literat *nicht* durchschlagen können — die ›Eingeborenen‹ haben es oft eng genug!

Schweiz: Sie kommen nicht hinein, wenn Sie nicht *belegen* können, *wohin* Sie nach zwei Monaten hinreisen!

Es macht mich beinahe krank, daß die Welt so hart ist und daß man Freunden in der Not keine helfende Hand reichen kann!

Lassen Sie mich hören, was Sie zu machen denken! Ihr Schicksal ist mir sehr nahe getreten.«

Soweit die gütige Ingeborg Möller.

Ich glaube, heute zu wissen, warum der Staatsrat und frühere Minister keine günstige Erledigung meines Gesuches erreichen konnte — wenn er sich überhaupt um die Bitte seiner Cousine gekümmert hat. Das Wiener Konsulat befand sich ja im Raum des Dritten Reiches, und man dürfte dort den schon nahen politischen Erwägungen gefolgt sein. Schließlich befanden wir uns im Sommer 1938 nicht mehr weit vom 9. April 1940, dem Tag der Okkupation Norwegens und Dänemarks. Wir waren alle ahnungslos, wenn wir Günstiges für uns erhofften.

Der neue Mißerfolg schmerzte. Es gab jetzt keine Hoffnung mehr, in die Schweiz zu kommen. Die englische Dame, die uns so gern geholfen hätte, mußte ihre Pläne aufgeben. Norwegen blieb uns verschlossen.

*

An welches Land sollte ich mich jetzt wenden? Das einzige, das noch in Betracht kam, war Schweden. Ich hatte dort sogar einen Freund, Direktor eines Stockholmer Unternehmens, von dem ich annehmen konnte, daß er meinen Hilferuf hören und alles versuchen würde, um mich dorthin zu bringen. Aber ich war — es selber, der Hindernisse in den Weg legte.

Ich kannte Sigge seit meiner ersten Reise nach Schweden 1920. Damals war ich durch eine Hilfsaktion für Wiener Studenten hingekommen. Ein Großhändler, der eine Villa in Stocksund besaß, hatte sich bereit erklärt, mich für die geringe Gegenleistung, daß ich in seiner Familie deutschen Unterricht erteile, drei Monate lang aufzunehmen. Ich sollte für die Hungerzeit, die wir während des Ersten Weltkrieges mitgemacht, entschädigt werden.

Nun hatte ich 1917 die populäre theosophische Bewegung kennengelernt, die in Wien einen Sitz hatte, war zum Anhänger und Befolger ihrer Lehren geworden. Dazu gehörte ein strenger Vegetarismus. Der Mensch sollte keine Tiere töten, keine Leichen essen. Der Appell, der von Indien stammte, leuchtete mir ein, und da ich während der Hungerzeit wochen-, ja monatelang kein Fleisch genossen hatte, war es nicht so schwer, das unfreiwillige Entbehren zu einem freiwilligen zu machen. Es war eine Art Gelübde, und ich war fest entschlossen, daran auch in Schweden festzuhalten.

Im Haus des Großhändlers wollte man den Gast aus Wien

gewiß nicht darben lassen und sparte also nicht mit reichlicher Kost. Es kamen so enorme Braten auf den Tisch, wie ich sie noch nie gesehen hatte. Sie erinnerten an die Gemälde von niederländischen Mahlzeiten des 17. Jahrhunderts. Ich hatte von Anfang an meinem Hausherrn offen mitgeteilt, wie es mit mir stand, und er hatte keinen Einwand dagegen erhoben. Da es aber nur geringe Mengen Kartoffeln oder Gemüse gab und man natürlich keine Rücksicht auf meine Extravaganz nahm, mußte ich nach jeder Mahlzeit mitansehen, wie die köstlichen Speisen wieder hinausgetragen wurden, ohne daß ich sie berührt hätte. Ich stand also vom Tisch des Überflusses hungriger auf als zu Hause während der Kriegszeit, wo ich mich wenigstens an einer gewissen Menge von Ersatzmitteln hatte sättigen können. Freilich war ich selbst schuld daran. Doch nichts hätte mich bewogen, auch nur ein kleines Stück Fleisch zu genießen.

Da ich also nie satt wurde, suchte ich auf andere Weise meinen Hunger zu stillen. Ich hatte in Stockholms Altstadt ein Milchgeschäft entdeckt, wo ich für einen geringen Betrag gleich zwei Becher trinken konnte. Da mein Taschengeld nicht ausreichte, um zugleich die immerhin teure Fahrt für die lange Strecke nach und von Stockholm zu bezahlen, so pilgerte ich zu Fuß zu der Milchfrau und von dort wieder zurück. Auf dem Weg kam ich jedesmal an Männern vorüber, die heiße Würste verkauften. Der lockende Geruch von den dampfenden Kesseln, die diese kulinarischen Verführer in weißen Leinenröcken um die Brust gebunden trugen, stieg mir appetitlich in die Nase, und es kostete mich keine geringe Mühe, der Versuchung nicht zu erliegen. Aber ich blieb ein standhafter Zinnsoldat.

Der Großhändler hatte mich indessen darauf aufmerksam gemacht, daß sich ganz in der Nähe eine Villa befand, wo Theosophen an Sonntagen regelmäßig verkehrten. Ich ging dorthin und war bald ein willkommener Gast. Endlich fühlte ich mich irgendwo zu Hause. Man lud mich schließlich dort zum Wohnen ein. Und da mein Hausherr wegen seiner bevorstehenden Übersiedlung nach London meinen Aufenthalt auf die Hälfte gekürzt hatte, kam mir die Einladung wie gerufen.

Während der weiteren sechs Wochen 1920 war es nun, daß ich Sigge, einen warmen Anhänger der Theosophie, dort kennen lernte. Wir fanden uns bald zusammen, und eine aufrichtige Freundschaft verband uns. Sie setzte sich fort, als er mit anderen Schweden 1922 zum Theosophischen Kongreß nach Wien kam. Doch dieses Jahr wurde zugleich mein letztes in der Gesellschaft.

Sigge nahm die Nachricht von meinem Austritt als der Freund, der er war, ohne Vorwurf entgegen. Sie mußte ihn enttäuscht haben, aber es gab weiter keine Verstimmung zwischen uns. Doch wurden die Briefe seltener und hörten schließlich ganz auf.

In der Not des Jahres 1938 erinnerte mich nun meine Frau an den Stockholmer Freund und suchte mich zu bewegen, an ihn zu schreiben. Er würde sicher alles daran setzen, um uns zu helfen. Gewiß hatte sie recht, und ich selbst war nahe daran, ihrem Rat zu folgen, wenn mich plötzlich die Panik ergriff, die Grenzen würden gesperrt und es gäbe kein Entrinnen mehr. Wie sollte ich aber jetzt zu Sigge zurückkehren, den ich längst verlassen hatte? Und wenn es wirklich gelänge, daß er uns bei seinem generösen Charakter nach Schweden brächte — in welche Lage käme ich dann? Ich sah nun einmal mit ganz anderen Augen auf die Theosophie wie vor 18 Jahren.

Es kam zu keinem Brief an Sigge. Damit war aber — auch die Hoffnung Schweden verloren.

16

Wie es in Wirklichkeit aussah, wenn die vom Dritten Reich Ausgestoßenen ihr Land verlassen und in ein anderes kommen wollten, wußte in dieser Zeit niemand besser als *Stefan Zweig*. Er besaß ein untrügliches Zeitgefühl, hatte die Dinge kommen sehen und längst das »1933« in Österreich erwartet. In dem Drang, seiner Erkenntnis zu folgen, hatte er schon 1934 sein schönes Salzburger Schlößchen aufgegeben und sich in London niedergelassen. Von dort aus schrieb er am 1. Juni 1938 einen Brief an unsere gemeinsame Freundin, eine alte Lehrerin, nach Wien, die ihn, ohne mein Wissen, um Rat wegen mir gebeten hatte. Ein Auszug daraus kann zeigen, wie sehr er an unserem Schicksal teilnahm, aber auch, mit welchem unerbittlichen Blick er die Lage des Flüchtlings beurteilte. Er sah für uns kaum eine Hoffnung.

»Liebe, Verehrte«, schrieb er, »wie gerne würde ich etwas versuchen. Aber Ihr ahnt ja alle nicht, wie es in der Welt aussieht (sonst hätten alle jetzt Überraschten sich längst vorbereitet). Die Länder nehmen heute nicht einmal Juden mit dicken Scheckbüchern auf, geschweige denn jemanden, der außer der Aufenthaltsbewilligung — die allein schon unglaublich schwer zu erlangen ist — noch die *Arbeits*bewilligung sucht (ich selber habe sie z. B. nach vier Jahren England noch nicht). Ich ahne, wie schwer es mit Robert steht, Idealisten werden in dieser Zeit am härtesten angefaßt; seit Jahren hatte ich unseliger Pessimist für *alle* Brauns Sorge (er meinte meinen Bruder Felix, meine Schwester Käthe und mich), weil ich sah, daß alles Literarische für deutsche Juden immer aussichtsloser wird und die Zeit immer unbarmherziger gegen die Unpraktischen. Vielleicht finden sich noch (man bemüht sich darum) Möglichkeiten der Auswanderung in Kolonien und Übersee — die Staaten Europas sind für Leute, die verdienen wollen und nicht ganz *besondere* Spezialkenntnisse nachweisen können, verschlossen . . .

Liebste, Verehrte, es *gibt* keine Stellungen (außer Dienstpersonal) — man muß sie sich erfinden, das heißt, etwas ganz Neues vorschlagen, das man in jenem Lande *braucht*, alles andere, Journalisten, Ärzte, Regisseure, Photographen, alles Intellektuelle hat man in Europa in Überfluß. Das einzige Land, das sie brauchte, Rußland, sperrt sich bis heute zu — ach, liebe Freundin, wenn Sie wüßten, wie viele Briefe ich schreibe und *wie* wenigen ich bisher helfen konnte! Es macht einen verzweifelt . . . «

Das sah ja nicht sehr ermutigend für einen aus, der auf das Transparent vor der Wiener Oper geblickt hatte.

In einem nächsten Brief vom 25. Juli sendete mir Stefan Zweig eine maschingeschriebene formelle Einladung, wo er bescheinigte, daß ich, bevor er nach Amerika reise, sein Gast sein solle. Das Dokument war zur Erringung eines englischen Permits gedacht — ein Plan, der jedoch nie gelang. (Er war kein Engländer.) Ich bat ihn darauf um Rat, ob ich von Portugal aus auf einem Dampfer nach Norwegen gelangen könne, das damals noch lebenswichtig für mich war — ich weiß nicht mehr, wer mich auf die Idee dieses Schiffahrtsweges gebracht hat. Doch erhielt ich wieder eine pessimistische Antwort. Er schrieb mir am 26. August:

»Lieber Herr Doktor, ich halte Ihre Idee für unrealisierbar. Portugal ist so weit wie Amerika von Hamburg und von Zürich nach Norwegen so weit wie Argentinien, auch glaube ich nicht an die Sicherheit der 30 Tage, ich weiß, wie strikt man dort ist, und auch, wie billig es ist, wenn man die Sprache beherrscht, wie teuer, wenn man sie *nicht* kann . . .

Ich möchte Sie aufmerksam machen eher auf die Möglichkeit der deutschen *Fracht*schiffe, die entweder von Genua in wochenlanger Reise nach Hamburg fahren oder jene, die von Hamburg oder Bremen mit vielen Stationen nach Norwegen fahren; diese Schiffe sind die billigsten, und Sie verfahren darauf drei bis vier Wochen. Wenn Sie nicht in Wien warten wollen, was doch das Billigste wäre, und die Zeit nützen, etwas Praktisches und auch die Sprachen (norwegisch) wenigstens in den Grundlagen zu lernen, schiene mir die Möglichkeit, mit Fahrt auf Frachtschiffen Zeit zu verlängern und gleichzeitig billig zu reisen, die gebotenste. Aber Portugal kenne ich und weiß, wie es um die Ecke liegt, wie wenig Schiffe dort fahren außer den großen, teuren Schnelldampfern, und wer weiß, wie lange Sie in Hamburg wieder auf

Anschluß nach Norwegen zu warten hätten. Glauben Sie mir, ich habe Erfahrung... Auch darf man heute nie damit rechnen, daß eine Erlaubnis, die heute noch in Kraft ist, morgen noch in Giltigkeit ist; Sie dürfen ein solches Experiment mit solchen Distancen schon um Ihrer Familie willen nicht wagen...

Ich glaube, das Beste ist, Sie warten etwas länger in Wien und suchen, wie ich es Ihnen riet, mit einem dieser billigen Frachtschiffe den Weg sich möglichst zeitraubend, billig und doch auch interessant zu machen.«

Das war ja wohlgemeint und herzlich geschrieben, beinahe brüderlich — alle Briefe mit der Hand —, aber ich konnte aus ihnen keine große Hoffnung schöpfen. Im Gegenteil färbte ihr »unseliger Pessimismus«, wie er ihn nannte, auf mich ab. Sie wiesen auf das Debakel des Intellektuellen in Katastrophenzeiten hin. Er hatte wohl recht damit, und es kam auch die Gelegenheit, da ich seine Lehre, zum rein Praktischen überzugehen, annehmen sollte. Ich war 1939 Lehrling eines Schloßgärtners, fällte bei —25 Grad die Weiden einer Allee und arbeitete mit Spaten und Rechen. Es war keine Rede davon, daß ich mich für körperliche Arbeit als zu gut dünkte, wenn sie als notwendig für die Existenz vor mich hintrat.

In Wien gab es im Augenblick für uns Ausgestoßene nicht einmal diesen Ausweg.

17

Im Juli 1938 fiel ein Lichtstrahl in mein hoffnungsloses Dasein. Durch Bekannte meiner Schwester war es zu brieflichem Verkehr mit einer schwedischen Quäkerin gekommen, die sich zur Zeit in Tirol befand. Sie suchte, wie wir hörten, den Urlaub zu benützen, um Frauen aus Familien, die auswandern wollten, für den Haushalt einer Internatsschule nahe von Stockholm zu werben.

Bisher sollte das Unternehmen, ins Ausland zu gelangen, von meiner Person ausgehen, da ich der eigentlich Betroffene war. Zunächst wollte *ich* also versuchen, dort durch irgendeine Anstellung Fuß zu fassen, und dann meine Familie nachkommen lassen. Die letzten Monate hatten uns aber darüber aufgeklärt, daß dieser Plan ein Wunschtraum war. Ich bekam kein Visum für ein fremdes Land. Es verhielt sich so, wie Stefan Zweig nüchtern vorausblickend geschrieben hatte. Die intellektuellen Berufe kamen nicht in Betracht, und ohne die Bürgschaft großer Summen oder Beziehungen ließ sich kein Einlaß erreichen.

Nun ergab sich aber eine neue Lösung. »Dienstpersonal« war nach Stefan Zweig das einzige, das man draußen benötigte. Wenn meine Frau sich dazu entschließen konnte, im fremden Land als Hausangestellte zu arbeiten, veränderte sich die Lage. Ich hätte dann eher Aussichten, von hier wegzukommen, da sie von Schweden aus meine Einreise ermöglichen konnte. Es beruhte also im Augenblick alles auf ihrer Entscheidung. Das war aber keine so leichte Sache. Das »Glück«, das sich uns bot, enthielt eine düstere Botschaft, so schwer, wie ich es in meinem Streben, in die Freiheit des Auslands zu gelangen, viel zu wenig wahrnahm.

Schon in den ersten Monaten hieß es, daß junge Jüdinnen aus bürgerlichen Kreisen sich jetzt als Hausangestellte nach England meldeten. Auch in der nächsten Verwandtschaft hatte man diese Chance meiner Frau nahegelegt. Aber sie wies den Vorschlag zurück. Vielleicht hatte sie dabei ein Unterton des allzu guten Rates gestört: es ist immer leicht, »dem andern« ein Opfer zuzumuten. Auch sträubte sie sich gegen die bloße Vorstellung, im fremden England für private Personen untergeordnete Arbeit zu leisten. Ein solches Dasein in London erschien ihr, der geborenen Wienerin, äußerst bedrückend.

Zwar begann sie, als sie merkte, wie ernst die Lage war, ihren Widerspruch langsam aufzugeben. Sie befand sich sogar im Briefwechsel mit einer schwedischen Dame wegen einer Anstellung in ihrem Haus und war schon zur Annahme entschlossen. Es wurde jedoch nichts aus diesem ersten Versuch. Denn es kam plötzlich eine Absage.

Als Staatsbeamter war ihr Vater trotz kleiner Verhältnisse seit je darauf bedacht gewesen, seinen Kindern eine intellektuelle Ausbildung zu verschaffen. Er hatte einen gewissen Stolz in diesem Sinn. Den einzigen Sohn, der in jungen Jahren durch ein Bergunglück sein Leben verlieren sollte, ließ er trotz großer Opfer das Gymnasium besuchen und an der Universität studieren. Die beiden älteren Töchter sollten Lehrerinnen werden. Durch den Ausbruch des Ersten Weltkrieges, wo er als Frontsoldat ins Feld ziehen mußte, war meine Frau freilich schon mit 16 Jahren gezwungen, in ein Büro einzutreten. Allein der Gedanke, daß seine Tochter jetzt einer deklassierten Stellung im Ausland ausgeliefert und alles, was sie durch Fleiß für ein bürgerliches Dasein aufgebaut, verloren sein sollte, weil der Schwiegersohn in eine unglückliche Lage geraten war, schien ihm schwer erträglich.

Indessen hatte sich der Briefwechsel mit der schwedischen Quäkerin verdichtet, und sie war von Tirol nach Schweden zurückgekehrt. In einem Brief vom 15. August hatte sie wohl unsere Schwierigkeiten und Zweifel klar erkannt, denn sie schrieb mir — ich zitiere den Text mit den deutschen Fehlern — in diesem Sinn:

»Verehrter Freund, es tut mir leid, daß ich Ihren Brief bis jetzt nicht geantwortet habe. Ich wollte ja gerne etwas positives zu sagen haben. Ob es Ihnen zu Hilfe sein könnte, wollte ich ja gerne eine Einladung senden. Ich habe bereits mit Frau Leche Löfberg (Löfgren) gesprochen, und sie hat auch meiner Meinung zugestimmt, daß es wohl möglich wäre, für Sie eine Einreiseerlaubnis auszuwirken, wenn nur Ihre Frau eine Stelle bekommen hätte. *Das erste* wäre, diese Stelle zu sichern. Ist es Ihnen gelungen bis jetzt? Wenn nicht, werde ich versuchen, ob eine Möglichkeit sich in meinen nächsten Kreisen eröffnen würde.

Frau Löfgren hat mir auch gesagt, daß Prof. Tegen sich für Sie interessiere. Ich werde ihn in einigen Tagen aufsuchen können ...

Schreiben Sie mir, bitte, wie es jetzt mit der Sache Ihrer Frau steht.«

In dem Brief, wo sie rücksichtsvoll auf unsere besonderen Verhältnisse einging, betonte sie immerhin zweimal, worauf es jetzt vor allem ankam.

Inzwischen hatte sich die Dame mit dem Rektor einer Internatsschule in Verbindung gesetzt und unseren Fall besprochen. Denn dieser teilte meiner Frau mit, daß er geneigt sei, sie anzustellen. Es handelte sich um die Arbeit — eines Dienstmädchens. Das Kind könne unter dieser Bedingung dort wohnen und die Schule besuchen.

Für meine Frau und Tochter ergab sich also überraschend ein Weg nach Schweden. Die Hoffnung überwältigte jetzt alle früheren Zweifel. Gewiß war ich selber in diese Rettung nicht unmittelbar einbezogen. Hatte aber meine Frau das Angebot angenommen, so gab es wohl auch Gelegenheit für mich, zu ihr zu gelangen. Ich konnte ja mit einem jugoslawischen Durchreisevisum das Land verlassen, um später, wenn sie sich in Schweden befand, mit Hilfe der Dame dort hinzukommen. Es war ein Glücksfall, der den gar nicht absehbaren Vorteil brachte, daß wir in dem fremden Land weiter als Familie gemeinsam leben konnten. Der Schatten eines langen Getrenntseins hatte früher über uns gelegen, weil wir erlebt hatten, wie viele Gemeinschaften durch die Wucht der Umstände zerrissen wurden. Etwas wie ein Wunder hatte sich ereignet. Schweden, an das wir uns nicht gewendet, reichte uns in unserer Not eine rettende Hand.

Meine Frau, die alles überlegt hatte — viel gründlicher als ich es imstande war —, entschloß sich unter diesen Umständen, das Angebot anzunehmen. Die alte Abneigung gegen die Vorstellung, im fremden Land Dienstmädchen zu sein, wich einer ruhigen Auffassung der Dinge. Sie erkannte, daß es jetzt auf sie allein ankam, und deshalb teilte sie dem Rektor sofort ihr Einverständnis mit. Es galt nur, über die Zeit ihres Eintreffens einig zu werden. Die Entscheidung war gefallen.

Kurz danach rief sie mein Schwiegervater zu sich — wir wohnten Tür an Tür —, um mit ihr etwas Dringendes zu besprechen.

»Ist es wahr«, fragte er in sichtbarer Erregung, »daß du bereit bist, als Dienstmädchen nach Schweden zu gehen? Ich habe es von der Mutter gehört.«

»Ich habe hingeschrieben«, gab sie zu.

»Was heißt ›hingeschrieben‹? Hast du direkt zugesagt?«

»Ich habe mich einverstanden erklärt.«

»Wenn du das tust, dann breche ich mit dem Robert jeden Verkehr ab«, drohte er in einer verzweifelten Abwehr.

Meine Frau verehrte und liebte den Vater, der alles für seine Familie tat und ohne dessen Stütze sie sich das Leben kaum vorstellen konnte. Aber diesmal war sie sich der Tragweite ihres Entschlusses bewußt. Es handelte sich um die Rettung von uns allen. Da gab es kein Zurück mehr.

»Wenn du das sagst, machst du alles Schwere noch schwerer, als es ohnehin schon ist«, erwiderte sie.

Der Vater schwieg betroffen und verließ wortlos die Küche.

Von diesem Augenblick an war von der Dienstmädchenfrage in Schweden nicht mehr die Rede.

18

Im Juni hatte ich mich endlich aufgerafft, auf jeden Fall mit der Besorgung des Passes zu beginnen. Die Papiere wenigstens sollten bereit sein, wenn sich wirklich eine Gelegenheit im Ausland ergab. Inzwischen war die Kenntnis der neuen Bedingungen und Bestimmungen, die sich oft von einem Tag zum andern änderten, eine ganze Wissenschaft geworden, und alle die Tau-

sende, die jetzt Wien verlassen wollten, mußten sich diesem
»Kurs« unterziehen. Er kostete enorme Zeit. Aber man konnte
sich diese Verschwendung leisten, weil die Paßbewerber ja
sämtlich Entlassene, Entfertigte, Arbeitslose ohne Unterstützung,
Entpensionierte, auf die Straße Geworfene waren. Man ver-
wartete also Stunden und Stunden vor den Ämtern, vor Steuer-
und Militärbehörde, Taxamt, Bezirkskommissariat, Polizei,
Devisenzentrale und schließlich vor der Stelle für Auswanderer
in der Wehrgasse.

Was diese sonst freundliche Altwiener Gasse gewesen, wird
niemand vergessen, der im Sommer 1938 während der heißen
Wochen ihr ständiger Gast war. Gewiß, die Transportierungen
und Konzentrationslager, die später grausame Regel wurden,
lassen sich nicht damit vergleichen. Dagegen waren wir trotz
unserer Plagen — unverdient Ausgesonderte. Aber für die Verhältnisse von damals — unserer Freiheit plötzlich beraubt und
in den Zustand des Paria gestoßen — reichte es gerade. Mit der
Ämterschikane begann ja der Weg, der schließlich zur »End-
lösung« führen sollte.

*

Die Wehrgasse im Bezirk Margarethen ist ein liebenswürdiges
Bürgergäßchen. Die meisten Häuser, dreistöckig und im Stil der
sechziger Jahre gebaut, einst im Vorort außerhalb der Stadt-
mauer gelegen, beherbergten Mieter, denen gewiß nichts unlieb-
samer war als die tägliche Rieseninvasion vor ihren Fenstern.
Das Verhängnis bestand darin, daß es dort ein altes Kommissa-
riat gab, ursprünglich für den Gebrauch dieses kleinen Rayons
bestimmt, jetzt aber als Zentrale für die Ausstellung von Aus-
wandererpässen eingerichtet. Das Amt konnte natürlich den Ansprüchen von so vielen Tausenden, die sich vor seinem Tor
stauten, nicht nachkommen. Es gab mehr als 175.000 Betroffene in Wien, von denen sich ein großer Teil dahin suchen
mußte.

Warum, frage ich mich Jahre später, ließ man die Maschinerie mit ihren so unzulänglichen Mitteln gerade in dieser Biedermeiergasse abspielen? Hatte man vielleicht das Amt für Auswanderer an einer so entlegenen Stelle gewählt, damit die Vorgänge kein Aufsehen erregen sollten? Die meisten Wiener hatten ja nicht viel Ahnung, was sich mit den Juden ihrer Stadt eigentlich begab, wenn sie nicht in der Leopoldstadt wohnten, und sollten wahrscheinlich auch weiter in Unkenntnis bleiben. Fremde verirrten sich kaum in diesen abseitigen Bezirk. Ich sah 1938 manchmal englische oder amerikanische Journalisten mit ihren Nationalzeichen im Knopfloch durch die Stadt promenieren und die Dinge in der Kärntnerstraße scharf beobachten. Aber von der Wehrgasse wußten sie anscheinend nichts. Ein einziges Mal waren wir Anstehenden Objekt einer photographischen Aufnahme. Was aber war mit dem Bild einer langen Queue-Reihe schon gewonnen, um die Aufmerksamkeit der Welt auf solche erbärmliche Zustände zu lenken? Man ist gewohnt an Illustrationen des Schlangestehens und stellt sich darunter nichts allzu Dramatisches vor. Die Schikanen, denen wir ausgesetzt waren, konnte man auf keinen Fall aus solchen Fotos herauslesen.

Von den Dingen, die mir in der Wehrgasse bevorstanden, hatte ich indessen gehört und konnte mich deshalb nicht so schnell entschließen, dorthin zu gehen. Ich sage es offen: Es war mir peinlich, in meiner eigenen Stadt als Ausgestoßener zur Schau zu stehen. Ich war doch in Wien geboren, meine Familie von seiten der Mutter seit etwa zwei Jahrhunderten hier ansässig, meine Vorfahren angesehene Ärzte. Jetzt sollte ich mich als Auswanderer und bereits Fremder sehen lassen. Hoffte ich aber, jemals ins Ausland zu gelangen, mußte ich die Wehrgasse auf mich nehmen. Sie war nicht zu umgehen. Jemand hatte mir nun einen gelben Zettel geschenkt, der mich dort gleich zu einem bevorzugten Platz und also abgekürzten Warten berechtigte. Da nahm ich die Gelegenheit wahr.

An einem Julimorgen fuhr ich mit der ersten Straßenbahn in die Stadt und ging in den Bezirk Margarethen, wo die Gasse liegt. Schon von weitem konnte ich merken, wie es mit ihr bestellt war. Es zog sich eine unabsehbare Menschenreihe, zu zweit oder dritt dicht beieinander, vom alten Tor des Kommissariats bis weit hinaus, da und dort flankiert von Wachleuten. Als ich den gelben Zettel einem der Anstehenden hinhielt, lachte er und deutete nach hinten. Auch andere bekräftigten die Auskunft mit entsprechenden Gesten.

Ich ging also die Reihe weiter, die durch einen Zwischenraum von der ersten geschieden war.

Man rief mir entgegen: »Rot? Hier steht Rot!«

»Nein, gelb«, erwiderte ich und zeigte den Zettel.

Erneutes Lachen. »Ganz hinten!«

Ich ging die ziemlich lange Wehrgasse weiter und passierte, wie sich zeigte, verschiedene Regionen von Farben. Endlich hatte ich meine Gruppe gefunden, die selber trotz der frühen Morgenstunde schon eine Schlange von ansehnlicher Ausdehnung bildete — hatten sie sich schon in der Nacht hier angestellt? —, und reihte mich an.

In der Hitze dieses Sommers stand ich lange auf demselben Fleck. Das Vorrücken erfolgte in Zentimetern. Nach zwei Stunden hatte ich gerade mühsame zwei Meter zurückgelegt, als der Polizist, der unsere Kompanie abpatrouillierte, eine weithin sichtbare Gebärde machte: »Bis dahin und nicht weiter!«

Das hieß: Jedes längere Anstehen war heute aussichtslos. Die Leute, die jenseits standen, traten also aus ihrer Queue und zerstreuten sich gehorsam.

»Auf Wiedersehen morgen, der Herr«, scherzten Burschen aus der Leopoldstadt. Man sah ihnen an, daß sie, wenn es darauf ankäme, sich hier täglich ein ganzes Jahr lang versammeln würden. Sie wollten nach Palästina.

*

Am nächsten Tag stand ich zeitiger auf, damit ich noch früher in der Wehrgasse sein konnte. Ich mußte ein großes Stück zu Fuß zurücklegen, da noch keine Straßenbahn verkehrte. Als ich endlich zur bestimmten Zeit dort eintraf, konnte ich doch keinen Unterschied gegen gestern feststellen. Wieder war ich längst überholt. Ich ging lange an Wartenden vorbei, bis ich mich den letzten anschließen konnte. Und wieder kein geringstes Vorrükken. Nach einer Stunde, nach zwei Stunden auf genau demselben Fleck! Vielleicht saßen die Beamten noch gar nicht an ihren Tischen? Unterhielten sie sich ausgiebig — worüber? —, während die Queue durch Hinzuströmende ständig anwuchs?

Die Sonne schien unbarmherzig auf unseren Gehsteig. Es brütete Hundstagehitze über Wien. Ich spürte die elektrische Spannung in mir als eine wachsende Empörung — was trieben sie denn mit uns, waren wir Schlachtvieh, das registriert wurde? —, und manchmal entlud sich der Blitz auch in den anderen. Es kam zwischen den Polizisten, die uns kontrollierten oder verächtlich anschrien, und Leuten, die aus der Reihe traten, zu Zusammenstößen. Ein junger Mann wurde deswegen herausgegriffen und arretiert. Mit Entsetzen sahen wir, wie er über die drei Eingangsstufen der Wachstube und hinter ihre schwarze Glastür geschleppt wurde. Verbot man ihm jetzt die Auswanderung? Wir atmeten auf, als er wieder erschien. Es geschah aber auch, daß ein Delinquent nicht mehr zum Vorschein kam.

»Wozu den Polizisten reizen?« bemerkte ein weiser Friedensfreund hinter mir. »Was nützt es ihm jetzt? Er bekommt keinen Paß und bleibt in der Mausefalle.«

»So ist es«, sekundierte ein anderer. »Zuerst der Paß und dann das Weitere.« Es war geraten, sich nicht allzu offen zu äußern, worin »das Weitere« bestand. Man konnte nie wissen, ob sich nicht Sendlinge der Gestapo in der Reihe befanden. Ich sah es aber seiner Miene an, daß er sich dieses »Weitere« für den Augenblick aufsparte, da er den Boden des Auslandes betreten würde.

»Herr Inspektor!« rief ein dritter den Polizisten an, wobei er wohl mit der Verleihung der hohen Charge die Obrigkeit für sich gewinnen wollte. »Ich geh' nur für einen Augenblick aus der Reihe und kauf' mir Birnen.«

Der Polizist würdigte ihn keiner Antwort. Es bedeutete wahrscheinlich die Form seiner Erlaubnis. Denn der Mann lief schon in den nahen Laden.

»Ich bin Lehrerin von Beruf, habe aber eine Anstellung als Dienstmädchen in London angenommen«, flüsterte eine junge Jüdin neben mir. »Wenn ich dorthin komme, werde ich erzählen, wie es hier zugeht. Das Ausland soll es wissen.«

Sie hatte ein edles Gesicht, auf dem sich die Empörung über die eben erlebte Arretierung im Schmelz der Haut wie ein dunkler Hauch ausbreitete. »Was hat der Bursch denn getan, daß sie ihn abführen? Ein Schritt aus der Reihe ist doch kein Verbrechen! Lauter Schikanen!« Der Polizist näherte sich und beendete mit seinen Schritten unser Geflüster.

*

Es gab an diesem Tag kein Vorrücken. Wir standen wieder vergeblich! Was war der Grund, daß wir nach Stunden um keinen Meter vorwärts kamen? Aus dem hübschen Altwiener Fenster im Haus zur Linken — leuchtend gelbe Kresse hing von dort herab — neigte sich ein weißhaariger Frauenkopf, blickte auf uns, dann auf die lange Reihe hinter uns. Ihre Hände strichen über den sauberen Fensterpolster. Es mochte ihr aufgefallen sein, daß sich heute der Zug unter ihr nicht weiterbewegte. Was sich bewegte, war da und dort ein Taschentuch, das Kühlung zufächeln sollte.

»Die arischen Rechtsanwälte sind drin«, erklärte ein Eingeweihter. »Die halten alles auf, wenn sie kommen.« Ich erfuhr, daß heute »ihr Tag« war.

Ja, richtig! Wir hatten vor vielleicht drei Stunden einen Trupp von offenbar bevorzugten Herren mit Aktentaschen weit vorne durch den Haupteingang verschwinden sehen. Das waren die Juristen, die gegen Bezahlung von 60 Mark die »Judenpässe« besorgten. Sie waren natürlich vom Anstehen befreit, mochten aber ganze Stöße von Gesuchen mit sich führen. Immerhin erwachte die Hoffnung auf ein energisches Vorrücken, wenn sie endlich abgefertigt waren.

Wir hatten trotzdem weiterzuwarten. Nach längerer Zeit sahen wir unseren Polizisten wieder einmal die Reihe abschreiten und mit der flachen Hand die Geste des Abteilens machen. Was jenseits war, erhielt den Abschied und diesmal einen roten Zettel. Ich befand mich unter den Beteilten.

*

Die Wiener Schutzleute hatten harte Gesichter bekommen und verbargen sich hinter dieser Maske. Es gab auch einige mit solcher Verbissenheit in der Miene, daß es geraten war, sich nicht in Dispute einzulassen. Sie erhofften sich wohl mit den neuen Methoden eine bessere Karriere und wollten also zeigen, wie man mit Leuten, wie wir es waren, kurzen Prozeß macht.

Die meisten schienen jedoch nachsichtig auf alte Wiener Weise. Ich glaubte sogar, dem einen oder anderen anzusehen, daß er gar nicht so unähnlich dachte wie wir. Die Reihe der Wartenden, die sie bewachten, waren ja Menschen aus dem Volk, Mittellose, Studenten oder Alte, die sich sämtlich die Kosten von 60 Mark für den arischen Rechtsanwalt nicht leisten konnten.

*

Das nächste Mal wurden alle, die über einen roten Zettel verfügten, unter Aufsicht von Wachleuten ziemlich weit von der Wehrgasse weg — und dann wieder zurückgeführt. Es handelte sich um etwa 100 Personen, und es gab also eine lange Prozession, die nur in Trupps über die Fahrbahn gelassen wurde. Da wir allesamt Schicksalsgenossen waren, empfand ich es nicht mehr so peinlich, Blicken von Fenstern ausgesetzt zu sein oder von Passanten neugierig angeblickt zu werden. Im Gegenteil! Als wir nach dieser Umgruppierung wieder in die Wehrgasse einzogen, erschien sie mir plötzlich in einem unbeschreiblichen Zauber. Die alten Häuser leuchteten mild in der Sommersonne. Wenn ich aus einem anderen Anlaß hierher gekommen wäre, hätte ich mich in Toreingängen umgesehen oder in die Höfe geblickt, die oft noch Gärten glichen. Die vorgebauten verglasten Erker, die hübschen Mauerornamente, die braunen Ziegeldächer mit den Schornsteinen aus der Biedermeierzeit machten die Front überaus behaglich. Nichts fremder in dieser Umgebung als unser trauriger Zug.

Während des Wartens machte ich manche Bekanntschaft. Doch hörte ich nie, auch nur geflüstert, ein Schimpfwort. Manchmal sah ich eine Frau im Gespräch aufweinen. Sie erzählte von ihren Erlebnissen.

Eine Nachbarin hatte sich beim Steueramt Leopoldstadt um ein Uhr nachts angestellt, um am nächsten Morgen rechtzeitig daranzukommen, war aber bedroht worden und mußte fliehen. Ein junger Mann neben ihr war durch einen Schlag in Ohnmacht gefallen.

»Was soll man denn machen? Wenn wir den Steuerzettel nicht haben, bekommen wir ja keine Ausreise«, klagte sie mit der armen Würde, die ihnen allen eigen war.

Ich fragte einen Burschen, ob es stimme, daß die Trottoirs in der Leopoldstadt mit Glassplittern übersät seien.

»Es wird viel geredet«, erwiderte er vorsichtig. »Man muß sich hüten davor.«

Er wußte vielleicht nicht, ob er mir trauen und offen reden könne. Die Angst vor Angebern war groß. Ich hatte doch durch einen Freund die sichere Nachricht von den zertrümmerten Auslagenscheiben in diesem Stadtteil erhalten und wollte sie nur bestätigt haben.

*

Es kam endlich der Tag, da ich das Tor des Kommissariats in Reichweite vor mir sehen konnte. Trotzdem mußte ich noch mit weiteren Tagen rechnen. Meine Frau besuchte mich, um mir das lange Anstehen durch eine Erfrischung zu erleichtern. Sie brachte mir die ersten Marillen des Jahres 1938 — zugleich die letzten für lange.

Derselbe junge Mann, der es nicht zuzugeben wagte, daß auf den Gehsteigen der Leopoldstadt Splitter lagen, gab mir auf dem Schneckengang zum Tor einen guten Rat.

»Wenn Sie in das Zimmer im oberen Stock kommen, trachten Sie, daß Sie dem Herrn am mittleren Schreibtisch entgehen. Er ist ein bißchen barsch.«

»Ein bißchen barsch«! Das Wort, das heute wenig gebraucht wird, diente in Zeiten, wo man noch auf Anstand sah, als Dämpfung temperamentvoller Rede. Ich konnte mir also vorstellen, was er mit diesem vorsichtigen Ausdruck meinte. Er schien hier schon bekannt zu sein und davon zu leben, daß er sich für andere um Pässe anstellte. Da durfte er sich nicht in Verruf bringen.

Als ich endlich bis zum Tor des Kommissariats vorgerückt war, hatte ich noch das wilde Gedränge eines Trichters zu überstehen. Immerhin beförderte mich der Schub ins Innere des Hauses. Wir standen nach Wochen heißer Sonne jetzt in einem dunkel schattigen Flur — dem Ziele nah. Dann passierten wir eine Tür, konnten die alte Amtsstiege betreten, die übel roch, dicht gepackt wie Heringe. Ein Zimmer, wo Formulare zum sofortigen Ausfüllen herumlagen. Und schließlich hieß es: sich anstellen vor der letzten Tür des Ganges.

Ein Beamter riß sie auf und schrie heraus: »Nur vier!« Als ein neuer Schub mich in den Amtsraum preßte, kam ich aber in die Klemme zwischen der vorstürmenden Tête und den nach-

230

drängenden Hintermännern, so daß ich zu weit ins Allerheiligste geriet — gerade vor den mittleren Schreibtisch.

Der Polizeibeamte sprang wütend auf, packte mich an der Brust und stieß mich so heftig nach hinten, daß die anderen erschrocken zurückwichen.

»Hab' ich nicht gesagt: Nur vier!«, brüllte er, daß sein heißer Atem mein Gesicht streifte.

Ich hatte zwar seine Vorschrift vernommen, hätte aber unmöglich etwas gegen ihre Übertretung ausrichten können. Ich konnte dem gereizten Mann nichts erklären. Er war wohl der Beamte, der als »ein bißchen barsch« galt.

Beim nächsten Öffnen wurde ich erneut eingelassen. Eine Beamtin übernahm friedlich meine Agenden, holte das Heft hervor, das als Paß für mich bestimmt war, und trug die Daten ein. Soweit war ich also gekommen.

An den übrigen Schreibtischen spielten sich indessen erregte Szenen ab. Es fehlten Papiere. Der Verkehr ging schreiend vor sich.

»Schweigen Sie! Wenn Sie frech sind, laß ich Sie abführen . . . Da haben Sie den ganzen Packen!« Der »ein bißchen Barsche« schlug dem Mann die Akten so heftig an die Brust, daß sie zu Boden fielen.

»Der nächste!« schrie er, während der Abgewiesene gebückt die verstreuten Blätter zusammensuchte.

Ich hatte es wenigstens zur Einreichung gebracht.

19

Unser Auswanderungsplan nahm endlich Gestalt an. Meine Frau sollte so lange in Wien bleiben, bis es mir gelungen war, mit Hilfe eines Durchreisevisums nach Jugoslawien zu gelangen. Als einziges Land erteilte es die Bewilligung an Getaufte. Es hieß, daß Erzbischof Stepinac in Zagreb jüdische Katholiken für einen begrenzten Aufenthalt unterstütze. Inzwischen würde sie mit unserer Tochter von Schweden aus versuchen, mich hinüberzubringen. Der Plan setzte aber weite Fahrten voraus: von Wien über Fiume und entlang der französischen Küste bis in den Norden. Und nach Schweden war es auch eine lange Strecke. Wie sollten wir das Geld dafür aufbringen?

Es gab nun damals einen Mann in Wien, der gerade für diese brennenden Sorgen seine Hilfe zur Verfügung stellte. Es war ein Holländer mit Namen Gyldemeester, der im ersten Stock eines Barockhauses in der Wollzeile ein ganzes Appartement für seine wohltätigen Zwecke gemietet hatte. Dieser Menschenfreund, von dem merkwürdigerweise niemand mehr etwas weiß, obzwar er Tausende von Hilfsbedürftigen dieser Zeit gerettet hat, sollte, so hörte ich, Nazisten, als sie in Österreich verfolgt wurden, zur Flucht nach Deutschland verholfen haben. Zum Dank dafür erlaubte man ihm jetzt, Juden zu unterstützen. Allein diese Hochherzigkeit zeugt für die Intention eines echten Philanthropen, und es ist umso erstaunlicher, daß man Gyldemeester nach dem Krieg für seine Verdienste nicht gedankt hat. Nie habe ich seinen Namen erwähnt gelesen, obwohl es doch der Mühe wert wäre, über die Person und das Schicksal eines solchen Mannes unterrichtet zu sein.

Es gab in seinem Büro etwa zehn Angestellte, die sich der Bittsteller annahmen und ihnen, im Gegensatz zu den Ämtern, mit wohltuendem Zuhören und Ratschlägen entgegenkamen. Niemand schrie hier, niemand regte sich auf. Es herrschte die früher so selbstverständliche Bereitschaft eines amtlichen Verkehrs. Wenn jemand nachweisen konnte, daß sein Aufenthalt etwa in Shanghai oder Brasilien gesichert war und nur das Geld für die Reisekosten fehlte, konnte er damit rechnen, daß er es auch erhielt. Woher Gyldemeester über solche Summen verfügte, wußte niemand. Die Hilfsstelle des Erzbischofs von Wien sollte daran beteiligt sein.

Auf jeden Fall war dies für viele eine Rettung. Ich konnte also schon jetzt mein Gesuch einreichen und Formulare ausfüllen. Dieser vorbereitende Schritt sollte allerdings unerwartete Folgen haben.

*

Es war wieder ein heißer Tag des Sommers 1938. Ich stand in einem der Amtsräume des Hauses und wartete. Man hatte mir beim Eintritt die Nummer 92 verabreicht. Sie befand sich aber, wie gewöhnlich bei Gyldemeester, nicht auf einem kleinen Zettel, sondern auf einem quadratischen Blatt aus weißer Pappe, das die ungewöhnliche Größe eines Schulheftes hatte. In diesen alten, ungelüfteten Räumen standen wir ziemlich nahe beieinander, und jeder hielt sein Zeichen sichtbar in der Hand, da es sich ja nicht in die Tasche stecken ließ. Die wenigen Stühle waren älteren Personen vorbehalten. Wir wußten nicht, was tun, weil es eben wieder — wie in der Wehrgasse — zu warten galt. Der eine oder andere löste das Kreuzworträtsel der Tageszeitung auf und benützte stehend die Wand als Unterlage.

Ich suchte auf dem knarrenden, unebenen Parkettboden einen Ausweg, um mir ein bißchen Bewegung zu verschaffen, und entdeckte dabei einen seitlichen Verandagang, von dessen trüben Glasscheiben ich in einen verwahrlosten Lichthof sah. Es war drückend heiß, und ich benützte mein Nummernblatt, um mir ein wenig Kühlung zuzufächeln. Dabei kam mir wieder einmal das Untröstliche dieses Sommers — beim Anblick des Hofschachtes — zu Bewußtsein, und die Riesennummer 92 trat mir, wie ein Sinnbild dieser Untröstlichkeit, quälend vor Augen. Es wurden von Zeit zu Zeit andere Zahlen ausgerufen. Aber man hielt noch immer in der Reihe bis fünfzig. So mochten noch gut ein bis zwei Stunden vergehen, bis ich darankam.

Zur gleichen Zeit schienen andere auch mit wachsender Ungeduld zu tun zu haben. Ich sah eine alte, hagere Dame auf einem

Stuhl ihr weißes Pappeblatt immer wieder vor Augen halten und kurzsichtig lange studieren.

In diesem Augenblick wurde mir blitzartig bewußt, wie weit es mit mir schon gekommen war. Die Nummer 92 sagte es mir. Ich konnte mich ja nur um den Preis eines ganz geduckten Lebens retten. Muckte ich nur im geringsten auf, ergriff mich die Gestapo. Ich war wie die Sklaven der Antike. Die riesige Nummer, die ich in der Hand hielt, zeigte es mir mit ihren Ziffern, als wäre sie mein Sträflingszeichen. Trotz meiner 42 Jahre und aller Mühe und Arbeit. Ich stand mit anderen zusammengepfercht, die das gleiche Schicksal trugen. Waren wir im antiken Rom, wo es immer hieß: »die Sklaven«? Ich wurde nicht fertig mit dieser Frage.

Man rief schließlich doch die Nummer »92« aus. Ich trat an den Tisch, erhielt einen Bogen, füllte Rubriken aus, überreichte mein Ansuchen für die möglichen Reisen nach Jugoslawien und Schweden. Die Fahrkarten könne ich schon innerhalb 24 Stunden erhalten, wenn ich bestimmte Zusagen besäße, sagte man mir. Ich hatte also alles getan, was im Augenblick zu tun war — wie in der Wehrgasse. Würde aber der Plan gelingen? Würden sich die Gelegenheiten so ergeben, wie wir es voraussetzten? Die vielen Mißerfolge hatten mich mißtrauisch gemacht.

Die große Zahl 92 auf meinem Parteienzettel ließ mich indessen nicht los — auch später nicht, auf der Straße. Sie war wie in mich eingebrannt, wie es die Nummer im Körper des Tieres ist, die man ihm als Eigentumszeichen ins Ohr oder ins Fell einstempelt.

20

Als ich zu meiner Mutter kam, um ihr von dem Besuch bei Gyldemeester zu erzählen, hatte meine Schwester, die sich dort befand, gerade Besuch. Die Wiener Tänzerin, der Stern der zwanziger Jahre, Grete Wiesenthal war bei ihr. Mein Bruder, der sich in der Schweiz aufhielt und dessen Freundin sie war, hatte sie wohl auf die Notlage unserer Familie aufmerksam gemacht. Zugleich galt es, ihn selbst um jeden Preis vor einem Zurückkommen nach Österreich zu warnen. Es gab also zwischen ihr und meiner Schwester manches zu besprechen, da diese über alle seine Pläne unterrichtet war. Ich wußte nichts davon, sondern sollte nur ins Zimmer kommen, um die berühmte Dame zu begrüßen, die ich von strahlenden Aufführungen ihrer Tanzkunst im Konzerthaus kannte.

Grete Wiesenthal empfing mich nicht herablassend, sondern zeigte sofort eine ehrliche Teilnahme. Diese Wärme wirkte befreiend auf mein verwundetes Selbstbewußtsein. Obzwar ich noch nie mit ihr gesprochen hatte, konnte ich ihr gleich von meinem Erlebnis bei Gyldemeester erzählen. Sie erfuhr also, wie wir Bittsteller, mit den riesigen Nummernkarten in den Händen, stundenlang in den schwülen Räumen gewartet hatten und wie mich der Anblick meiner Nummer 92 von meinem neuen, unerbittlichen Sklaventum überzeugte. Wie ich mich im Zustand eines der Millionen Rechtlosen vor 2000 Jahren fühlte, trotz meiner Arbeiten als Schriftsteller, trotz meines Doktorgrades, trotz meiner Studien seit vielen Jahren. Verhaftete mich die Gestapo heute nacht, weil ich etwa von einem Angeber angezeigt worden war, und kam ich ins Konzentrationslager Hitlers, dann gab es kaum mehr eine Rückkehr zu meiner Familie, ins Leben.

Grete Wiesenthal hatte aufmerksam zugehört und konnte am Ende kaum ihre Teilnahme beherrschen.

»Jetzt soll er zeigen, was er kann!« rief sie zu Käthe hin. »Er muß ihn nach Schweden bringen.« Mit »ihn« meinte sie mich. Wer aber war »er«?

Meine Schwester suchte zu erklären, um wen es sich handle.

»Grete war vor vielen Jahren in Stockholm mit dem bekannten Orthopäden Dr. Silfverskjöld verheiratet«, sagte sie. »Er ist ihr aber weiter ergeben und hat Einfluß«, fügte sie hinzu. Sie mochten schon vorher beide von ihm gesprochen haben.

»Ich werde meinem geschiedenen Mann zusetzen«, ergänzte die Tänzerin den Kommentar meiner Schwester. »Er hat mir immer versichert, ich soll mich an ihn wenden, wenn ich etwas benötige. Und ein Kavalier ist er.« Wie sie auf der Bühne ein unbezwingliches Lächeln hatte, so auch im persönlichen Umgang.

Das lautete ja wunderbar in seinen unerwarteten Aussichten! Ich war plötzlich aus meinem tiefen Pessimismus zu neuer Hoffnung erwacht.

»Gleich morgen schreib' ich ihm einen ausführlichen Brief«, versprach sie und gab mir ihre schmale Hand. Ich hatte in der fremden Dame eine Freundin gewonnen.

*

An einem Freitag im September ereignete sich nun das Merkwürdige, daß meiner Frau und mir von zwei Seiten her, die nichts miteinander zu tun hatten, aus Schweden je eine Freudenbotschaft zukam. Durch meine Schwester erhielt ich ein Telegramm, das Grete Wiesenthal einen Tag vorher bekommen und ihr dann brieflich übermittelt hatte. Es stammte von ihrem früheren Mann aus Stockholm und enthielt die fast unbegreiflichen Worte, die ich immer wieder lesen mußte: »Visum gleich fertig. Mit deutschem Paß die Grenze offen. Nils.« Zugleich befand sich in der Morgenpost des Tages ein Brief vom Rektor der Internatsschule, der meiner Frau in einem jetzt bestimmten Abkommen die Anstellung als Hausgehilfin zusicherte. Ihr Eintreffen wurde im Laufe des Monats erwartet. Schweden stand demnach plötzlich für uns offen!

Die lange Zeit der Aussichtslosigkeit war also zu Ende. Wir konnten das Dritte Reich endlich verlassen! Die Auswanderung von Österreich, früher ein wahrer Schrecken, seit dem »Anschluß« aber ersehnt, war Wirklichkeit geworden. Ich konnte es nicht fassen.

Es kam mir freilich im Augenblick kaum zu Bewußtsein, was dies bedeutete. Ich hatte ja weder Muße noch auch ein Verlangen, das vergangene Leben vor dem 11. März 1938 zu bedenken. Es war wie in einen Abgrund des Vergessens gesunken. Das Wien, wo ich geboren war und während Kindheit, Jugend, Mannesjahren gelebt hatte, wo meine mütterliche Familie seit zwei Jahrhunderten ansässig gewesen, der Wienerwald, die deutsche Muttersprache mit ihren Erlebnissen der eigenen und fremden Dichtung, die Schriften Adalbert Stifters, die ich seit je geliebt hatte, die Sommeraufenthalte in St. Nikola an der Donau, das Weindorf Sievering, wo meine Familie gewohnt hatte — das alles und vieles andere sollte nicht mehr sein, aber ich *wollte* nicht daran erinnert werden. Ich fürchtete mich geradezu davor, daß mich das Zurückschauen lähmte, daß ich schon jetzt zur Salzsäule der Erinnerung erstarrte. Ich wollte leben und handeln, der Zukunft offen sein. Nur weg von hier!

Gewiß veränderte sich etwas in diesem Bewußtsein, wenn ich von der Sonntagsmesse der Hofkapelle nach Hause fuhr. Pater Weißenhofer sprach mir weiter ins Gewissen, und ich erschrak dann vor meinem Undank gegenüber der alten Heimat. Der Schatten fiel wieder über mich, daß ich vielleicht doch falsch handle, wenn ich unsere Auswanderung betrieb, mich von alten Bindungen losriß. Begriff ich wirklich, was es hieß: ohne Heimat leben? Gewissenszweifel konnten mich dann so bestürmen, daß ich nicht wußte, was tun.

Die Wirklichkeit des Tages blieb jedoch zu furchtbar, um sich auf sie neu einrichten zu können. Meiner Mutter drohte die Delogierung, meine Schwester und mein Schwager waren bereits gekündigt und mußten ihre Wohnung verlassen, und auch ich sollte in kurzer Zeit kein Dach mehr über dem Kopf haben. Man verheimlichte es mir noch, daß ich mich, falls wir in Wien blieben, nur bis zum 1. Oktober in unserer Wohnung aufhalten dürfe — also nur noch zwei Wochen, aber ich ahnte, was mir bevorstand. Bekannte waren verhaftet, saßen im Polizeigefängnis der Elisabethpromenade. Wer nur konnte, befand sich im Aufbruch. Viele waren schon abgereist. Man floh aus dieser unmenschlichen Tyrannei, die um den einen Teil der Bevölkerung heuchlerisch warb, während sie den anderen wegpeitschte, um ihn schließlich auszurotten.

Da durfte es für mich kein Bedenken mehr geben. Die letzten Anstrengungen mußten geleistet werden, und es gab noch Unzähliges zu tun. Der Paß, die Reisebillets, die Bescheinigungen für Unbescholtenheit und Steuerfreiheit, für Militärbefreiung und Reisedevisen mußten in wenigen Tagen durch Stehen und Warten beschafft werden, was wieder Erniedrigung bedeutete. Da durfte es kein Zögern mehr geben!

21

Als letztes Amt war mir die »Devisenzentrale« beschieden, um von dort die Erlaubnis für unseren Reisepfennig zu holen. Jeder Auswanderer durfte 30 Reichsmark mitnehmen. Aber um diesen Reichtum mußte gekämpft werden.

Ich befand mich mit etwa hundert Personen in einem der Prachtgebäude der Währingerstraße, die nahe dem Ring stehen und im pompösen Stil dieser Paläste gebaut sind. Es lagen Formulare in Stößen herum, und da ich andere diese Bögen ausfüllen sah, so tat ich das gleiche und schrieb, wie gewohnt, in die Rubriken meine Daten ein. Ein junger Mann von minderer Größe bewachte uns schweigend. Als eine Dame sich an ihn wegen einer Auskunft wendete, sah ich, wie er sie unhöflich abfertigte. Sie kehrte zu ihrem Tisch zurück, schien aber doch nicht genügend unterrichtet und befragte ihren Nachbarn, indem sie auf die fragliche Stelle zeigte. Es geschah ganz sachlich. Auch mir schien manches unverständlich, und so suchte ich Aufschluß bei meinem schreibenden Nachbarn. Ein kleines Gemurmel erfüllte also den Raum, wohl veranlaßt durch das gegenseitige Fragen und Aus-

238

kunftgeben. Da plötzlich schrie der junge Mann im unerwarteten reinsten Kasernenton: »Ruhe! Sind wir in einer Judenschul'? Wer noch ein Wort sagt, den laß ich abführen!« Mit bleichem Gesicht und sprühenden Augen reckte er sich hoch — als unser aller Höchstkommandierender.

Wir sahen einander an. Was war geschehen? Im Raum befanden sich wahrscheinlich nur Juden. Aber es war mir aufgefallen, daß es sich meistens um ältere, gebildete Personen, anscheinend aus Wiens Kulturkreisen, handelte, die ebenso wie ich diesen letzten Schritt vor der Abreise noch zu erledigen hatten. Seit der Militärzeit hatte ich diesen hysterischen Korporalton nicht gehört, der unsere kleine Unruhe energisch zum Schweigen brachte. Aber hier war er umso unberechtigter, als ja niemand etwas anderes begangen hatte, als sich mit gedämpfter Stimme um den Sinn von verwickelten Formularfragen zu erkundigen.

Die Zurechtweisung durch diesen Zwanzigjährigen war kaum erträglich. Und deshalb schlug in einem Mann, der für sein Reisegeld nach Palästina optierte, die Empörung hoch.

»Das ist wirklich unverschämt«, murmelte er.

»Was? Wer hat etwas zu bemerken?« schrie unser Büttel.

»Ich«, erwiderte der Rebell zu unser aller Erschrecken. Völlige Stille!

»Kommen Sie heraus!«

»Bitte!«

Mit ruhigen Schritten trat er vor.

»Melden Sie sich sofort beim Hofrat der Polizeidirektion«, befahl er. »Sie befindet sich um die Ecke. Sagen Sie ihm, ich schicke Sie.«

»Gut«, erwiderte der Verurteilte und ging.

Wir füllten indessen die Bögen aus, soweit wir die Fragen verstanden, gaben sie ab und erhielten schließlich nach langem Warten den Stempel, der uns zur Mitnahme der 30 Mark berechtigte.

Inzwischen erschien zu unserem Erstaunen der Weggeschickte

wieder, den wir schon der Gestapo übergeben und für alle Zeit von der Ausreise verhindert glaubten.

»Was hat der Hofrat gesagt?«, fragten wir.

»Ach was! Er hat sich geärgert über diesen Herrn da«, erwiderte er in gar nicht so leisem Ton, »und mir geraten, wieder zurückzugehen und erneut einzureichen. Das Geld steht mir rechtlich zu. Es ist das Geringste, das ich auf der Reise benötige. Ich muß ja essen auf dem Schiff und irgendwo auch wohnen.«

Durch das unbekümmerte Benehmen des jungen Mannes sah sich der Korporal offenbar um seine ganze Macht gebracht und war zutiefst erschüttert. Er sank auf einen Stuhl nieder und schien einem Zusammenbruch nahe. Der Polizeihofrat verweigerte ihm den Gehorsam! Offenbar handelte es sich um einen alten österreichischen Beamten, der es noch nicht gelernt hatte, sich von den neuen Herren kommandieren zu lassen. Der Büttel konnte uns also nicht so schikanieren, wie er es gern getan hätte. Noch nicht! Das schien ihm tief betrüblich.

Ich stand neben ihm, als er in dem Stuhl ganz klein wurde, und benützte die Gelegenheit, um ihm höflich — schon wegen der künftigen Ansucher — ein bißchen die Wahrheit zu sagen.

»Warum schreien Sie auch alte Leute so an, die nichts getan haben? Sie wollten sich ja nur erkundigen, wie sie den Bogen ausfüllen sollen«, meinte ich.

Er gab keine Antwort und wendete sich verbittert weg.

Die Gestapo dürfte also anfangs September 1938 in der Wiener Polizei noch nicht voll durchgedrungen sein. Sie spielte als Werkzeug des Unrechts noch nicht ganz die Rolle des Rechts. Wie es aber ein Jahr später an derselben Stelle aussah, weiß ich nicht. Der Korporal konnte vielleicht seine Tyrannei schon ungehindert ausüben?

Oder gab es in der »Devisenzentrale« dann überhaupt kein Publikum, weil niemand mehr auswandern durfte? Waren die Grenzen schon geschlossen und der Käfig nur noch für KZ-Transporte offen?

Das Schwerste waren die Abschiede. Ich fürchtete mich davor und suchte sie zu vermeiden. Viele letzte Besuche unterließ ich. Noch heute bereue ich, daß ich abgereist bin, ohne meiner alten Tante, die mir nur Gutes erwiesen hat, für immer adieu zu sagen. Sie wohnte am anderen Ende der Stadt, und dies allein genügte, um die Begegnung hinauszuschieben, bis es zu spät war. In den letzten Tagen war jede Minute kostbar, und ich wollte Wien so schnell wie möglich verlassen. Mein Herz war wie aus Stein.

Bei einer anderen Tante war ich an einem Tag zum Mittagessen eingeladen. Sie hatte im Salon gedeckt, wo früher nie gespeist worden war. Mein Onkel, der schon erwähnte Exporteur, hatte es als einziger der Familie zu Wohlstand gebracht und sich auf der Höhe des Erfolges eine große Wohnung und diesen kostbaren Salon erworben. Die Möbel bestanden aus spiegelndem Mahagoni, man versank in tiefe Klubfauteuils, auf den Tischen prunkten große kristallene Aschenschalen, bereit für die dicke Zigarre. An den Wänden schöngerahmte Stiche von Ostade, die er durch einen besonderen Glücksfall erstanden hatte. Es war ein Salon von Rang, und mein Onkel stolz auf die Neuerwerbung.

Heute, zwei Jahre nach seinem Tod, saßen meine Tante, meine Cousine und ich an dem Prachttisch zu einem letzten Mittagessen beisammen. Sie hatte eine echte Wiener Suppe bereitet und trug sie selber auf, gefolgt von der Tochter. Ich genoß die guten Wiener Speisen, die uns so anregten, daß wir plötzlich unbeschwert plauderten. Es war wie in alten Zeiten.

Da läutete es. Meine Tante fuhr erschrocken auf.

»Kommen sie schon?« fragte sie die Tochter.

»Die Männer sind da, die unsere Möbel holen«, erklärte sie mir. In der Tat betraten drei Packer das Zimmer, als ob es ihnen bereits in seiner Gesamtheit gehöre. Sie sahen sich erstaunt um, da nichts für den Transport vorbereitet war. Im Gegenteil fanden sie uns beim gedeckten Tisch sitzen.

»Einen Augenblick«, rief meine Cousine ihnen zu, nahm in Eile unsere Teller zusammen, die noch halb gefüllt waren, legte die Bestecke darauf und trug sie in die Küche. Die Tante zog mit ebensolcher Geschwindigkeit das Tischtuch herunter. Ich hatte kaum Zeit, aufzuspringen und beiseite zu treten. Denn schon wurde der Tisch, an dem wir eben gesessen hatten, gefaßt und weggetragen, als ob er mir unter dem Teller verschwände. Die Klubfauteuils und Stühle, die Mahagonikredenz, wo einst Likör und Wein verwahrt wurden, folgten. Die Ostade verschwanden von den Wänden. Im Nu war das Zimmer ein kahler Raum wie in den Urtagen der Vermietung.

Der oberste der drei Packer reichte der Tante ein paar Banknoten hin, die sie bleich und schweigend entgegennahm. Ich erschrak, als ich den Blick darauf warf: es war ein Pappenstiel von Betrag, den sie für den immerhin kostbaren Salon erhielt. Sie schien aber zufrieden und fragte ihn sogar, ob er auf Meyers Konversationslexikon auch Wert lege. Es stehe im Nebenzimmer.

»Ja, geben Sie das auch noch dazu«, meinte der Mann, als ob er ihr eine Gnade erwiese, und folgte ihr. Sie beförderten dann die Bände in wenigen Stößen heraus. Ich bemerkte nicht, daß meine Tante dafür noch eine besondere Entschädigung erhielt.

»Warum hast du ihnen das Lexikon dazugegeben?« fragte ich sie, nachdem die Männer hinausgepoltert waren.

»Was soll ich denn anfangen damit?« erwiderte sie. »Ich muß die Wohnung in ein paar Tagen im leeren Zustand übergeben. Da bin ich doch froh, daß sie es mitgenommen haben.«

Das war das Ende des bürgerlichen Salons, der meines Onkels Stolz gewesen. Es war zugleich das letzte Mal, daß ich meine Tante, die ich nie klagen gehört, gesehen habe. Sie wurde bald darauf von Wien wegdeportiert. Niemand weiß, wann oder wo sie gestorben ist.

23

Es war der 8. September, als ich Wien verließ.

Nach den schweren Abschieden saß ich im Nachtzug nach Berlin. Meine Habseligkeiten, verpackt in einen großen Koffer, im Gepäcknetz. Mir gegenüber ein jüdischer Junge, den die zurückbleibenden Eltern auf die Bahn begleitet hatten. Er war auf dem Weg nach England. Ihre unruhigen Blicke vor dem Waggonfenster verrieten die Angst, ihn vielleicht nie mehr wiederzusehen. Er aber schien den Abgang des Zuges schon herbeizusehnen.

Als ich am Morgen der durchwachten Nacht in Berlin ankam, erkundigte ich mich bei der katholischen Bahnhofsmission nach einem Zimmer für den Tag und die kommende Nacht. Ich wurde zu einer Jüdin empfohlen, die in der Nähe wohnte, eine ältere, bekümmerte Frau. Ihre verschüchterten Kinder spielten lautlos in einem Hinterhof.

Ich kannte Berlin von früheren Reisen und wollte nach Erinnerungen suchen. Aber schon die ersten Versuche mißglückten. Die Friedrichstraße war nicht zu Ende zu gehen, und die Propaganda-Aufschriften, die Heil-Hitler-Grüße und die forschenden Blicke Vorübergehender (ich trug ja kein Hakenkreuz) verjagten mich schnell von der Promenade. Am besten schien es, die Zeit in dem verschlossenen Zimmer der Vermieterin zu verbringen, die abgezehrt aussah. Es war zwar so, daß jeder jedem mißtraute: der anscheinend Harmlose konnte sich ja zu einem Angeber entpuppen. Dann gab es keine Flucht ins Ausland mehr. Ich sprach also nicht viel mit der armen Frau, die ich gern nach Berliner Zuständen befragt hätte. Auch sie schien meiner nicht sicher zu sein. Denn sie sah schnell an mir vorbei, wenn sie mir im finsteren Vorhaus begegnete. Aber ich befand mich wenigstens zwischen vier Wänden.

Früh am Morgen der Zug nach Saßnitz. Dort angelangt, verbrachte ich die nächsten Stunden in einem Hafenrestaurant, wo anscheinend nur jüdische Gäste saßen. Sie warteten wohl, wie ich, auf die Fähre nach Schweden. Ich wunderte mich aber, daß kaum jemand seinen Platz verließ. Wie konnten sie so lange dem unentwegten Lautsprecher des Dritten Reiches, der gellend schrie, über sich ergehen lassen?

Ich bekam endlich genug und floh mit meinem schweren Koffer, den ich kaum tragen konnte, aus dem Streukreis des Propagandalärms und hinunter zum Anlegeplatz der Fähre, wo man ihn nur als dumpfes Toben herüberhörte.

Hier blieb ich nicht lange allein auf meinem Koffer sitzen. Herumstreifende Seeleute hatten mich wahrgenommen, und einer mit einem mächtigen Brustkorb und tätowierten Armen gesellte sich zu mir. Er fragte mich aus, woher ich komme und ob ich Jude sei, was ich bejahte. Als ich ihm auf sein Begehren hin den Paß zeigte, in dem jetzt neben meinem Vornamen ein zweiter Name, »Israel«, stand und zur weiteren Bekräftigung meiner Herkunft ein »J« mit Anilinstempel eingetragen war, lobte er mich, daß ich, wie er sagte, »ein ehrlicher Mann« sei und die Wahrheit nicht verberge. Seine Sympathien schienen nicht allzusehr bei den Männern des Lautsprechers zu sein. Denn als ein Schiff aus Schweden eingelangt war, sudetendeutsche Studenten ausstiegen und merkwürdigerweise bei ihm stehen blieben, machte er mir einen erstaunlichen Vorschlag. Ich sollte in Anwesenheit der eben Angekommenen meine Meinung über die Judenfrage äußern. Zuerst zögerte ich, da man mir in Österreich eingeschärft hatte, mich während der Reise möglichst zurückzuhalten. Er versprach mir aber volle Redefreiheit.

»Wie denken Sie selbst über die Juden, wo Sie doch Jude sind?« fragte mich der Seemann. »Finden Sie es ungerecht, wie das Reich jetzt über sie urteilt? Sie können ganz ruhig sprechen.«

Ich saß auf meinem Koffer. Die Zuhörerschaft — etwa sieben Personen beiderlei Geschlechtes in den sudetendeutschen hübschen Trachten —, die gewiß ganz anderer Meinung war, bildete im Halbkreis auf der Landungsbrücke eine Art Auditorium.

»Ja, das kann ich nicht gerecht finden«, begann ich. »Da Sie mich aber offen fragen, so will ich auch offen meine Meinung sagen.«

»Selbstverständlich! Aber warum finden Sie es denn nicht gerecht?«

»Es scheint mir ungerecht«, erklärte ich, »daß man Juden in Bausch und Bogen einfach verurteilt, sie Schwindler und Verbrecher nennt ... In Wien habe ich sogar eine große Tafel mitten in der Stadt gelesen mit der Aufschrift ›Judentum ist Verbrechertum‹. Das kann doch nicht stimmen! Gewiß mag es Schwindler geben, aber in welchem Volk gibt es sie nicht? ...

Ich kann nur von meiner eigenen Familie sprechen, von meinen nächsten Angehörigen«, setzte ich fort. »Da habe ich verläßliche Erfahrungen. Mein Vater war zuerst Buchhalter bei einer kleinen Firma, sein Gehalt reichte jahrelang nicht aus für unsere Familie. Später wurde er Revisor. Da ging es ihm und uns besser. Er war aber immer sehr genau in Rechtsdingen. So hat er auch mir eingeschärft, daß ich jeden verdienten Betrag eintragen müsse, um ihn der Steuerbehörde anzugeben. Eher wäre die Welt eingestürzt, als daß mein Vater auch nur die geringste Summe unterschlagen hätte. Er verachtete die Leute, mit denen er als Revisor zu tun hatte, wenn er draufgekommen war, daß sie sich der Steuerhinterziehung schuldig gemacht hatten ...

Es ist wahr, daß Juden keine Bauern oder Handwerker sind, aber sie hatten ja keine Möglichkeit während der Jahrhunderte, diese Berufe zu ergreifen. Die waren ihnen verboten. Auf den Gelderwerb wurden sie geradezu gestoßen ... Aber zum Beispiel mein Onkel, der in Wien Exporteur und ein wohlhabender Mann war, hat sich von meinem Vater genaue Aufstellungen über seine Einkünfte machen lassen, um sie der Steuer bekanntzugeben. Ebenso handelten Hunderte und Tausende Wiener Geschäftsleute jüdischer Abkunft ...

Bitte, ich will nicht polemisieren. Aber ich kenne keinen einzigen Schwindler oder gar Verbrecher unter meinen Verwandten und Freunden.«

Auf den Seemann machte meine kleine Apologie sichtlich Eindruck. Ja, es schien mir, als habe er etwas Ähnliches von mir erwartet und finde seine Annahme jetzt durch mich bestätigt. Sollten die Sudetendeutschen — waren sie nationalsozialistische Propagandisten in Schweden? — gerade deshalb meine Zuhörer sein? Und hatte er die Gelegenheit benützt, um mich zu dieser offenen Aussage einzuladen?

Sie hatten indessen etwas andere Meinungen über die Frage. Ein Sprecher fand mit schmollendem Mund, daß der Prozentsatz von Schwindlern unter den Juden unvergleichlich höher sei als bei den arischen Völkern, gar bei den Deutschen. Das Weltjudentum strebe, wie es »Die Protokolle der Weisen von Zion« klar bezeugten, nach der Weltherrschaft, und da sei ihm jedes Mittel recht. Er verteidigte das Dritte Reich, das hier endlich Ordnung schaffe.

Mir wurde bang. Aber der Seemann half mir.

Da müsse man klare Beweise haben, genaue Zahlen, meinte er.

»Die hat man heute.«

»Wo sind sie denn? Wenn sie wirklich stimmen, da muß man sie schwarz auf weiß zu sehen bekommen.«

Rede und Gegenrede zwischen dem Seemann und den Studenten, als ob das Thema nicht zum erstenmal besprochen würde. Aber es gab keine Zeit mehr für eine nähere Behandlung. Die verspätete Fähre meldete sich mit Sirenenrufen von der See her. Alle standen auf, und auch ich erhob mich von meinem Koffer.

Da war das Schiff, das mich von der deutschen Küste weg und in das freie Schweden bringen sollte!

*

Auf der Fähre lebte ich auf. Der Seewind strich über Deck, Scharen von Möven umkreisten uns, es roch nach Teer und Meer, aber auch nach frisch Gebratenem aus der Schiffsküche. Ich genoß es, daß ich jetzt nur mehr schwedisch sprechen hörte. Als nach kurzer

Zeit die deutsche Küste am Horizont verschwunden war, begriff ich es in meinem Glück nicht. Wie war es möglich, wieder ein freier Mann zu sein, tun und lassen zu können, was ich wollte? Unfaßbar! Ich konnte jetzt in die Kantine gehen und mir Essen kaufen, noch dazu – ohne bei dem Gruß »Heil Hitler« schweigen zu müssen und auf den Teller zu starren wie in Berlin. Dieser Gruß wenigstens erreichte mich hier nicht mehr! Klare Gesichter um mich! Die Seeoffiziere in eleganten Uniformen, freundlich gegen alle! Diese herrliche Freiheit auf dem schwedischen Fährschiff! Ich stand ganz vorne auf Deck und atmete, hoch aufgerichtet vor Freude, die reine Luft in meine Lungen ein. O Gott, wie war das alles nur möglich nach diesen Monaten!

Das einzige, vor dem ich bei dem unbekümmerten Herumgehen plötzlich erschrak, war die Aufschrift über einer Kajütentür. Es stand dort »Ingang förbjuden«, was ich nach meinen Sprachkenntnissen leicht als das, was es bedeutete, hätte verstehen können, nämlich »Eingang verboten«. Aber die nazistische Hetze lebte noch so in meinem Blut weiter, daß ich das »b« in »förbjuden« übersah und die Worte zu meinem Entsetzen als »Eingang für Juden« übersetzte. Ein Versuch, stehen zu bleiben und genauer zu lesen, hätte mich schnell über den Irrtum aufgeklärt. Aber ich flüchtete gleich weg von dieser Tür, weil ich mich wenigstens noch ein bißchen frei bewegen wollte, bevor sie durch den Paß entdeckten, daß ich dort einzusperren sei. Ich schloß also, daß sie sogar in Schweden schon vom Rassenwahn angesteckt waren, da sie besondere Sammelräume für Flüchtlinge auf den Schiffen angelegt hatten. Wer weiß, ob ich nicht in ein sehr verändertes Land kam.

Nach der Überprüfung meiner Papiere konnte ich jedoch erleichtert feststellen, daß ich nicht anders behandelt wurde wie die übrigen Passagiere. Ich trat also ruhig wieder vor die Tür mit der Aufschrift und entdeckte dort – jetzt gutgelaunt – meinen Lesefehler.

*

Meine Ahnung sollte sich trotzdem bestätigen — in ganz unerwarteter Weise. In Trelleborg hatten wir nach der Ankunft eine Sperre zu passieren. Als ich darankam, untersuchte der Beamte den Paß auffallend lange, händigte ihn mir dann nicht wieder ein, wie den anderen, sondern forderte mich auf, ihm zur Seite zu treten und zu warten. Ein zweiter junger Mann, den das gleiche Los getroffen hatte, stand schon dort. Nach der Abfertigung der übrigen Passagiere, denen der Zugang zum Bahnhofsperron erlaubt war, befahl er uns, ihm zu folgen. Ein Polizist in dunkelblauem Mantel mit langen Metallknopfreihen trat hinzu, und unter der Führung der beiden ging es, wie mir bald klar wurde, zur nächsten Wachstube.

Das war eine unangenehme Überraschung. Ich war plötzlich wieder kein freier Mann mehr und konnte auch nicht tun, was ich wollte und was ich mir als erstes auf schwedischem Boden vorgenommen hatte: Doktor Nils Silfverskjöld in Stockholm anrufen, durch dessen Bemühung ich hierher gekommen war.

Mein Schicksalsgenosse war auch ein Wiener. Er kam aus dem damals noch großenteils jüdischen Viertel der Leopoldstadt und sagte, daß er nur hierher gefahren sei, um seinen Vater in Norwegen zu besuchen. Er befinde sich also auf der Durchreise.

Kaum in der Wachstube angekommen, benahm sich dieser Mensch jedoch so, als ob er hier zu Hause sei. Er durfte sie sogar zu privaten Zwecken verlassen, was mir verboten war. Wahrscheinlich hatte er sich schon in Trelleborg umgesehen? Denn er bat mich für seinen Besuch der Stadt um Geld für einen Zigarettenkauf. Ich erklärte ihm, daß ich, wie er ja wisse, nur über dreißig Mark verfüge — die einzige Valuta, die ein Flüchtling mitnehmen durfte —, und davon sei schon ein Teil auf die beiden Tage aufgegangen. Ich müsse noch lange damit auskommen. Er meinte aber, er würde mir die Mark, die er jetzt notwendig brauche, sicher nachsenden. Ich lieh ihm also das Geld und gab ihm Dr. Silfverskjölds Adresse als die meine an.

Er verschwand damit. Als er wiederkam, konnte ich mich

nicht genug über die Verwandlung des jungen Juden aus der Leopoldstadt zum militanten Arier wundern. Er trat nämlich in die Wachstube mit nachlässig erhobener Hand und Hitlergruß ein, der von der Mannschaft zwar nicht deutlich, aber unzweideutig erwidert wurde. Überhaupt benahm er sich als echter Germane. Da er blaue Augen und regelmäßige Züge hatte, konnte man ihm seine Rolle glauben. Schließlich legte er ihnen eine wohl von meinem Geld erstandene deutsche Zeitschrift auf den Tisch, eine neueste Nummer.

»Da könnt ihr euch etwas ansehen«, rief er aus. Er schlug triumphierend mit dem Handrücken auf die Illustrationen der letzten Typen von Torpedobooten. »Da seht ihr! Das ist deutsche Tüchtigkeit!« Die Polizisten, die ihn verstanden, blätterten, eifrig darüber gebeugt, in den Seiten.

Wieso es dem jungen Mann durch so vollendete Tarnung gelungen war, nach einem Gang durch die Straßen von Trelleborg sich in einen Vollblut-Nazisten zu verwandeln, war mir weiter ein Rätsel. Führte er einen lange erdachten Plan aus? Wie aber hatte er in Wien schon wissen können, daß man in einer Wachstube im hohen Norden so vollständig auf nazistische Propaganda hereinfallen würde?

*

Ich selbst war und blieb ein Verhafteter der Trelleborger Polizei und wurde also von dem Kontrolleur, der meinen Paß zurückbehalten hatte, in seinem Büro einem eingehenden Verhör unterzogen. Es kam heraus, daß ich — keine Berechtigung habe, in Schweden einzureisen. Meine Angaben wurden sämtlich als nicht stichhältig abgewiesen, mein Hinweis auf die vermutlich stärkste Stütze, Dr. Nils Silfverskjöld in Stockholm, mit einem grollenden Blick entgegengenommen.

»Sie können mit Dr. Silfverskjöld telefonisch nicht sprechen. Sie wissen doch, wer er ist?«

»Gewiß«, sagte ich, »ein bekannter Arzt.«

»Ja, ein bekannter Arzt«, höhnte der Kontrolleur. »Er ist wegen ganz anderer Dinge bekannt.«

Als ich versicherte, daß ich nichts darüber wisse, meinte er widerwillig, dann möge ich mich lieber nicht auf ihn berufen.

»Er hat während des spanischen Bürgerkrieges auf seiten der Roten gekämpft«, klärte er mich mit gleichzeitigem Detektivblick auf.

»Davon hatte ich keine Ahnung«, konnte ich mit gutem Gewissen vorbringen. Nie hatte jemand in Wien, auch nicht die Tänzerin Grete Wiesenthal, seine frühere Frau, die mich ihm empfohlen hatte, ein Wort darüber verlauten lassen.

»*Das* können wir glauben oder auch nicht«, erwiderte der Kontrolleur spöttisch. »Aber es ist deshalb nicht möglich für Sie, mit ihm telefonisch zu sprechen. Tatsache bleibt, daß Ihr Paß für eine Einreise nach Schweden nicht ausreicht. Sie müssen also zurück und teilen damit leider das Los vieler anderer, die ohne die nötigen Vorbedingungen hierher kommen. Erst gestern schickten wir einen Herrn Diamant aus gleichen Gründen zurück. Kennen Sie ihn vielleicht?« Wieder ein durchdringender Blick.

Ich mußte mich erst sammeln, da ich nichts begriff. Die ganze Reise nach Schweden sollte umsonst sein?

»Muß ich wirklich zurück?«

»Ja, das müssen Sie.«

»Ich habe ja kein Geld für die Rückreise.«

»Wird Ihnen gegeben.«

»Das ist ja ganz schrecklich«, seufzte ich.

Der Kontrolleur hörte mich nicht mehr. Er war ausschließlich damit beschäftigt, auf einen Bogen, den er in die Schreibmaschine gelegt hatte, rasch etwas zu tippen, was offenbar mich betraf. Ich machte in meiner Verzweiflung einen letzten Versuch, sein Herz zu bewegen.

»Haben Sie doch Verständnis . . .«, bat ich. »Wenn Sie mich zurückschicken, ist das eine Katastrophe für meine ganze Familie.

Ich bin ja kein Flüchtling für mich allein. Meine Frau hat unseren Haushalt in Wien aufgelöst, und sie und unser Kind warten nur auf meine Nachricht, um nachzufolgen. Wir haben keine Wohnung mehr. Sie hat hier eine Anstellung angenommen ... Bedenken Sie doch, was das heißt, wenn ich wieder zurückkomme ... Wir haben ein kleines Kind ... Es handelt sich um drei Menschenleben ... Das wäre ja eine einzige Katastrophe! ... Ich mußte auch wie alle Nicht-Arier ein Dokument unterschreiben, daß ich Deutschland nie wieder betrete. Es droht mir das Konzentrationslager, wenn man daraufkommt, daß ich zurückgekehrt bin ... Ich *darf* gar nicht mehr in Wien sein ...«

Ich weiß nicht mehr, was ich alles in meiner Not hervorstammelte. Aber der Kontrolleur hatte verstopfte Ohren. Er hieb so hart und schnell auf die Maschine ein, daß meine Worte das Typengeratter gar nicht durchdringen konnten. Anscheinend war er derlei verzweifelte Bitten schon gewöhnt und hatte sich eine Technik vollkommener Taubheit für solche Gelegenheiten angeeignet. Ich war nicht der erste, den er abfertigte und der sich mit dem grausamen Beschluß der Abweisung abzufinden hatte. Gestern war Herr Diamant sein Opfer gewesen, heute ich, morgen ein anderer ... Er hackte auf die Maschine ein, als wäre er ein Mann aus Stein.

Schließlich zog er den Bogen heraus, legte ihn auf den Tisch, reichte mir die Feder zur Unterschrift hin. Ich sollte den Text zuerst durchlesen. Aber er war ja in schwedischer Sprache verfaßt und enthielt noch dazu unverständliche juristische Ausdrücke, wie ich beim Überlesen bemerkte. Ich erklärte ihm, daß ich den Inhalt nicht verstehe und legte die Feder hin.

»Macht nichts«, versicherte er in seiner heftigen, die Sache betreibenden Art. »Es steht nichts darin, was ich Ihnen nicht schon vorher gesagt hätte. Das ganze ist überhaupt nur eine Formalität. Sie können ruhig unterschreiben.«

Was sollte ich tun? Ich konnte mich in diesem Augenblick nicht gegen eine wildfremde Behörde stellen. Mit der neuerlich fest in die Hand gedrückten Feder setzte ich also meinen Namen auf das Blatt.

Kaum war es geschehen, ließ er ein Signal spielen. Ein offenbar höherer Beamter, vielleicht sein Chef, erschien freundlich grüßend in der Tür und meinte, die Hauptsache sei, daß ich unterschrieben habe. Jetzt könne alles weitere in bestem Einvernehmen vor sich gehen.

Plötzlich fiel mir ein, daß ich ja zur Stärkung meiner Glaubwürdigkeit noch die Namen anderer Schweden hätte anführen können. Ich nannte also einen bekannten Professor für Kunstgeschichte, dessen Frau in letzter Zeit auf uns aufmerksam geworden war und mir Briefe geschrieben hatte, und eine andere Professorsfrau, die Freundin der englischen Schweizer Dame.

»Zu spät«, erwiderte der Vorgesetzte, gar nicht mehr freundlich. »Das hätten Sie früher vorbringen sollen. Jetzt haben Sie unterschrieben.«

»Das sind doch Tatsachen«, gab ich in meiner Hilflosigkeit zu bedenken.

»Sie können innerhalb von vier Wochen in Malmöhuslän Berufung einlegen«, räumte er als einziges Zugeständnis ein. Dann empfahl er sich wieder so freundlich, wie er gekommen war, und verschwand mit dem Dokument.

»Morgen früh müssen Sie mit der ersten Fähre zurück nach Deutschland«, beendete der Kontrolleur das Verhör.

Ich war in eine tückische Falle geraten.

*

Gebrochen betrat ich die Wachstube, sank auf das Wachstuchsofa. Diese Wendung hätte ich in Schweden nie erwartet. Sie vernichtete alle Hoffnungen und Pläne.

Eine von der Polizei gespendete Mahlzeit wartete auf mich. Ich war jedoch nicht einmal imstande, mich zu dem Tisch zu bewegen, wo sie stand, wollte auch nichts davon berühren, obzwar ich schon lange nichts gegessen hatte. Der jüdische Nazist aus der Wiener Leopoldstadt, der mich die ganze Zeit beobachtete, fragte, ob ich sie ihm nicht überlassen wolle — er könne ohne weiteres eine zweite vertragen —, und machte sich gleich darüber her, als ich zusagte. Ich hatte keinen anderen Wunsch, als in der halb sitzenden Stellung, worin ich mich befand, den Ellenbogen auf der Wachstuchlehne, zu schlafen.

Aber kaum war ich soweit, wurde ich unsanft geweckt. Ein Polizeioffizier stand vor mir. Er mochte die Tür mit einem Knall zugeschlagen haben, denn ich war aufgefahren und starrte ihn an. Er machte eine eigentümlich erstaunte, fast irritierte Bewegung mit beiden Armen, als ob er mir bedeuten wollte: »No, was ist? Gibt es keine Reverenz, wenn *ich* eintrete?«

Ich erhob mich mühsam und verbeugte mich. Dann sank ich wieder wie bewußtlos zurück.

Er schien durchaus nicht befriedigt, sondern trat nahe an mich heran, um mir ziemlich laut zu sagen, daß das Sofa der Wachstube nicht zum Ausruhen von Arrestanten bestimmt sei.

»Ich bin so schrecklich müde«, erklärte ich ihm. »Seit drei Tagen bin ich unterwegs und habe fast nicht geschlafen.«

»Hier können Sie nicht schlafen«, erwiderte er schroff. »Das ist ein Wachzimmer der Polizei. Wenn Sie schlafen wollen, steht Ihnen der Arrest zur Verfügung.«

»Ja, bitte«, sagte ich.

Ich folgte ihm mit meinem Koffer zu einer der vielen Türen eines langen Korridors. Er sperrte eine Zelle auf. Dort gab es in der Mitte des Raumes eine mit Wachstuch bekleidete Pritsche, über der eine elektrische Birne brannte. Ich konnte immerhin hier endlich ausgestreckt liegen. Das war im Augenblick die Erfüllung meines größten Wunsches. Kaum hatte er mich verlassen und die Tür verschlossen, warf ich mich mit den Kleidern darauf.

Ich dürfte sofort eingeschlafen sein. Aber es dauerte nicht lange, da erwachte ich wieder. Der eklige Geruch, der mir schon beim Eintritt entgegengeschlagen war und wahrscheinlich vom

Erbrochenen von Trinkern stammte, bereitete mir Übelkeit. Außerdem brannte die Birne durchdringend hell, dicht über meinem Kopf, so daß sie mir in die Augen stach. Es gab nirgends einen Schalter, um sie abzudrehen. Ich mußte mich also damit abfinden, die ganze Nacht in diesem grellen Licht zu liegen. Das hätte vielleicht nicht verhindert, daß ich trotzdem eingeschlafen wäre. Denn ich war totmüde. Aber da hatten sie indessen einen anderen Delinquenten in die Nachbarzelle eingeliefert, der dort seinen wilden Rausch austobte. Er grölte und drosch mit den Fäusten auf die versperrte Tür. Ich wußte nicht, was tun, um diesem schrecklichen, so nahen Lärm zu entgehen. Wenn ich nur ein bißchen Watte zur Verfügung gehabt hätte, um sie mir in die Ohren zu stopfen! Aber es gab in meinem Koffer nichts dergleichen. Ich mußte das Toben also während der weiteren Nachtstunden über mich ergehen lassen, mit beiden Händen über den geschlossenen Augen, damit das Licht mich nicht so blende. Dazu die quälenden Gedanken.

Es war die Hölle.

*

Am frühen Morgen wurden der Leopoldstädter und ich unter Führung des langen Polizisten, dessen dunkelblauer Mantel mit den vielen blanken Knöpfen bis zu den Waden reichte, durch das bereits arbeitswache Trelleborg zum Schiff geleitet. Fußgänger, Jugend auf Rädern, Arbeiter mit Werkzeugkästchen waren schon unterwegs und blickten neugierig auf uns, die wir wohl Sträflinge sein mußten. Beim Besteigen des Schiffes gab der Polizist bekannt, daß man uns die Pässe erst in Saßnitz aushändigen werde.

Da saß ich also wieder auf Deck und fuhr mit umgekehrtem Kurs der deutschen Küste entgegen, die ich endlich hinter mir geglaubt hatte. Alles Glück über die endliche Befreiung, alle Hoffnung auf ein neues Leben in Schweden waren dahin. Was würde geschehen? Oh, es war ein schrecklicher Augenblick! Ich wollte nur schlafen. Am liebsten weg aus diesem Leben!

Wenn ich die Augen aufschlug — ich konnte nicht schlafen —, war es mir, als ob sich die Passagiere über mich unterhielten. Ein Vater und sein Sohn, die an meinem Tisch saßen, in einem mir fast unverständlichen Dialekt redeten und manchmal kurz irgendwelche Schlager anstimmten — sie waren vielleicht Fischhändler —, schienen sich mit Seitenblicken über mich zu amüsieren. Waren sie Nutznießer des Dritten Reiches und deshalb in so guter Stimmung? Und sahen sie in mir den Gestrandeten, der ich war? Ich glaubte aus ihrem ständigen Gelächter eine Art Schadenfreude mit dem Hintergedanken »Geschieht ihm schon recht!« herauszuhören. Aber ich hatte nicht die Kraft, aufzustehen und den Platz zu wechseln.

Zwei Tische vor mir saß der Leopoldstädter, sein Gesicht auf mich gerichtet. Er hatte sich mit anderen Reisenden schon angefreundet und schien so intim mit ihnen, daß er sie auf meine Person aufmerksam machte, zu mir hinüberzeigte. Offenbar erzählte er ihnen meine kuriose Geschichte zu ihrer Unterhaltung — »Nazist«, der er war. Denn sie gingen fröhlich darauf ein, mit Blicken auf mich. Er spielte anscheinend seine Rolle als Germane mit Erfolg weiter, auch hier auf meine Kosten.

Als wir in Saßnitz ankamen, stand der Zug nach Berlin schon bereit, vollgepfropft mit Menschen, als ob er nur auf die verspätete Fähre gewartet hätte. Der Leopoldstädter und ich waren die letzten, die einstiegen.

»Vorwärts! Vorwärts! Rasch! Rasch!« trieb uns ein Mann in Uniform und hohen Stiefeln an und übergab uns nach kurzem Namenaufruf unsere Pässe. Zu mir sagte er: »Sie gehen in Berlin zur Gestapo. Dort bekommen Sie das Visum nach Schweden.«

Kaum waren wir eingestiegen, pfiff er los, die letzte Waggontür wurde zugeschlagen, und der Zug setzte sich in Bewegung. Es gab natürlich keinen Sitzplatz mehr in dem überfüllten Coupé. Mit dem Koffer stand ich im dichten Gedränge des Mittelganges.

Da schlängelte sich der Leopoldstädter an mich heran.

»Bis wohin fahren Sie?«

»Bis Berlin.«

»Nein, *ich* fahre nicht so weit. Ich kann schon in Stralsund aussteigen.«

»Ich weiß. Sie brauchen ja nur das Durchreisevisum nach Norwegen, um Ihren Vater zu besuchen«, bemerkte ich.

»Mein Vater! Ich habe keinen Vater mehr. Er ist tot seit zehn Jahren«, erwiderte er fast gereizt.

»Aber Sie haben doch gesagt, daß Sie nicht in Schweden bleiben wollen, sondern auf dem Weg zu Ihrem Vater nach Norwegen sind.«

»Was sagt man nicht alles, um durchzukommen!«

Ich blickte ihn an. Er war der geborene Hochstapler. Ein Schwindler von der Art, deren man jetzt das gesamte Judentum verdächtigte.

»Beginnen Sie ein neues Leben mit einer Lüge?« fragte ich.

»Lassen Sie mich nur machen«, entgegnete er verärgert. »Wenn sie einen wie die Schweine behandeln, ist jedes Mittel erlaubt.«

Damit verschwand er ohne Gruß. Er hatte offenbar genug von mir. Ich sah ihn nie mehr wieder. Auch das Geld nicht, das er sich ausgeliehen hatte.

*

In Berlin stand ich vor der Frage, ob ich dem Befehl nachkommen solle, den man mir in Saßnitz gegeben: mich bei der Gestapo zu melden. Sie sollte mir angeblich dort die Einreise nach Schweden verschaffen. Ich fürchtete mich aber davor, die Zentrale des Schreckens zu betreten. Zuviel hatte ich schon von ihren Methoden gehört und während der sechs Monate »Anschluß« in Wien erfahren. Da beschloß ich, den einzigen Menschen in Berlin um Rat zu fragen, an den ich mich in vertraulichen Dingen wenden konnte. Es war der junge Mann der katholischen Bahnhofsmission, der mir vor vier Tagen das Zimmer bei der jüdischen Wirtin verschafft hatte. Ich suchte ihn also auf und bat um seine Meinung.

Er hob warnend beide Hände und flüsterte mir zu: »Nie im Leben! Die Gestapo läßt Sie nicht wieder heraus.«

Ich erschrak. Warum hatte der Mann in Stiefeln mir einen solchen Befehl gegeben?

»Was soll ich denn tun?«

»Am besten: Sie fahren zurück. Woher kommen Sie?«

»Von Wien.«

»Dann fahren Sie nach Wien zurück!«

»Das ist eine lange Strecke und kostet eine teure Fahrkarte.«

»Wenn Sie noch etwas Geld haben, ist es das Beste.«

Ich dankte ihm für seinen freundschaftlichen Rat. Natürlich mußte ich meine Reserve angreifen, da fast der Rest des Reisepfennigs für das Telegramm an meine Frau aufgegangen war. Aber der treue Mann schien mir das Richtige zu raten. Daß ich in Berlin bleiben und von hier aus Dr. Silfverskjöld anrufen könne, was natürlich das Klügste gewesen wäre, kam mir nicht in den Sinn. Das Konzentrationslager drohte mir zwar auch in Wien, wenn es bekannt würde, daß ich zurückgekehrt war. Aber im Augenblick mußte ich das geringere der beiden Übel wählen.

Im Zug wurde mir eines klar, während ich auf die vorüberfliegenden Industrien Brandenburgs blickte: Was auch mit mir geschehen mochte — unsere Tochter durfte nicht länger in diesem Land bleiben. Wir mußten uns von ihr trennen, damit sie zu der fremden indonesischen »Halfcast«-Familie komme, die sich als einzige Retterin in dieser Zeit großzügig erboten hatte, das fremde Kind zu sich zu nehmen.

Als ich am Wiener Westbahnhof ankam, umgab mich dichte Finsternis. Die Aussteigenden mußten sich zum Ausgang durchtappen. Es war der 11. September, ein halbes Jahr nach Schuschniggs Demission, und man hatte für diesen Abend eine Nachtübung veranstaltet — in Voraussicht des kommenden Krieges, den der Kanzler sechs Monate früher um jeden Preis hatte verhindern wollen. Allmählich fand ich die Straßenbahn und fuhr die lange Strecke durch die verdunkelte Stadt nach Sievering, wo man mich erwartete.

Die alte Mutter umarmte mich, als ob ich ihr wiedergeschenkt sei. Beim letzten Abschied hatten wir beide gefürchtet, daß es vielleicht kein Wiedersehen mehr geben werde. Es war uns also doch vergönnt. Aber um welchen Preis! Mein Mißerfolg gab mir Anlaß zu neuer Unruhe. Ich hatte Zeit und Geld verloren und unüberlegt gehandelt, als ich Berlin verließ. Mein Abenteuer hatte in einer Blamage geendet, und die Zukunft stand drohender vor mir als je.

Meine Frau hatte in der schon aufgelösten Wohnung ungeduldig auf mein Telegramm von der glücklichen Ankunft in Schweden gewartet. Als es endlich kam, enthielt es nur die Nachricht, daß ich heute abends — wieder in Wien eintreffe.

Es herrschte also gedrückte Stimmung hinter den schwer vermachten Scheiben der »Nachtübung«. Mein Schwager und meine Schwester suchten mich damit zu trösten, daß jetzt sehr viel von »Zurückgeschickten« aus allen Ländern Europas die Rede sei. Unlängst sei eine alte Dame nach wochenlanger Schiffsreise von der Übersee wieder nach Wien gekommen, weil ihr sogar das so ferne Tropenland die Aufnahme verweigert hatte.

Wieder saßen wir beisammen. Mein Schwager, der sich die Schilddrüse hatte operieren lassen, da er die Emigration mit einem alten Leiden nicht beginnen wollte, sah wie vom Tod gezeichnet aus. Im Rothschildspital hatte ihm ein bekannter Chirurg,

nervös geworden durch die zahllosen Schwerverletzten der Pogrome, die man eingeliefert hatte, zuviel von dem Organ wegge-
schnitten. Die Folgen waren nun schlimmer als das Übel selbst,
das der Patient hatte vermeiden wollen. In Paris, wohin es ihm zu
emigrieren glückte, befiel ihn zeitweise ein Starrkrampf, zu dessen Lösung es nur ein einziges Mittel in einem bestimmten Hospi-
tal gab. Als er durch den Einmarsch von Hitlers Truppen sich der
allgemeinen Flucht der Emigranten anschloß und durch die schweren Anstrengungen wieder in sein Elend geriet, mußte er nach
Paris zurückkehren, seine einzige Hilfe. Er starb dort kurze Zeit
danach in dem erwähnten Krankenhaus.

An diesem Abend saßen wir alle noch einmal beisammen und
berieten, was als nächster Schritt für mich zu tun sei. Meine
Angehörigen, belastet mit ihrem Schicksal und ihren Sorgen,
erwogen selbstvergessen meine Lage. Meine Frau wollte unter
keinen Umständen Wien verlassen, solange es mir vorher nicht
auf irgendeine Weise geglückt war, ins Ausland zu kommen.
Erst dann würde sie den Rektor der Internatsschule von ihrer
Ankunft verständigen und sich mit dem Kind nach Schweden
begeben. Das jugoslawische Durchreisevisum, das jetzt in meinem
Paß verzeichnet stand, berechtigte mich zu einem befristeten Aufenthalt, und der alte Plan, auf diesem Umweg Schweden zu erreichen, wurde also wieder erwogen. Es handelte sich nur darum,
wann ich aufbrechen solle, diesmal nach dem Süden. Alle rieten,
nur keine Zeit zu verlieren, da der Krieg vor der Tür stehe. Auch
meine Mutter meinte es, die mich dabei mit bangen Augen ansah.

Wir saßen beisammen, aber in Wirklichkeit schon Meilen von
Fremde voneinander geschieden. Die Freude über das unerwartete
Wiedersehen war der Einsicht gewichen, daß unser aller Aufbruch
unerbittlich bevorstand. Keine von den drei Wohnungen, wo wir
lange Jahre gelebt, gehörte uns mehr. Sie waren sämtlich gekündigt. Ich durfte eigentlich nicht mehr in meinem Bett
schlafen. Es gab also kein Zurückdrehen des Rades mehr. Wir
waren eine Familie im Abschied.

Der nächste Morgen brachte eine unerwartete Aufhellung. Meine Schwester war mit einem Telegramm zu uns geeilt, das Grete Wiesenthal gestern aus Schweden erhalten und das sie ihr, in einem Brief beigelegt, zugesendet hatte. Es kam von Dr. Nils Silfverskjöld, war vom 12. September datiert und hatte folgenden Wortlaut:

»Tolle Geschichte. Alles wird hier versucht durch zwei Ministerien. Wo ist Braun? Rückantwort bitte umgehend.«

Das veränderte die Lage. Umso mehr, als unsere Helferin ihre Antwort, auf der Rückseite des Blanketts notiert, schon zurücktelegraphiert hatte. »Braun wieder in Wien. Schwedische Grenzbehörde abgewiesen.« Sie mochte inzwischen von ihm verständigt worden sein, daß meine erneute Einreise trotzdem gesichert sei. Denn Grete Wiesenthal ließ mir mitteilen, daß sie mich heute um 12 Uhr vor der schwedischen Botschaft erwarte. Es brauchten nur die nötigen Formalitäten geordnet zu werden.

Also doch Schweden! Ich fuhr in die Stadt und traf sie, wie verabredet, pünktlich an. Sie war unermüdlich in ihrer Hilfe. Ein junger eleganter Attaché, der vom Kommen der Wiener Tänzerin schon unterrichtet war, empfing sie sofort. Ich folgte mit. Nach einem kurzen Dialog mit ihr, in dem er erklärte, daß sich jetzt die Bedingungen für die Einreise fast täglich änderten, händigte er mir ein gedrucktes Blatt mit einem Lächeln ein.

»Das ist ein Grenzübertretungsschein«, sagte er. »Mit Ihrem Paß und diesem Papier kommen Sie sicher nach Schweden.«

*

Der nächste Weg war zu der Hilfestelle des Holländers Gyldemeester. Ich erklärte dem Beamten an Hand meines Passes, daß ich ohne Schuld zurückgekehrt war, und er versprach mir, noch einmal die Fahrkarte, jetzt für die neue Reise, zu verschaffen. Es dauerte auch nicht lange, da wurde sie mir ausgehändigt. Am 14. September stand ich also wieder am Bahnhof, um in den

Nachtzug nach Berlin einzusteigen. Zum zweitenmal innerhalb weniger Tage.

Wieder Abschied von der Mutter, auf dem Perron von den Angehörigen. Nach der langen Zugnacht fuhr ich diesmal von Berlin ohne Aufenthalt nach Saßnitz weiter. Von diesem Wiedersehen ist mir nur in Erinnerung, daß ich in dem Hafenrestaurant, in dem der Lautsprecher des Dritten Reiches unentwegt wie rasend weiter lärmte, dieselben Flüchtlinge — in den gleichen Stellungen sitzen sah wie das erste Mal. Eine dickliche, dunkelhaarige Frau von etwa 40 Jahren erkannte ich an ihrer Unbeweglichkeit wieder. Sie saß versteinert unter dem Stimmengetobe. Hörte sie es denn gar nicht mehr? Worauf warteten sie und alle anderen an dem unglückseligen Ort? Es war wohl die Bewilligung zur Einreise nach Schweden? Aber von welchen Zwischenhänden war sie abhängig? Wie konnte die Frau denn von hier aus eine Erledigung erhoffen? Befand sich auch Herr Diamant unter ihnen, mein Schicksalsgenosse, den der Kontrolleur am Vortag zurückgeschickt hatte? Wie viele von denen, die hier Tage um Tage verbrachten, hatte dieser Mann auf seinem Gewissen!

Erst Jahre später sollte ich erfahren, daß es in Südschweden eine Organisation gegeben hatte, die jede Invasion von jüdischen Flüchtlingen zu verhindern suchte. Doktor Silfverskjöld schrieb mir nach dem Zweiten Weltkrieg, ich möge ihm meine Erfahrungen von 1938 bekanntgeben, da man jetzt daran sei, die Machenschaften von damals aufzuspüren und gerichtlich zu verfolgen. Ich bat ihn jedoch, davon, was mich betraf, abzusehen, und sendete also kein Promemoria über meinen Fall ein.

*

Je näher ich Trelleborg kam, umso mehr erhöhte sich die Spannung, wie es mir mit dem Kontrolleur ergehen würde. Anerkannte der gefürchtete Mann das neue Papier, oder machte er wieder

Schwierigkeiten — trotz der Versicherungen des Wiener Attachés? Ich hatte mich ja nicht an die Bedingung gehalten, die mir in Trelleborg gestellt worden war: zunächst bei der Behörde von Malmöhuslän Berufung einzulegen. Es war nun möglich, daß er mir daraus einen Strick drehte und das Prestige der Grenzbehörde gegen das der Wiener Gesandtschaft ausspielte. Was geschah, wenn er mich nun wieder verhaftete, mir das Betreten seines Landes wieder verweigerte?

Vorsichtig näherte ich mich der Sperre. Der Kontrolleur stand diesmal nicht im Eingang, sondern wohl ein Kollege, der zugänglicher aussah. Ich trat auf ihn zu, und er nahm den Paß und den neuen Ausweis entgegen, verglich die Daten und sagte dann zu meiner großen Erleichterung: »Jetzt haben Sie also einen Grenzübertretungsschein.« Darauf händigte er mir den Paß wieder ein und ließ mich — passieren.

Ich befand mich plötzlich auf dem leeren Perron der Station Trelleborg — in Schweden, ungehindert, in voller Freiheit! Da stand auch der Zug nach Stockholm, als ob er auf mich, den letzten Passagier, nur warte, bereit zur Abfahrt. Ich brauchte nur einzusteigen. Wer sollte das fassen?

Während ich mich noch mit dem Koffer schleppte, um einen Waggon im unteren Teil zu suchen, sah ich von weitem zu meinem Schrecken wieder den Kontrolleur im Löwenschritt herankommen. Er schien mich jedoch nicht wahrzunehmen. Denn er ging in der Mitte eines älteren Paares, anscheinend jüdische Auswanderer, die er wohl aus dem Zug gegriffen hatte oder denen er nachgefolgt war, um sie noch im letzten Augenblick am Einsteigen zu hindern. Sie trugen Reisekoffer und redeten mit heftigen Gebärden auf ihn ein, was ihn offenbar ebenso unberührt ließ wie mein Flehen vor seiner Schreibmaschine.

Immerhin machte ihm die neue Misere mit den zwei Personen so zu schaffen, daß ich seinem Späherblick entging. Ich drehte mich auf jeden Fall, so schnell ich konnte, um und der nächsten Waggontür zu, schwang den Koffer über die Stufen des Trittbretts und verschwand im Korridor. Nach wenigen Sekunden mußte der Kontrolleur draußen die Stelle passieren und konnte hier einsteigen, um nach mir zu fahnden. Ich wartete gespannt. Er tauchte jedoch nicht auf, hatte mich also übersehen. Die Vorstellung beunruhigte mich aber, daß er vielleicht noch knapp vor Abgang des Zuges eine Generalkontrolle veranstalten und mich dann doch als unerlaubten Fahrgast entdecken und arretieren könne. Ich verstaute deshalb den Koffer im Gepäcknetz und hielt mich dann so lange hinter einer Tür verborgen, bis der Zug sich in Bewegung setzte und nach einer Viertelstunde in der Station Malmö einfuhr. Erst jetzt konnte ich sicher sein, daß mich der Löwe von Trelleborg nicht mehr erreichte, und kehrte zu meinem Platz in dem eleganten Coupé zurück.

Indessen hielt er sich gewiß an den zwei Opfern des Tages bei seiner Schreibmaschine schadlos. Die beiden hatten mitansehen müssen, wie ihnen die ersehnte Gelegenheit, endlich in die Freiheit zu kommen, vielleicht für immer verlorenging.

*

Das Dritte Reich schien mich trotzdem noch nicht freigeben zu wollen. Ein schwedisches Blondhaar-Mädchen saß mir gegenüber, das gerade von einem nationalsozialistischen Jugendtreffen in Nürnberg zurückgekehrt war und voll Begeisterung von ihren offenbar herrlichen Erlebnissen erzählte. Sie zog ein Gruppenfoto von den Prominenten des Parteitages hervor und reichte es bei den Passagieren des Coupés herum, als ob alle diesen kostbaren Anblick genießen sollten. Sie wünschte wohl, die Koryphäen des Dritten Reiches ihren Landsleuten zu präsentieren. Leider hatte sie nur die Namen der meisten schon vergessen.

Man riet herum, wie sie heißen mochten. Da zeigte einer der Fahrgäste auf mich und meinte: »Hier sitzt ja ein Herr, der aus Deutschland kommt. Er kennt sie sicher alle.«

Strahlend reichte mir das Mädchen das Foto hin, und ich sah also wieder die Gesichter, die mir von zahllosen Reproduktionen der Zeitungen nur allzu gut bekannt waren. Kaum ihnen endlich entronnen, wie ich jetzt zu hoffen glaubte, war mir schon eine neue Begegnung beschieden!

»Wie heißt nun der?« fragte sie und tippte auf eine Physiognomie, für die sich das naturschöne Mädchen erstaunlicherweise besonders interessierte.

»Das ist Innenminister Dr. Goebbels«, konnte ich mitteilen.

»Und der?«

»Das ist Göring.«

»Ja, Göring!« jubelte sie. »Er sieht so stattlich aus wie ein Ritter!« Ihre Augen glänzten.

Ich wollte schon sagen: »Oder wie ein eitler Filmschauspieler«, behielt aber die Bemerkung für mich.

»Ja, er war auch Flieger«, ergänzte der Herr, der sie an mich gewiesen hatte. »Und er hat eine Schwedin zur Frau.« Das letzte war so allgemein bekannt, daß es alle im Abteil, nicht ohne Stolz, vollauf bestätigten.

Ich konnte noch mit einer Reihe von anderen Namen aufwarten wie Frick, Hess, Himmler. Sie waren, wie gewöhnlich, dicht um ihren »Führer« versammelt.

Das Mädchen stieg bald aus, noch in Schonen, und da sie einen sehr schweren Koffer zu tragen hatte — war es nationalsozialistische Propagandaliteratur, womit sie sich so schleppte? —, konnte ich ihr auch damit behilflich sein und ihn ihr zur Erleichterung auf den Perron hinausreichen.

*

Allmählich leerte sich der Waggon. Von den Passagieren, die, wie ich, in Trelleborg eingestiegen waren, gab es bald keinen mehr, und ich konnte mich also an einen leeren Fensterplatz setzen, in der Richtung des fahrenden Zuges. Es war der 15. September, der

Tag des unglücklichen Abkommens zwischen Hitler und Chamberlain, »der Tag von München«.

Die Landschaft da draußen lag in einem zarten Nachsommerschleier. Es gab fast keine Fabriken, geschweige Industrien, wie sie an der deutschen Strecke so dicht beisammen sind. Wälder wechselten mit weiten Seen, dann wieder Wiesen und Felder. Ein zauberisches Parkland flog vorbei, ernst und naturgeborgen durch die blauen Granite, oft umgeben von Wacholderstauden. Goldbraune Lärchen und hellgelbe Birken erinnerten mit ihrem Stehen vor dunklen Fichtenwäldern an unsere Landschaft an der Donau nahe der böhmischen Grenze. Nach Monaten eines gejagten Lebens — dieser tiefe Frieden!

Jetzt konnte mich kein Kontrolleur aus dem regelmäßig dahingleitenden Zug holen, kein Magistratsbeamter anschreien und bedrohen, kein Gestapomann schweigend in ein Auto stoßen, damit ich irgendwohin transportiert würde, von wo es vielleicht keine Rückkehr mehr gab. Wenigstens im Augenblick befand ich mich außerhalb des grausamen Spiels, und das machte mich glücklich. Ich genoß die Freiheit, die dem Menschen gemäß ist und die er immer ersehnt, ohne die er nicht atmen kann und das Leben nicht lebenswert findet. Aber die anderen, denen es nicht gelungen war, im Zug zu sitzen wie ich? Wie stand es mit denen? Mit der dunklen Vierzigjährigen im Hafenrestaurant von Saßnitz, mit Herrn Diamant, mit dem aufgeregten Paar auf dem Perron von Trelleborg? Und warum mußte es so sein, daß sie vielleicht nie mehr wieder die Freiheit erreichten, die mir jetzt beschieden war?

Es gelang auf die Dauer nicht, ganz glücklich zu sein. Auch andere konkrete Sorgen überfielen mich. Ich mußte als erstes Dr. Silfverskjöld anrufen und ihm als Erkennungszeichen mein Stehen neben dem Koffer vor dem Hauptportal der Stockholmer Zentralstation melden. Käme es dann dort zu der erhofften Begegnung? Was würde weiter geschehen? Ich hatte keine Ahnung, wo ich die heutige Nacht verbringen würde. Und wo wohnen in Zukunft? Bei ihm vielleicht? Oder brachte er mich in die Internatsschule, wo meine Frau mit dem Kind in den nächsten Tagen eintreffen sollte? Wie aber würde sich dann alles gestalten? Sie begann ihre Anstellung als Dienstmädchen — eine Arbeit, vor der uns bangte.

Die Ankunft in Schweden konnte die Sorgen nicht völlig zerstreuen.

Aber die Wiesen erglänzten in einem seidigen Smaragdgrün, und die Kühe, die in ihnen ruhig mahlend lagerten, glänzten mit gleichmäßig braunen Fellen. Die Bauernlandschaft glitt mit Holzhäusern, gepflegten Gärten, alten hohen Wipfeln vorüber.

Wie war es dazu gekommen, daß wir in diesem Lande leben sollten? Wer hatte die Fäden so gelegt, daß wir wieder in Freiheit atmen durften?

Schweden leuchtete vor den Fenstern.